16	3	2	13
5	10	11	8
9	6	7	12
4	15	14	1

Coleção LESTE
Narrativas da Revolução

Boris Pilniák

O ANO NU

Tradução e notas
Lucas Simone

Apresentação
Bruno Barretto Gomide

Posfácio
Georges Nivat

editora 34

EDITORA 34

Editora 34 Ltda.
Rua Hungria, 592 Jardim Europa CEP 01455-000
São Paulo - SP Brasil Tel/Fax (11) 3811-6777 www.editora34.com.br

Título original:
Góli god

Capa, projeto gráfico e editoração eletrônica:
Bracher & Malta Produção Gráfica

Revisão:
Diana Szylit, Alberto Martins

1ª Edição - 2017

CIP - Brasil. Catalogação-na-Fonte
(Sindicato Nacional dos Editores de Livros, RJ, Brasil)

Pilniák, Boris, 1894-1938
P724a O ano nu / Boris Pilniák; tradução e notas de Lucas Simone; apresentação de Bruno Barretto Gomide; posfácio de Georges Nivat. — São Paulo: Editora 34, 2017 (1ª Edição).
264 p. (Coleção Leste)

Tradução de: Góli god

ISBN 978-85-7326-685-6

1. Literatura russa. I. Simone, Lucas. II. Gomide, Bruno Barretto. III. Nivat, Georges. IV. Título. V. Série.

CDD - 891.73

O ANO NU

NARRATIVAS DA REVOLUÇÃO: UMA APRESENTAÇÃO

Bruno Barretto Gomide

O caldeirão revolucionário russo incorporou a fervura artística da Era de Prata — o nome singular que a cultura russa dá para seu "fim de século" e sua *belle époque* —, ao passo que a pulverizava e a metamorfoseava. O ambiente cultural decorrente da revolução de 1917 já foi, com toda a justiça, saudado em função das extraordinárias inovações realizadas na pintura, nas artes gráficas e decorativas, no cinema, no teatro, na arquitetura e na literatura, em prosa e verso.

Os contos, novelas e romances que brotaram de 1917 foram marcados por radicalidade estética e contundência histórica que nada deviam aos momentos mais ousados da poesia russa, a pioneira na captura de uma época que requeria formas breves e agilidade de produção e de circulação. Os primeiros textos da revolução estavam destinados a folhetos do exército, jornais murais e ágoras vermelhas. Ou à sobrevivência rarefeita dos intelectuais, constrangidos por uma conjuntura áspera, marcada por tifo, frio, fome e pela falta de recursos para publicações (a famosa falta de papel servindo de musa da concisão). Era preciso lidar, em doses variáveis de engajamento, com as novas instituições culturais soviéticas, adaptar o formato das "revistas grossas" para o novo contexto. Elaborou-se uma nova prosa de ficção, experimental e provocadora, que condensava as vinte e quatro horas do romance tolstoiano nos cinco minutos mais significativos, como propunha Isaac Bábel. Por meio de um manejo brilhante da ambiguidade, da montagem, do fragmentário e do caleidoscópico, ela ajudava a criar a sofisticação brutal da arte do período: "a revolução tem cheiro de órgãos sexuais", na definição dada pelo personagem de uma novela de Pilniák.

A série Narrativas da Revolução apresenta, no centenário das revoluções de 1917, cinco importantes textos elaborados na primeira década revolucionária e diretamente relacionados aos eventos da Rússia Soviética. Eles dialogam com a grande tradição da literatura russa do século XIX e com vertentes do modernismo e das vanguardas russas. São eles: *O ano nu* (Boris Pilniák, 1921), *Viagem sentimental* (Viktor Chklóvski, 1923), *Nós* (Ievguêni Zamiátin, publicado em 1924, em tradução para o inglês), *Diário de Kóstia Riábtsev* (Nikolai Ogniόv, 1926) e *Inveja* (Iuri Oliécha, 1927), a maioria inédita em tradução direta do russo.

Coincidem, portanto, com os desdobramentos da Revolução de Outubro (o termo a ser utilizado para a intervenção dos bolcheviques pode ser discutido infinitamente; a conjuntura política, social e cultural, porém, era inegavelmente revolucionária), da Guerra Civil e da Nova Política Econômica, sobretudo destes dois últimos. É interessante observar como, afora o romance temporão de Boris Pasternak, *Doutor Jivago*, a ficção soviética quase não criou textos relevantes sobre Fevereiro e mesmo Outubro, aí incluídas as etapas intermediárias de "abril" ou "julho". A tarefa ficou a cargo dos escritores emigrados, tais como Mikhail Ossorguin. A nova literatura soviética concentrou-se no caos épico das guerras civis de 1918-1921, nas vicissitudes de uma emigração que naquela altura ainda era entendida como, possivelmente, transitória, e nas instabilidades tragicômicas da nova vida soviética.

As narrativas de Pilniák, Zamiátin, Chklóvski, Ogniόv e Oliécha permitem discutir o valor da nova literatura soviética. Parte expressiva da crítica literária escrita fora da União Soviética tentou minimizar a importância dos novos contos e romances a partir de uma comparação incômoda com os titãs do romance russo do século XIX. As defesas da literatura soviética quase sempre vinham atreladas a posições político-partidárias que acabavam por anular o seu peso crítico real. Observe-se, na contramão desse tipo de hierarquização, a posição assumida por Boris Schnaiderman desde seus primeiros textos na imprensa, nos quais apontou o estatuto de grande arte dessa nova prosa revolucionária — e soviética. Dentro da União Soviética, a posição daqueles escritores também era ambivalente. Trótski e Lunatchárski, como se sabe, agruparam vários dos supracitados na etiqueta de *popúttchiki* — "companheiros de viagem". Em que pesem os méritos críticos, a acuidade sociológica e a flexibilidade política daqueles revolucionários, o jargão situa autores muito diferentes em uma posição intermediária que é incompatível com a variedade artística que eles oferecem.

Portanto, um caminho sugerido pelas "narrativas da revolução" é o da discussão do que é "soviético". É tudo que foi criado na Rússia soviética depois de outubro de 1917, independentemente da posição política ou da temática escolhida pelo artista, ou é algo que possui uma relação mais orgânica e substancial com a nova cultura? Não há dúvidas de que, nesse último sentido, Gladkóv é um autor soviético — mas e Akhmátova, também não o seria, como sugerem algumas visões "heréticas"? Boa parte da escrita *émigrée* lamentava a destruição da cultura russa pelo comunismo e creditava as qualidades eventuais da literatura pós-1917 aos sobreviventes da Era de Prata que haviam permanecido em território sovietizado. Todos os grandes artistas depois da revolução haviam se formado, ou já eram artistas consumados, antes de "outubro", rezava o argumento, em geral aplicando aspas irônicas ao mês aziago. É um questionamento respeitável, mas que tropeça diante de Bábel, Platónov, Chalámov, Bródski e também de muitos dos autores reunidos nesta série, quase todos ingressados efetivamente na vida literária depois da revolução.

Ao encerrar a escolha de obras em 1927, no limiar do primeiro Plano Quinquenal, esta série busca meramente uma proximidade temporal maior das narrativas com a explosão revolucionária inicial, uma primeira elaboração temática e formal, e não subscreve necessariamente a tese do fim cabal de uma cultura russo-soviética relevante assinalado pela consolidação do poder stalinista.

Cabe aqui apenas apontar a disputa óbvia e bem conhecida em torno desses limites cronológicos. Escritores emigrados recuaram o sepultamento da literatura russa para fins de 1917 ou, no melhor dos casos, 1921 ou 1922; pesquisas recentes têm sugerido, em via inversa, o prolongamento de vertentes modernas cultura stalinista adentro e, de modo geral, uma discussão em torno das fronteiras muito convencionais, repisadas de modo quase automático, entre os anos 1920 e 1930, entre as vanguardas e a produção cultural do período stalinista. Diferenças verificáveis, certamente, mas que precisam ser revisitadas por métodos e olhares sempre renovados, ou corre-se o risco de transformar a necessária crítica ao dogmatismo cultural soviético em um dogmatismo historiográfico.

Não se deduza disso, evidentemente, algum tipo de desagravo aos horrores da ditadura stalinista, na qual os autores reunidos nesta série encontraram a morte, o silêncio, o exílio ou a assimilação desconfortável, mas apenas a indicação de que não há maneira definitiva de abordar as relações complexas entre artista, sociedade e Estado na Rússia.

Por fim, um breve comentário sobre a circulação brasileira destas narrativas: trata-se, na maioria dos casos, da reintegração de autores que dispuseram de certa reputação jornalística e editorial. Pilniák foi o primeiro a ser publicado por aqui, com *O Volga desemboca no mar Cáspio*, em edições dos anos 1930 e 1940. O título solene indica que já não estamos no mesmo terreno experimental de *O ano nu*, um romance muito traduzido no exterior e que ganha agora tradução brasileira. Pilniák foi o primeiro escritor soviético a ter seu destino trágico comentado pela imprensa internacional e brasileira, que então falava de seu desaparecimento, em 1938 (não se sabia do seu fuzilamento). Em menor escala, ventilava-se o nome de Zamiátin, também em função da repressão soviética, e de sua subsequente emigração.

O *Diário de Kóstia Riábtsev*, de Ogniów, adquiriu notoriedade mundial em edições francesas, espanholas e norte-americanas, ganhando, inclusive, uma das traduções de "Jorge Amado", nome de fantasia para o tradutor, ou tradutores, que prepararam volumes soviéticos para a Editora Brasiliense em meados da década de 1940. Ao contrário dos outros escritores presentes nesta série, Ogniów foi um nome da literatura soviética que luziu e depois desapareceu por completo, mesmo em círculos especializados — uma injustiça com o seu romance, que faz uma das leituras mais intrigantes da revolução.

Chklóvski, conhecido por sua contribuição para a crítica formalista, ganha finalmente tradução de um dos volumes de sua brilhante e inclassificável série de autobiografias ficcionais. E Oliécha reaparece no Brasil em uma excelente tradução de Boris Schnaiderman, que ficara meio esquecida numa reunião de novelas russas dos anos 1960 (Cultrix, 1963). O tradutor considerava o seu conterrâneo (ambos nascidos na Ucrânia central e crescidos em Odessa) um dos pontos altos da literatura russa — de todos os tempos.

O ANO NU

Os nascidos em tempos indistintos
De seu caminho não se lembram.
Nós, filhos dos anos terríveis da Rússia,
Não temos forças para nos esquecer de nada.

Aleksandr Blok

INTRODUÇÃO

No livro *Uma existência racional, ou uma concepção moral do valor da vida*, há a frase:

> "Cada minuto faz um juramento à fortuna, o de observar um profundo silêncio acerca de nosso destino, até o momento em que ela se une ao curso de nossa vida; e quando o futuro cala sobre nosso fado, cada minuto que passa dá início à eternidade."

A CIDADE DE ORDYNIN

Nos portões do *kremlin*[1] da cidade, havia um escrito (agora destruído):

Guarda, ó Deus,
Esta cidade, teu povo,
E abençoa
Quem por estes portões entrar.

E eis aqui um excerto da deliberação do Tribunal Tutelar de Ordynin:

"No sétimo dia de janeiro, do ano de 1794, segunda-feira, na presença do Tribunal Tutelar de Ordynin, estiveram presentes, às doze horas do dia, os senhores:

Demiênti Ratchin, prefeito municipal.

Conselheiros: Semion Tulinov, Stepan Ilin, Stepan Ziabrov, estaroste municipal.

Ouviram — — —

Deliberaram: dar graças e honras ao prefeito municipal, homem ilustre e probo.

[1] Cidadela fortificada das antigas cidades russas; o *kremlin* mais conhecido é o de Moscou, sede do governo desde os primeiros anos da URSS. (N. do T.)

Subscritos — — —

Dali saíram às duas horas do dia e seguiram até a Catedral para rezar."

Essa deliberação foi escrita precisamente cem anos antes do nascimento de Donat, e o próprio Donat a encontrou quando saqueou o Arquivo de Ordynin. Fora escrita sobre papel azul, com pena de ganso, em intrincadas cetras.

Duzentos anos já contava a ilustre linhagem de mercadores dos Ratchin, que antes possuíam concessões salícolas, comerciavam farinha e gado — duzentos anos (bisavô, avô, pai, filho, neto, bisneto) no mesmo lugar, nas vendas salinas (agora destruídas), na praça do comércio (agora Vermelha) — todo dia atrás do balcão, fazendo contas no ábaco, jogando damas, bebendo chá do bule (para derramar em oito pelo chão), recebendo os fregueses, espantando os caixeiros.

Ivan Emeliánovitch Ratchin, bisneto de Demiênti, pai de Donat, fora para trás do balcão quarenta anos antes — quando era um jovem de cabelos encaracolados; desde então, muito mudou: ficou mirrado, calvo, passou a usar óculos e começou a andar com uma bengala, sempre de sobrecasaca de algodão e quepe de algodão. Nasceu ali mesmo, na região das vendas, em seu sobrado com portões guardados por cães-lobos; para lá levou sua esposa, de lá carregou o caixão do pai e lá governava.

No *kremlin* havia prédios do governo e igrejas; abaixo do *kremlin*, no fundo de um despenhadeiro, corria o rio Vologa; além do Vologa, havia prados, o monastério Redenev, a vila de Iámskaia (a ferrovia naqueles tempos ficava a cem verstas de distância). O dia inteiro e a noite inteira, a cada cinco minutos, batia o relógio na catedral — *don, don, don!* —, e os primeiros a acordar eram os gansos (porcos não eram criados no *kremlin*, pois as ruas eram pavimentadas). Logo depois dos gansos, surgiam os bêbados de botequim, os mendigos, os *iuródivy*.[2] Os guarda-portões passavam, rumo à administração, com mesas sobre a cabeça (o governador havia emitido uma deliberação para toda a província para que os oficiais de polícia fizessem rondas noturnas e firmassem os livros, e ordenou que os livros fossem afixados às mesas; os oficiais até firmavam, mas não à noite, e sim de manhã, e não nas cabines, mas em escritórios, aonde as mesas lhes eram trazidas). Permitiam só a contragosto que se andasse pela cidade à noite, e, se o guarda-portões perguntasse, quase dormindo:

— Quem vem lá?

era preciso sempre responder:

— Um residente da cidade!

Nos escritórios e chefaturas, como praxe, batia-se nas pessoas, especialmente nos bêbados, de maneira cruel e absoluta; o inspetor Bábotchkin era o especialista nisso.

Os bêbados de botequim reuniam-se em frente ao bar público bem cedinho, ficavam sentados sobre a grama, esperando pacientemente a abertura. Os mercadores passavam e persignavam-se. Do rio, carregando varas, chegava apressado o arcipreste Levkóiev, um pescador apaixonado, trazendo as chaves das vendas para abrir seu comércio diocesano: o arcipreste Levkóiev era um homem respeitado, e seu único defeito era que, no verão, minhocas saíam de seus bolsos, resultado de sua paixão pela pesca (isso foi até motivo de uma delação ao bispo por parte do poeta e delator Varyguin). O bêbado Ogoniok, o Classicista, gritava ao padre:

— Vossa Reverendíssima!... Entende?...

Mas o padre, apressado, só o afugentava com um gesto de mão.

[2] Os loucos em Cristo, ou loucos por Cristo, eram ascetas da tradição ortodoxa russa. Viviam como mendigos e errantes. (N. do T.)

Imediatamente após o padre, saía de trás de sua cancela o professor Blanmanjov, de túnica, com guarda-chuva e galochas; ele seguia o padre em direção ao comércio diocesano para tomar um chazinho e entabular uma prosa. Ogoniok (o lado bom) caminhava com confiança até ele e dizia:

— Magnânimo senhor! *Vous comprenez?*[3] Quem lhe fala é Ogoniok, o Classicista...

E Blanmanjov dava-lhe uma moedinha de dois copeques. Blanmanjov era famoso pela geografia e pela esposa, que ia à igreja de *kokóchnik*,[4] em casa ficava nua e, no verão e no outono, vendia, através de um guichê, as frutas de seu jardim vestindo apenas uma camisa.

O soldado Truskov ia ao bar público, entornava um par de "canalhas". Mercadores, mascates chegavam ao mercado e passavam por ele. Os bêbados compravam seu tanto de alegria do cão e se dispersavam, cada um com seu afazer. Os cocheiros passavam em seus "cabriolas", dizendo, meio dormindo:

— Faz favor!... Favor!...

E sobre a cidade erguia-se o sol, sempre magnífico, sempre extraordinário. Sobre a terra, sobre a cidade, passavam primaveras, outonos e invernos, sempre magníficos, sempre extraordinários.

Na primavera, as velhas iam com os pequenos à igreja de Nikola-Radovanets, iam em romaria à igreja da Virgem de Kazan, escutavam as cotovias, sentiam saudades dos falecidos. No outono, os meninos soltavam pipas com pequenas matracas. No outono, no período de jejum do inverno, depois da Páscoa, as casamenteiras trabalhavam, juntavam noivos e noivas, mercadores com esposas de soldados, viúvas e "novatas" — nos esponsais, os funcionários do correio con-

[3] Em francês, no original: "Compreendeis?". (N. do T.)

[4] Tradicional chapéu feminino russo. (N. do T.)

versavam com suas noivas sobre literatura e geografia; a noiva afirmava preferir o poeta Lajétchnikov, e o noivo, o escritor Nádson, a conversa se esgotava, e o noivo perguntava sobre geografia; a noiva dizia que estivera na igreja de Nikola-Radovanets, e o noivo relatava sobre Varsóvia e Liuban, onde havia prestado o serviço militar obrigatório. No dia de São Nicolau, na primavera, no dia de São Pedro, no carnaval, apareciam feiras na cidade, vinham tocadores de realejo, ilusionistas, acrobatas, armavam-se teatros de rua, os próprios artistas espalhavam cartazes, e depois das feiras os mercadores iam às escondidas ver o doutor Eleazárytch. No inverno, aos sábados, iam até o dono dos bebedouros, aos banhos. O dono dos bebedouros construía um resguardo de madeira que ia até o rio, até as aberturas no gelo, e os mercadores, após tomarem bons banhos de forte vapor, voavam com ímpeto até as aberturas, nus em pelo, e davam um ou dois mergulhinhos. Aos domingos de inverno, havia pugilato, lutava-se contra os de Iámskaia e Redenev, começando pelos meninos, que gritavam "Vamos! Vamos!...", e terminando com os velhos — mas isso não impedia que à noite os mercadores se deslocassem até Iámskaia atrás das ciganas para se divertir e multiplicar os pequenos ciganinhos, e que no caminho de volta derrubassem os postes de iluminação. No Natal, não se comia nada até nascerem as estrelas, no primeiro dia glorificavam Cristo e recitavam ladainhas, na Epifania desenhavam cruzes em todas as portas, com giz.

Os acontecimentos na cidade eram raros, e se aconteciam intrigas, como a seguinte:

> Michka Tsveliov — o filho do serralheiro — e Ippolitka, o filho do cobrador de impostos, amarraram um rato pelo rabo, e brincavam com ele do lado de fora da casa, quando pela rua passou o louco Ermil Zarolho, que mora para lá do rio, e come-

çou a tacar pedras na janela. O serralheiro Tsveliov foi para cima dele com um machado. Ele tomou o machado. Vieram os bombeiros — ele foi para cima dos bombeiros com o machado; os bombeiros fugiram. Só o inspetor Bábotchkin deu conta; depois, Michka foi surrado por três dias.

— se aconteciam tais intrigas, a cidade passava seis meses falando disso. Uma vez a cada dois anos uns detentos fugiam da prisão, e então a cidade inteira ia ao encalço deles.

Nas vendas salinas, na praça do comércio, perto da tenda diocesana, ficava um baú — o único comércio de livros — debaixo de uma tabuleta:

VENDA E COMPRA
Manuais, tintas, penas e canetas.
E outras edições periódicas de papelaria
de A. V. Varyguin

Debaixo do ícone do mercado, os Quarenta Mártires, localizava-se o comércio diocesano. Sempre que fosse o dia do santo de algum dos mercadores dali, os ofícios eram realizados junto ao ícone. Na tenda diocesana, os ícones não eram comprados, mas trocados: o que fazia o escambo comprava um novo quepe, colocava dinheiro nele e trocava o quepe por um ícone, e os quepes eram enviados para o seminário. O comércio diocesano era gerido pelo padre Levkóiev, que sonhava, a exemplo de Jesus Cristo, em instituir uma irmandade de pescadores e discutir, em assembleia geral, a questão, há tempos amadurecida, de como fixar os barcos durante a pescaria: com pedras, âncora ou correia? Na tenda diocesana, jogavam damas e reunia-se a *intelligentsia*: Blanmanjov, A. V. Varyguin. Já o clube comercial ficava na loja do saboeiro Ziabrov, amante de incêndios. Em seu estabelecimento havia sempre "advocados" e línguas ("dou testemunho!"): os advocados escreviam chicanas e documentos, as línguas testemunhavam tudo que fosse preciso. Pelas vendas, vagueavam mendigos, *iuródivy* — Ziabrov "mofava" deles: no inverno, usava saliva para colar, no chão de pedra, moedas de prata de cinco copeques, e mandava os mendigos arrancá-las com os dentes para ficarem com elas; no verão, oferecia uma moeda de dez copeques para quem bebesse um balde de água (o bobinho Tiga-Goga bebia) ou organizava corridas, como no desfile dos bombeiros. Ziabrov também gracejava com os transeuntes: atirava pela porta um relógio amarrado com um fio, jogava caixas de doces com baratas ou com uma ratazana morta dentro. As vendas construídas com pedra eram úmidas, escuras, com cheiro de rato, de peles podres, de arenque apodrecido.

Ivan Emeliánovitch Ratchin, alto, magro, de quepe de algodão, chegava em sua tenda às cinco para as sete, retinia os cadeados e ensinava o seu ofício aos meninos e caixeiros; na presença dos fregueses, era preciso dizer:

> em vez de "dar" — "passar",
> em vez de "abater" — "tirar",
> em vez de "vender" — "pregar",
> em vez de "regatear" — "jurar",
> em vez de 150 rublos e 50 copeques — um-
> -cinco-zero-ru e cinco-zero-co,
> em vez de 90 — nove-zero.

Era preciso abrir a porta aos fregueses e cerrá-las tão logo saíssem: quem não mede errado, não engana — e não vende. Ivan Emeliánovitch se afastava para a escrivaninha, fazia contas no ábaco, lia a Bíblia em voz alta, chamava a essa mesma escrivaninha os culpados (e também os meninos sem culpa) e, debaixo de sua eterna lamparina, dava sua lição, dependendo da culpa: ou com o chicote de duas pontas, ou com o molhado. Ao meio-dia chegava o padeiro: Ivan Emeliánovitch dava uma moeda de cinco copeques aos caixeiros e, para os meninos, três copeques, saía para encontrar o padre Levkóiev e jogar um pouco de damas, dez copeques por partida — ganhava de todos em silêncio: não gostava de se ocupar com prosa. Falava com os fregueses de maneira severa, e apenas com os que compravam por atacado.

Passavam o ferrolho às sete e meia, e às oito corriam pelas vendas os cães-lobos, os cachorros das vendas. Às nove a cidade adormecia, e à pergunta

— Quem vem lá?

era preciso responder, para não se ver na chefatura:

— Um residente da cidade!...

A casa de Ivan Emeliánovitch Ratchin (por trás dos cães--lobos junto aos portões bem fechados) era silenciosa; somente à noite, do porão onde moravam os caixeiros e os meninos, vinha um canto sufocado de salmos e acatistos. Em casa, retiravam-se dos caixeiros os casacos e os calçados e, dos meninos, as calças (para que não ficassem vagueando de madrugada), enquanto o próprio Ivan Emeliánovitch regia tudo com uma régua de um *archin*[5] na mão, com a qual ele "instruía". No porão, as janelas tinham grades, não existiam lâmpadas, só uma lamparina ardia. À noite, no jantar, Ivan Emeliánovitch cortava ele mesmo a carne salgada para o *schi*,[6] primeiro pegava o *schi* com uma colher de pau, batia com ela na testa dos que bocejavam, e só era permitido pegar a carne salgada quando ele mesmo dissesse:

— Podem comer!

Ivan Emeliánovitch nunca era chamado de outra coisa que não "paizinho". Viviam de acordo com o ditado: "O pai-

[5] Antiga medida russa, equivalente a 71 cm. (N. do T.)

[6] Tradicional sopa russa, à base de repolho. (N. do T.)

zinho vai chegar e todos os assuntos solucionar".[7] Ivan Emeliánovitch tinha uma esposa rotunda, que durante o café fazia adivinhações sobre o rei de copas, mas em sua cama não era ela que ele colocava, e sim Machukha, governanta de confiança. Antes de dormir, em seu quarto abafado, Ivan Emeliánovitch passava muito tempo rezando — por seu comércio, pelas crianças, pelos finados, pelos navegantes e viajores —, lia salmos. Seu sono era leve, dormia pouco — à moda dos velhos. Levantava-se antes de todos, com uma vela, rezava novamente, bebia chá, dava ordens — e saía para passar o dia todo fora, na tenda. A casa sem ele ficava mais leve (talvez porque fosse dia?), e os comensais se arrastavam para fora das alcovas, rumo à sua "própria". Todo sábado, depois do ofício noturno, Ivan Emeliánovitch açoitava seu filho Donat. No Natal e na Páscoa apareciam convidados — parentes. No 24 de junho (depois de uma ébria noite de São João!), no dia de seu santo, um almoço era oferecido aos mendigos do lado de fora. Na Quinquagésima, os caixeiros e meninos prostravam-se aos pés de Ivan Emeliánovitch, e ele dizia a cada um:

— Abra a boca, expire!

para fungar o cheiro da vodca.

Assim — entre a casa, a tenda, a Bíblia, o açoite, a esposa, Machukha — quarenta anos se passaram. Assim foi cada dia — assim foi por quarenta anos —, e aquilo mesclou-se com a vida, entrou nela, como outrora a esposa entrara, os filhos entraram, o pai saíra, a velhice chegara.

O filho de Ivan Emeliánovitch, Donat, nasceu um menino bonito e forte. Na infância, teve de tudo: jogos de pedrinhas, jogos de tacos, banhos no rio junto aos balseiros, pipas com matracas, pombos, armadilhas para pintassilgos,

[7] Reza o ditado: "'Isso não é assunto meu', disse a mãezinha, 'o paizinho vai chegar e todos os assuntos solucionar'". (N. do autor)

passeios de carroça, compra e venda de ferraduras, pugilato — isso foi nos dias em que, por seu tamanho pequeno, ele não era notado. Mas, aos quinze anos, foi notado por Ivan Emeliánovitch, que lhe coseu botas novas, um quepe e calças, proibiu que saísse de casa se não fosse para ir ao colégio ou à igreja, tratou de ensiná-lo a escrever de um jeito bonito e começou a açoitá-lo com força redobrada aos sábados. Aos quinze anos, Donat crescera, suas madeixas alouradas ondulavam-se como anéis. O coração de Donat fora criado para o amor. No colégio, o professor Blanmanjov fazia com que Donat, assim como os outros alunos, viajasse pelo mapa: para Jerusalém, para Tóquio (por mar e terra), para Buenos Aires, para Nova York — enumerando os locais, as latitudes e longitudes, descrevendo as cidades, as gentes e a natureza —, o colégio municipal era geografia pura, talvez nem geografia, mas viagens: Blanmanjov passava a tarefa assim: decorar para amanhã a viagem a Yorkshire. E foi nesses dias que floresceu o primeiro amor de Donat, belo e extraordinário, como qualquer primeiro amor. Apaixonou-se pela arrumadeira Nástia, serena e de olhos negros. Donat ia de noite à cozinha e lia em voz alta a *Vida dos Santos Padres*. Nástia ficava sentada de frente para ele, apoiava na palma das mãos a cabeça coberta por um lencinho preto, e — que ninguém além dela ouvisse! — Donat lia com veneração, e sua alma se regozijava. Não era permitido sair de casa — eles jejuavam durante a Grande Quaresma e a partir daí iam à igreja em todas as vésperas. Era um abril límpido, os riachos fluíam, os pássaros preparavam onde viver, o crepúsculo toldava-se lentamente, os sinos quaresmais repicavam, e eles, no crepúsculo, de mãos dadas, numa sonolência primaveril, vagavam de igreja em igreja (havia em Ordynin 27 igrejas), não conversavam, sentiam, sentiam somente sua imensa alegria. Mas o professor Blanmanjov também ia a todas as vésperas, percebeu Donat e Nástia, comunicou ao padre Levkóiev, e este a Ivan

Emeliánovitch. Ivan Emeliánovitch, tendo chamado Donat e Nástia e levantado a saia de Nástia, ordenou ao caixeiro mais velho (na presença de Donat) que batesse no corpo nu de Nástia com o úmido, depois (na presença de Nástia), abaixando as calças de Donat, açoitou-o com as próprias mãos, expulsou Nástia naquela mesma noite, exilou-a no campo, e enviou Machukha para passar a madrugada com Donat. No outro dia, o professor Blanmanjov fez Donat viajar através do Tibete, até o Dalai Lama, e lhe deu a pior nota, pois os europeus não são admitidos ao Dalai Lama. Aquela Quaresma — com seus crepúsculos, seus sons de sinos, os olhos serenos de Nástia — permaneceu para sempre a coisa mais bela na vida de Donat.

Logo Donat aprendeu, com os caixeiros, a sair de madrugada pelo postigo, por um gradil serrado, e passar pela cerca em direção à cidade, à vila de Iámskaia, à "Europa". Começou a ir para o balcão com o pai. Nos dias festivos, ele se enfeitava, ia passear na Grande Rua Moscovita. Fez amizade com um hieromonge do monastério de Bieloborski, o padre Pímen; no verão, ia vê-lo cedo, nas manhãs orvalhadas, banhavam-se juntos no lago do monastério, passeavam pelo parque; depois, nas celas, atrás das figueiras, debaixo do canário, entre cruzes e ícones, bebiam licor de groselha negra, o padre Pímen contava de suas beatas e declamava poemas que ele mesmo compunha, como o seguinte:

Ó, virgem! Lírio do paraíso!
Te suplico, com um suspiro,
Olha por mim, com cuidado,
Por ti estou perdido, apaixonado![8]

[8] Eis a continuação do poema: "Sou um monge, resignado,/ Deveras por ti apaixonado,/Esquece meus votos,/ (Mantém isso em segredo!)/ E, se

Às vezes outros monges se uniam a eles, e então todos iam a um local secreto, numa torre, mandavam menininhos buscarem vodca, bebiam e cantavam o "Copérnico"[9] e o "Sachka-canalhinha", com o refrão baseado no motivo de "Repousando com os santos". Às vezes, à noite, o padre Pímen vestia um casaco de estudante e ia ao circo com Donat. O monastério era antigo, com igrejas encravadas na terra, com muros sombrios, com velhas sineiras — e o próprio Pímen contava a Donat que há tristeza no mundo. O próprio Pímen apresentou Donat a Uryvaikha: em noites insones de junho, passando pela cerca com uma garrafa de vodca, Donat ia até a viúva do milionário agiota Uryváiev, uma assediada beldade que vivia sob a tutela dos mercadores, batia na janelinha, por essa janela penetrava no quarto, ia até a cama de casal. Eles se amavam apaixonadamente, sussurravam — falavam — odiavam — praguejavam. O agiota Uryváiev, aos setenta anos, tomara como esposa Olenka, de dezessete anos, para perversão monástica, exterminou nela tudo que era natural, ao morrer legou-lhe a tutela de seus bens. A beldade caiu na bebedeira, na histeria: a cidade passou a repreendê-la, a fazer chacota dela... Mas esse último amor de Donat também foi curto — dessa vez quem o delatou foi o poeta-delator A. V. Varyguin, que escreveu sua delação em versos:

Quem sabe?
Quem sabe o que houve com Donat?

não te for repugnante,/ Eu, Pímen, o pecaminoso,/ Deveras por ti apaixonado,/ A ti rogo um ósculo./ Esquecido de meus votos,/ No sábado te aguardo,/ Estarei junto ao portão sagrado.../E depois... pornografia". (N. do autor)

[9] "Copérnico mourejou a vida inteira..." (N. do autor)

> Em 1914, em junho, julho, as florestas e gramados ardiam em incêndios vermelhos, o sol subia e descia como um disco vermelho, as gentes eram atormentadas por uma sufocação desmedida.

Em 1914, desencadeou-se a guerra, e depois dela, em 1917: a Revolução.

Na antiga cidade, reuniram as pessoas, ensinaram a elas o ofício de matar e mandaram-nas — aos pântanos de Bielovieja, à Galícia, aos Cárpatos — para matar e para morrer. Donat foi despachado para os Cárpatos. Em Ordynin, os soldados eram acompanhados até a vila de Iámskaia.

O primeiro a morrer na cidade foi Ogoniok, o Classicista, um bêbado honesto, um estudante que se perdera na bebida: morreu — enforcou-se — deixando um bilhete:

> "Morro porque não posso viver sem vodca. Cidadãos e camaradas do novo amanhecer! Quando uma classe se torna obsoleta, ela merece a morte, é melhor que ela mesma se mande.
>
> Morro no novo amanhecer!"

Ogoniok, o Classicista, morreu antes do novo amanhecer.

No ano de 1916, construíram uma ferrovia ao largo de Ordynin em direção à fábrica — e foi a última vez que os mercadores, "os pais da cidade", tentaram usar seus ardis: os engenheiros propuseram que a cidade pagasse propina, e os pais da cidade manifestaram sua plena concordância, mas designaram uma quantia tão absurdamente baixa, que os engenheiros consideraram seu dever colocar a estação a dez verstas de distância, na fábrica. Os trens passavam ao largo da cidade enlouquecidos, e mesmo assim o primeiro trem foi recebido pelos moradores com festa — apinharam o Vologa, e os menininhos, para sua conveniência, treparam nos telhados e nos salgueiros-brancos.

O primeiro trem que parou bem perto de Ordynin foi um trem revolucionário. Nele, Donat voltou para Ordynin, cheio de lembranças da juventude (triste memória!), cheio de ódio e vontade. Donat não conhecia o que era novo, conhecia o que era velho, e o que era velho ele queria destruir. Donat chegou para criar — o que era velho, odiava. Donat não foi para a casa do pai.

Pela antiga cidade, pelo *kremlin* morto, andavam com bandeiras, cantavam hinos vermelhos — cantavam hinos e andavam em multidões, quando antes a antiga e canônica cidade mercantil, com seus monastérios, catedrais, torres, ruas pavimentadas, dormia pesadamente, quando antes a vida só brilhava de leve por detrás dos muros de pedra com cães-lobos nos portões. Ao redor de Ordynin havia florestas — nessas florestas, nas propriedades senhoriais, faziam arder incêndios vermelhos, das florestas mujiques arrastavam-se com sacos e pão.

A casa do comerciante Ratchin foi tomada e cedida à Guarda Vermelha. Donat instalou-se na casa de Blanmanjov. Ia a toda parte com um fuzil, suas madeixas ondulavam-se como antes, mas em seus olhos se acendera um fogo seco — de paixão e ódio. As vendas salinas foram destruídas. Da parte de baixo dos pisos, milhares de ratazanas saíram correndo, nas adegas havia carne de porco podre guardada, nas fundações foram encontrados crânios e ossos humanos. As tendas salinas foram arruinadas por ordem de Donat, em seu lugar foi construída uma Casa do Povo.

E isso é tudo.

Há ainda o seguinte (quem quiser pode ir ver!): todo dia, às cinco para as sete da manhã, à nova construção da Casa do Povo, precisamente no local em que ficava o comércio Ratchin e Filho, chega, todos os dias, um velho ancião, de óculos redondos, quepe de algodão, as costas mirradas, de bengala — todos os dias ele se senta ali perto, sobre uma coluna de pedra, e fica sentado ali o dia todo, até a noite, até as sete e meia. É Ivan Emeliánovitch Ratchin, bisneto de Demiênti.

Na cidade há fome, na cidade há pesar e alegria, na cidade há lágrimas e riso. Sobre a cidade, passam primaveras, outonos e invernos. Pela nova estrada, rastejam ambulantes, a varíola e o tifo.

Nos portões do *kremlin* de Ordynin já não está escrito:

Guarda, ó Deus,
Esta cidade, teu povo,
E abençoa
Quem por estes portões entrar.

Ademais, na cidade, além de comerciantes, havia nobres, pequeno-burgueses e *raznotchíntsy*,[10] e a cidade fica a mil verstas de qualquer lugar, na terra além do rio Kama, entre florestas, e à cidade chegaram *os brancos*.

Na crônica, disse o cronista sobre as terras de Ordynin:

> "A cidade de Ordynin foi erguida com pedras. Aquelas terras são ricas em carvão mineral e minérios magnéticos; a eles, o ferro adere."

E para lá de Ordynin uma metalúrgica foi instalada. As terras de Ordynin são depressões, vales, lagos, florestas, bosquetes, pântanos, campos, um céu tranquilo — estradinhas. O céu por vezes é sombrio, com nuvens cinzentas. A floresta

[10] Termo empregado principalmente no século XIX para designar os intelectuais sem origem nobre. (N. do T.)

por vezes gargalha e geme, em alguns verões ela arde. As estradinhas — essas estradinhas se arrastam e se contorcem numa linha torta, sem fim, sem começo. Alguns acham entediante seguir por elas, querem um caminho mais reto — esses dão a volta, vagueiam, voltam ao local de antes!... Duas trilhas, tanchagens, um pequeno atalho e, ao redor, além do céu, centeio ou neve ou floresta — sem fim, sem começo, sem beira. E se anda por essas estradinhas cantando canções, baixinho: alguns acham essas canções entediantes, como as estradinhas. Ordynin nasceu nelas, com elas, delas.

Também na crônica *A história da Grã-Rússia, da Religião e da Revolução*, o cronista Silvestr, arcebispo de Ordynin, disse sobre o povo de Ordynin:

> "Viviam em florestas, como animais, comiam tudo que fosse impuro, faziam impudicícias entre si diante dos pais e das cunhadas; não havia matrimônio entre eles, mas folguedos entre os povoados, reuniam-se para esses folguedos, para a dança e outros folguedos demoníacos, e ali raptavam noivas para si, aquelas com quem se entendessem, tinham duas ou três esposas cada um; se alguém morria, organizavam banquetes em sua homenagem, depois preparavam uma grande fogueira (um cepo) e, tendo colocado nela o defunto, queimavam-no, depois disso reuniam os ossos, metiam-nos dentro de um pequeno vaso, que era colocado em cima de um poste na estrada, o que fazem até hoje."

* * *

E a canção de agora na nevasca:

— A nevasca. Pinheiros. O prado. Terrores.

— *Chooiaa, cho-oiaaa, chooooiaaa...*

— *Gviiuu, gaauu, gviiiuuu, gviiiiuuuu, gaaauu.*

E:

— *Gla-vbumm!!...*

— *Gla-vbumm!*

— *Gu-vuz! Guu-vuuz!...*

— *Choooia, gviiuu, gaaauuu...*

— *Gla-vbummm!!...*

E —

KITAI-GÓROD[11]

Isso vem das vadiagens dela, da China...

Começaram em Moscou, em Kitai-Górod, atrás da muralha chinesa, nas vielas de pedra e nas construções, em postes de iluminação a gás — um deserto de pedra. Durante o dia, Kitai-Górod, atrás da muralha chinesa, revirava-se com milhões de pessoas e milhões de vidas humanas — de chapéus-coco, gorros de feltro e *zipuns*[12] — e ele mesmo de chapéu-coco e uma valise de títulos, ações, letras de câmbio, guias de remessa, da bolsa — ícones, peles, fazendas, passas, ouro, platina, artigos de Martiánytch[13] —, só de chapéu-coco, totalmente Europa. Mas, à noite, nas vielas de pedra e nas construções, desapareciam os chapéus-coco, chegavam a solitude e o silêncio, os cães fuçavam, os postes ardiam mortiços em meio às pedras, e somente de Zariádie[14] e em Za-

[11] Região histórica de Moscou, localizada próximo à Praça Vermelha. Em russo, *górod* significa "cidade", e *Kitai* significa "China". Por esse motivo, tornou-se comum a associação entre a região e o país asiático. (N. do T.)

[12] Tradicional vestimenta camponesa, uma espécie de casaco curto, sem gola, feito com tecido rústico. (N. do T.)

[13] Famoso restaurante moscovita, localizado na referida região da cidade. (N. do T.)

[14] Região histórica de Moscou, pertencente a Kitai-Górod. Literalmente, significa "região além das vendas". (N. do T.)

riádie caminhavam algumas pessoas, raras, como cães, e de quepe. E então, nesse deserto, das construções e dos passadouros ela saía rastejando: a China, sem chapéu-coco, o Império Celestial, que fica em algum lugar do Oriente, além das estepes, além da Grande Muralha de Pedra, e que olha para o mundo com olhos vesgos, semelhantes aos botões dos capotes militares russos.

Esse é um Kitai-Górod.

E o segundo Kitai-Górod.

Em Níjni-Nóvgorod, em Kanávino, além do Makárie, onde, ao longo do Makárie, com seu enorme traseiro, aquela mesma diurna e moscovita Ilinka se repimpava, em novembro, depois do setembro com seus milhões de *pudes*,[15] barris, peças, *archines* e quartos de mercadoria trocadas por rublos, francos, marcos, esterlinas, dólares, liras e outros — depois da orgia de outubro, debaixo da cortina, entornada pelo Volga, de vinhos, caviares, "venezianos", "europeus", "tártaros", "persas", "chineses" e litros de espermatozoides —, em novembro, em Kanávino, na neve, das vendas seladas, das tendas desmontadas, da solitude, olha — com seus botões militares no lugar dos olhos — aquela, a da noite moscovita e oculta atrás da Grande Muralha de Pedra: a China. O silêncio. O indecifrável. Sem chapéu-coco. Botões militares em vez de olhos.

> Aquela moscovita — nas madrugadas, da noite até a manhã. Esta — nos invernos, de novembro a março. Em março, as águas do Volga lavam Kanávino e levam a China embora, para o Cáspio.
>
> — Isso é das suas vadiagens.

[15] Antiga medida russa, equivalente a 16,4 kg. (N. do T.)

E o terceiro Kitai-Górod.

Aí está. Um vale, pinheiros, neve, lá ao longe — montanhas rochosas, um céu de chumbo, um vento de chumbo. A neve está fofa, em três lados há pinheiros molhados, e faz três dias que o vento sopra: o agouro sabe que o vento come a neve. É março. Em meio aos pinheiros, um povoado — além das colinas, uma cidade — no vale, uma fábrica. As chaminés não soltam fumaça, os altos-fornos estão quietos, as oficinas estão quietas — nas oficinas também há neve e ferrugem. Um silêncio de aço. E das oficinas impregnadas de fumaça, das fresas e máquinas *ajax*, dos martelos e gruas, dos altos-fornos, das lâminas de metal enferrujado, ela observa: a China, e sorriem (e como podem sorrir!) os botões militares.

> Lá, a mil verstas, em Moscou, a imensa mó da revolução moeu a Ilinka, e a China saiu se arrastando da Ilinka, começou a se arrastar...

— Aonde?

— Arrastou-se até Taiojevo?!

— Mentira! Mentira! Mentira! Ainda vai arder o alto-forno, vão mover-se as lâminas, ainda vão dançar as *ajax* e as fresas!

— Menti-ira! Menti-iira! — e isso não histericamente, mas talvez com uma raiva fria, com zigomas retesados. — É Arkhip Arkhípov.

Uma observação indispensável

Os brancos partiram em março — e para a fábrica era março. Para a cidade (para a cidade de Ordynin), julho — e para os vilarejos em toda parte, o ano todo. Aliás, a cada um

— com os seus olhos — a sua instrumentação e o seu mês. A cidade de Ordynin e as fábricas de Taiojevo estão próximas e a mil verstas de qualquer lugar — Donat Ratchin foi morto pelos brancos: é tudo o que se tem sobre ele.

NARRAÇÃO

CAPÍTULO I

Aqui se vendem tumates

Na cidade, da cidade, à maneira da cidade.

A cidade antiga está morta. A cidade tem mil anos.

Um céu abrasador derrama um mormaço abrasador, e no fim do dia haverá um longo crepúsculo amarelado. O céu abrasador está inundado de azul e de insondável, as igrejinhas, as galerias dos monastérios, as casas, a terra: tudo arde. Um sonho de olhos abertos. No silêncio ermo, batem os sinos da catedral com um retinir vítreo: *don*, *don*, *don!*, a cada cinco minutos. Nesses dias, sonhos de olhos abertos.

Nos portões do monastério, uma placa vermelha com uma estrela vermelha:

"Departamento da Guarda Popular do Soviete dos Deputados de Ordynin."

Junto aos portões do monastério, uma sentinela. E, das celas distantes, propagam-se pelo deserto da tarde os sons incessantes do clarinete — o camarada Jan Laitis, chefe da guarda popular, está aprendendo a tocar clarinete. É antigo o monastério da Apresentação da Virgem sobre o Monte; de cela a cela, de igreja a igreja, há corredores, e contrafortes marrons pelo tempo cobriram as paredes brancas, estão colados nelas. À noite, o monastério, assim como Vassíli, o

Bem-Aventurado,[16] se assemelha às decorações de um teatro. A Apresentação da Virgem sobre o Monte: a Rússia teve dias em que a Rússia ia de Moscou, das barreiras moscovitas, em direção ao leste e ao norte, às florestas e aos desertos, pelos monastérios, no cisma. Ordynin fica na terra além do Kama — na orla meridional celeste, a estepe; na setentrional, florestas e pântanos; na oriental, montanhas — sobre uma colina, sobre o rio Vologa, em meio a florestas, uma cidade de pedra. E não se sabe quem recebeu o nome de quem: os príncipes Ordynin receberam o nome da cidade ou a cidade de Ordynin recebeu o nome dos príncipes?[17]

A última vez que a cidade viveu foi setenta anos atrás. A Rússia teve essa época — e o diabo é que sabe como chamar essa época! — quando nem a Rússia propriamente dita existia, mas sim certo espaço interminável e ressecado pelo calor, com verstas listradas, ao largo das quais funcionários passavam voando em direção a Petersburgo, a fim de ler ali, diante do imperador, sua jactanciosa assinatura — e os funcionários tampouco tinham rostos, mas algo mortiço vestido com um feltro azul, oficial, de gendarme; não à toa, pelo calor de julho — como em Gógol —, naqueles dias voavam funcionários de capote, voavam para trocar de cavalos nas barreiras, nas cabines listradas, e atravessar as cidades com tetrazes sufocados. A Rússia tinha, naqueles dias, o rosto mortiço, como o dos funcionários, aqueles dias se assemelhavam a um julho incinerador, aquele que traz a fome e a seca. Não à toa, aquela época prorrompeu como Sevastópol. E dessa época permaneceu no *kremlin*, junto à barreira, de frente para os portões do monastério, uma casa — de arquitetura

[16] Vassíli Blajénny (1469-1552), famoso santo russo. Era considerado um *iuródivy*, um "louco em Cristo". (N. do T.)

[17] Os príncipes Ordynin, porém, já tinham se tornado meros agiotas. (N. do autor)

servil! — com uma cabine listrada junto aos portões, pintada de cinabre, mas com pilastras brancas em cada espaço e com molduras decorativas azuis. Os príncipes Ordynin se dividiram em Ordynin e Volkóvitch, mas os generais Volkóvitch tinham sumido; no canto direito vivia Andrei Volkóvitch, no porão instalou-se o sapateiro Semion Matvêiev Zilotov, os quartos no mezanino foram alugados pela senhorita soviética Olenka Kunts e pelo residente da cidade Serguei Serguêievitch — os príncipes Ordynin por sua vez se alojaram no outro lado do parque, junto à Ladeira Velha, junto à Igreja Velha, não mais na casa de sua linhagem, mas na de mercadores: a *Mamãe Ordynina*.

De frente para a casa, ficam os portões do monastério, à direita, a praça da catedral, esvaída pelos séculos, extenuada pelas muitas canículas; atrás da praça da catedral, fica a casa de Ordynin, também de arquitetura servil (outrora dos mercadores Popkov!); detrás, há um despenhadeiro, coberto por pinheiros com troncos de cobre. Da colina, a partir da barreira, enxerga-se o rio Vologa; para lá do rio, além das várzeas e enseadas, nas florestas ao longe, enxergam-se: os campanários brancos de Redenev, e outros. E além das florestas, em novas colinas, assomam negras chaminés: da fábrica — isso já é outra coisa.

Um céu abrasador derrama um mormaço abrasador, no fim do dia haverá um crepúsculo amarelado — e no fim do dia, ao sopé da colina, fogueiras serão acesas: serão os famintos a cozinhar suas sopas grossas, aqueles que rastejam aos milhares em direção à estepe, atrás de pão, e do sopé da colina ouvir-se-ão canções melancólicas. A cidade já estará adormecida: a cidade inveterou-se em estado de guerra. Na madrugada, neblina virá das várzeas e enseadas. Na madrugada, patrulhas andarão pela cidade, tilintando seus fuzis. Na madrugada — na madrugada, o residente Serguei Serguêievitch descerá até Semion Matvêiev Zilotov usando apenas suas limpas roupas de baixo, sentar-se-á como um solteirão no peitoril, encolhendo as pernas com edemas, e falará de maionese e bolinhos de vitela.

— *Don, don, don!* — bate o relógio da catedral.
Outros dias. O presente século.

O sapateiro Semion Matvêiev Zilotov, mirrado pelo reumatismo, tem o rosto entortado para um lado. Piscando com seu olho torto, diz:

— Agora é o ano de oito mil, quatrocentos e vinte e sete! — E acrescenta com um risinho: — Não acredita? Pois vá conferir, meu senhor! Eu juro: pelo diabo, o pentagrama!

Na janela do porão de Semion Matvêiev Zilotov, além das caixas de papelão com as botas, bem de frente para a placa

"Departamento da Guarda Popular do Soviete dos Deputados de Ordynin"

está colado o anúncio

"Aqui se vendem tumates",

e está desenhado um tomate vermelho.

As pedras ardem. No *kremlin*, um deserto. Outros dias. Um sonho de olhos abertos.

À tarde, Olenka Kunts chegará do serviço no Departamento da Guarda Popular, cantará romanças e, ao crepúsculo amarelado, irá com suas amigas ao cinema Veneza.

Bate o relógio:

— *Don, don, don!*

"Aqui se vendem tumates"

Olenka Kunts e o mandado

O dia murchava ao crepúsculo amarelado, antes da madrugada surgia uma neblina úmida.

No monastério, de manhã, no serviço, Olenka Kunts fazia cópias dos mandados na Reneo. Na pequena cela, tudo estava como antes, como na época das monjas, limpo e claro; nas janelinhas, gerânios e balsaminas se aqueciam; no jardim do monastério, pássaros cantavam. Olenka Kunts rodava:

> "Mandado
>
> Ao camar. . . . . está outorgado o direito de conduzir busca na casa do c. . . . . e de efetuar prisão, em caso de necessidade.
>
> Chefe da Guarda —
> Secretário —
> Escriturário —"

E, debaixo da palavra "escriturário", Olenka Kunts assinava, com sua letra desajeitada, mas sem abrir mão do rabinho: — "O. Ku", e tracinhos, e um rabinho.

No monastério, de manhã, no Comitê Executivo (ali também havia balsaminas se aquecendo nas janelinhas), no Comitê Executivo reuniam-se — um sinal dos tempos — pessoas de couro usando jaquetas de couro (bolcheviques!) — todos do mesmo jeito, belos homens de couro, todos fortes, e os cachos formavam anéis debaixo do boné virado para trás; todos, acima de tudo, com muita vontade nos zigomas macilentos, nas rugas dos lábios, nos movimentos de ferro —

e audácia. Da nação russa, áspera e grosseira, eram a melhor seleta. Usarem jaquetas de couro também era bom: não dava para molhá-las com a limonada da psicologia, é isso que decidiram, é isso que sabem, é isso que querem e — basta! Aliás, nenhum deles leu Karl Marx, provavelmente. Piotr Oriéchin, o poeta, disse sobre eles (sobre nós!): "Ou liberdade aos miseráveis, ou ao campo num poste!". Arkhip Arkhípov esteve desde o nascer do dia no Comitê Executivo, escrevendo e pensando — o dia o encontrou com a testa pálida, sobre uma folha de papel, com as sobrancelhas carregadas, a barba um pouquinho eriçada —, e o ar ao redor dele (não como sempre depois da noite) estava limpo, pois Arkhípov não fumava. E quando chegaram os camaradas, e quando Arkhípov entregou sua folha de papel, em meio a outras palavras os camaradas leram a intrépida: *fuzilar*.

E ainda — naquela mesma manhã, no monastério, numa cela distante atrás das balsaminas, numa torre de canto, coberta de musgo — o arcebispo Silvestr, também coberto de musgo no falatório popular, escrevia sua obra sobre a *Grã-Rússia, a Religião e a Revolução*. Ex-oficial do regimento de cavalaria e príncipe, um pequeno pope grisalho e coberto de musgo, vestido com uma batina preta, o arcebispo Silvestr estava sentado a uma mesa cheia de papéis, e sobre a mesa, em meio aos papéis, havia um naco de pão preto, e, numa jarra alta, água de uma fonte. Entre as balsaminas, havia uma janelinha alta, e junto à porta estava sentado um servo, um mongezinho negro, único e fortuito naquele monastério de moças. O pequeno pope, coberto de musgo, escrevia apressado, e o mongezinho, em devaneio, cantarolava canções russas antigas, sufocando na canícula.

O. Ku (e tracinhos, e um rabinho).

Depois do serviço, Olenka Kunts foi ao refeitório, conversou com uma amiga sobre o novo conhecido do Vseprofinans[18] e arrastou a amiga para a casa dela. Da cancela até a entrada dos fundos — sobre tábuas estiradas ao longo da relva através do pátio abandonado —, foram correndo, batendo com os saltos, subiram uma escada precária, passaram por uma latrina asfixiante, subiram até o mezanino, escancararam a janelinha e cantaram:

No jardim em que nós nos encontramos,
Um arbusto de crisântemos...

Logo correram novamente para o pátio, foram ao jardim, comeram framboesas. O dia murchava com o crepúsculo amarelado; após o crepúsculo Olenka Kunts foi ao cinema Veneza, lá "trabalhava" Vera Kholódnaia.[19] O camarada Jan Laitis, chefe da guarda popular, aproximou-se de Olenka Kunts no Veneza — na escuridão, quando Vera Kholódnaia "trabalhava", o camarada Laitis apertou a mão de Olenka. Depois, Olenka Kunts foi com Laitis ao despenhadeiro; no sopé do despenhadeiro, em meio à neblina, ardiam as fogueiras dos famintos, a neblina já se erguia e a cidade calava — em meio a florestas, em meio a pântanos — em estado de guerra: Olenka Kunts gargalhava quando as patrulhas pediam seu salvo-conduto e, ao rir, apertava-se ingenuamente contra o camarada Laitis. O camarada Laitis, usando um casaco de veludo, falava de música, de Beethoven, de violino e de clarinete.

Olenka Kunts despediu-se do camarada Laitis junto à cancela do jardim, atravessou o jardim em direção à casa, de-

[18] Acrônimo de *Vserossíski profsoiúz rabótnikov finánsovogo, nalógovogo i kontrólnogo diela* (Sindicato dos Trabalhadores Financeiros, Fiscais e de Controle da Rússia). (N. do T.)

[19] Vera Vassílievna Kholódnaia (1893-1919), primeira grande estrela do cinema russo na era muda. (N. do T.)

pois de um minuto a luz no mezanino se acendeu e a casa aquietou-se. A noite era escura, e uma neblina úmida e cinzenta deslizou da Várzea.

E então começou um som abrupto junto aos portões (lá onde ficava a cabine listrada). Era o sino ressoando, lastimoso. Junto aos portões, estava o camarada Laitis, com um destacamento de soldados. A cancela foi aberta por Andrei Volkóvitch.

O camarada Laitis perguntou:

— Onde fica por aqui a morada do nobre ovicial e esdudante Volkóvis?

Andrei Volkóvitch respondeu com indiferença:

— Contornem a casa, aí peguem a escada; é no primeiro andar.

Disse e bocejou, ficou parado junto à cancela preguiçosamente e preguiçosamente foi em direção à casa, à entrada principal. Junto ao destacamento, em fila, sobre as tábuas estiradas ao longo da relva do pátio, o camarada Laitis foi em direção à entrada dos fundos. A escada levava a uma porta pregada.

— Aqui, não.

— Arrombem a porta!

Arrombaram a porta, uma mobília despedaçada estava jogada atrás dela, havia uma mesa de bilhar. Por uma nova porta, entraram em um balcão deteriorado, e o balcão pôs-se a estalar sob o peso dos corpos, na penumbra dos isqueiros fumegantes; no salão, sombras acinzentadas voaram pelos lados, cal precipitou-se:

— Aqui, não! Tem uma escadinha ali no patamar, mais para cima.

O mezanino cheirava a azedume noturno e habitação. Na porta de Serguei Serguêievitch, pendia um cartão de visitas. Serguei Serguêievitch apareceu à porta, só com a roupa de baixo e uma vela, com edemas, tremendo como um álamo, a luz de sua vela projetando-se trêmula.

— Onde fica a morada de Volkóvitch?

— Ele não está aqui! Está lá embaixo! Dois quartos à esquerda da entrada principal!

— Dar busca! Cercar a casa!

Andrei Volkóvitch não estava mais lá.

O camarada Laitis mostrou a Serguei Serguêievitch o mandado assinado por ele mesmo em que ele mesmo ficava incumbido de conduzir buscas e efetuar prisões — e havia ali também a assinatura de Olenka Kunts:

O. Ku (e tracinhos, e um rabinho).

Foram bater à porta de Olenka Kunts! Olenka Kunts chorava. O camarada Laitis entrou em sua casa.

— Isso é ruim, é ruim! Não estou vestida, quero que o senhor saias! — Olenka Kunts formara sua própria gramática e considerava indecente usar o verbo na terceira pessoa ao falar com alguém usando um pronome de tratamento. Ela dizia "o senhor me amas?", e não "o senhor me ama?".

Olenka Kunts estava sentada na cama, de camisola, as pernas encolhidas, e pela janela junto à cama via-se ao longe a aurora tornar-se lilás. A camisola não ocultava Olenka Kunts, e, embora ela estivesse com os braços cruzados sobre os peitos, os olhos do camarada Laitis, obstinados, estavam fixos bem ali, deslizando depois pelos joelhos roliços. Os lábios de Olenka, com o choro, ficavam graciosamente comprimidos, como se fossem cerejinhas.

— Isso é ruim, é ruim! Não estou vestida. Tenho pena de Andriucha! Saias!

O camarada Laitis saiu. Serguei Serguêievitch corria pela casa, apoiando-se pesadamente em cada perna, servindo. Andrei Volkóvitch não foi encontrado. O chefe da guarda popular foi embora. Serguei Serguêievitch o acompanhou.

Pelas ruas, uma neblina úmida deslizou; ao longe a aurora tornava-se lilás.

Olenka Kunts chorava, na impura cerração cinzenta do alvorecer, chorava Olenka Kunts, ofendida: tinha pena de Andriucha Volkóvitch e adorava chorar um pouquinho — e, na impura cerração cinzenta do alvorecer, ecoou pela casa uma gargalhada hercúlea: era Serguei Serguêievitch. Serguei Serguêievitch descia, apoiando-se em cada perna, pela escada de pedra que levava ao porão, para ver Semion Matvêiev Zilotov. Semion Matvêiev estava junto ao fogão, o forno ardia;[20] próximo ao fogo, dentro de latinhas, próximo ao fogo, poções de algum tipo eram aquecidas.

— Viu?! — disse Serguei Serguêievitch sarcasticamente e gargalhou, segurando a barriga.

Semion Matvêiev respondeu:

— O pintagrana, e não o pintágono.

— Muito bom, hein?! Eu mesmo abri e — faça o favor de se dirigir até a porta dos fundos! Hein? Ha-há! Nem rastro ficou. Ha-há!...

— A única coisa que dá pena é ele ser russo. Juro pelo diabo. Mas também, está vendo esse sinal?, o estrangeiro foi achado.

— Viu?! Ha-há!... Ainda cozinhando? Tinha que fritar uns bolinhos de carne de porco! Ha-há, não vai comprar tudo!

O alvorecer começou com uma impura cerração cinzenta, e uma neblina úmida deslizou pela rua. No alvorecer, na

[20] Aqui e em outras passagens do livro, o forno mencionado é o forno russo, que servia para preparação de alimentos mas também para o aquecimento da casa. Na parte superior, havia um nicho, no qual as pessoas costumavam dormir. (N. do T.)

neblina, um pastor começou a tocar sua trompa, num tom dorido e sereno, como o alvorecer do Norte, em Perm.

Serguei Serguêievitch estava sentado como um solteirão, no peitoril, encolhendo suas pernas com edemas. No forno, próximo à chama, em cadinhos, ardiam umas colas; da parte de trás do fogão, tinham arrastado uma mesinha com livros abertos, em que o "m" se parecia com um "t" e o "b" se parecia com um "n", e com um globo em que a Rússia estava pintada de vermelho. Semion Matvêiev Zilotov, concentrado, levava os cadinhos do fogão para a mesa com um passo semelhante ao de um velho cão.

Semion Matvêiev Zilotov tirou da mesa um papelão pentagonal, em que, no centro, num círculo, estava escrita a palavra "Moscou", e, nos cantos, "Berlim", "Viena", "Paris", "Londres", "Roma". Em silêncio, aproximou-se de Serguei Serguêievitch e dobrou os cantos do pentágono: Berlim, Viena, Paris, Londres e Roma juntaram-se. Depois de endireitar novamente os cantos, dobrou o pentágono de um jeito novo: Berlim, Viena, Paris, Londres e Roma inclinaram-se para Moscou, e o papelão ficou parecendo um tomate, pintado de vermelho por baixo.

— Vê este sinal? — disse Semion Matvêiev Zilotov com grande severidade. — As urbes estrangeiras, uma vez reunidas, reverenciaram a urbe de Moscou. Mas Moscou permaneceu humilhada.

Semion Matvêiev aproximou-se do fogão e derramou o líquido de um dos cadinhos em outro; surgiu uma fumaça cinzenta, começou um chiado, veio um cheiro de enxofre queimado.

— O pentagrama — disse Semion Matvêiev, e ficou parado junto à mesa, apoiado no globo. — Jure: o pentagrama, pelo diabo! E eu revelarei um grande segredo.

— Do que está falando? — perguntou Serguei Serguêievitch.

— Jure: o pentagrama, pelo diabo! E eu revelarei um grande segredo. Vê o que acontece na Rússia?

— É algo conhecido: a brutocracia, a fome, o banditismo. É isso que acontece!... — respondeu Serguei Serguêievitch. — A carne de porco está setenta e cinco! O que sucede?! A Rússia está andando de pernas pro ar. — Serguei Serguêievitch sorriu. — Vá lá e me compre um pouco de *kolbassá*[21] defumada! He-he! — Serguei Serguêievitch ficou amargamente alegre: — Ho-ho!... Andrei, Andrei... Como é?! "Por gentileza, vá ao primeiro andar!" Ho-ho!... Viu?!... Ho-ho!

— Espere! — exclamou Semion Matvêiev Zilotov, golpeando o globo com a mão. — A Rússia contra o mundo todo? Na Rússia há fome, desordem, morte? — e haverá por vinte anos!... Jure, e você saberá o segredo!...

Serguei Serguêievitch ficou amargamente alegre.

— Mas e então?! Eu juro!

— Jure: pelo diabo, o pentagrama!

— Juro: pelo diabo, o pentagrama! Mas e então?

Semion Matvêiev começou a se mover de maneira absurda, ficou de cócoras, encontrou o equilíbrio e pôs-se a sussurrar:

— Daqui a vinte anos a Rússia há de se salvar. No mosteiro, na cela da superiora (lá agora está Laitis, o camarada), há uma passagem tépida para a igreja de inverno. No altar!

— Do que está falando?

— O estrangeiro: Laitis, o camarada! No altar! Em vinte anos haverá um salvador. A Rússia se cruzará com um povo estrangeiro. O salvador há de se entregar a magos árabes. Eu educarei...

— Do que está falando?

— Olga Semiônovna Kunts com o estrangeiro Laitis.

[21] Tradicional embutido russo. (N. do T.)

Uma beldade. Uma donzela. O sangue cobrirá de púrpura o altar. E depois tudo queimará, e também o estrangeiro — ao fogo!

— Do que está falando? Quer vingar Volkóvitch? — Serguei Serguêievitch perguntou com seriedade, em voz baixa.

— Não, salvar a Rússia!

> (... E então, dos passadouros, ela observa com seus botões militares: a China, o Império Celestial)...

— Mas o que tem Olga Semiônovna?

— Olga Semiônovna é uma donzela! Uma beldade.

— Mas do que está falando? É por causa da fome ou o quê? Em vez de poções, você devia cozinhar um *schi*!... Já está na hora!...

— Ouça! Veja!

Semion Matvêiev Zilotov pegou da mesa um livro grosso e começou a ler:

> "Quem ousará nos escusar de todos os crimes que desonram nossa época, de todos os vícios que propagam avarias nos países, de todos os desarranjos, gerais e particulares, que obrigam a sociedade a suspirar? — das profundezas do pó à grandeza do astro do dia, tudo leva ao reconhecimento de uma Força Primária, que mantém a corrente dos seres e que é, sozinha, o princípio desses seres. Tudo profetiza ao mesmo tempo à alma, à razão e àquela sensação interna que nunca engana o interrogador. Quanto mais reunimos nossos pensamentos, mais fortemente percebemos esse símbolo de poder ilimitado, essa marca de grandeza representada em toda parte e em todos os objetos!"

Semion Matvêiev vivia de modo semelhante a um caranguejo-ermitão, e seu porão era sua concha: bastava Semion Matvêiev balançar a perna sobre o forno, e uma de suas botas de feltro saía voando para um canto; bastava balançar a segunda perna, e a segunda bota ia parar no mesmo canto, ao lado da primeira; bastava mover-se de modo desajeitado sobre o forno, e os tijolos ressecados e rachados começariam a ruir, o que nunca aconteceu, pois, mesmo dormindo, Semion Matvêiev Zilotov estava acostumado a ficar deitado como um incomum ponto de interrogação; se desejasse, em meio à escuridão noturna, ter consigo *O pentagrama, ou o símbolo maçônico, traduzido do francês*, bastava se debruçar por cima do forno que infalivelmente pegava da mesa *O pentagrama*, e bastava apalpar suas páginas para reconhecê-las.

A cerração cinzenta do alvorecer deslizou para longe da terra, o dia ficou ardente, claro e quente. A neblina cinzenta partiu para o céu. Serguei Serguêievitch foi para cima, para seu quarto. Olenka Kunts já se levantara, banhava-se com água, e ao banhar-se começara a cantar:

No jardim em que nós nos encontramos...

— mas lembrou-se do camarada Laitis e calou-se, ofendida. Numa trempe, Serguei Serguêievitch fazia para si café de centeio torrado e, cerrando melhor a porta, tirava de algum lugar secreto um pedacinho de açúcar e um pedacinho de queijo; o café ele bebia após estender um guardanapo sobre a mesa. Depois do café, do cigarro aceso, Serguei Serguêievitch se barbeava e vestia um casaco de tussor com os panos das axilas corroídos pelo suor; depois, ia para o serviço na caixa econômica, onde, no primeiro dia de cada mês, ele escrevia nos "Registros" que "não ocorreram operações referentes ao mês findo" e que "não foram feitos depósitos". Antes do serviço,

Serguei Serguêievitch passava em certa casinha onde trocavam abotoaduras por manteiga; no serviço, em meio à canícula, moscas zumbiam, e Serguei Serguêievitch, banhado em suor, jogava *préférence*[22] a dois com o ajudante; depois do serviço, Serguei Serguêievitch ia ao refeitório soviético, levava o almoço para casa numa marmita, almoçava em casa, com o guardanapo novamente estendido, depois do almoço dormia e, ao crepúsculo, saía para um passeio na alameda.

Algo filosófico sobre o renascimento, e:

A MORTE DO VELHO ARKHÍPOV,

outro escolástico — nesse mesmo alvorecer.

Com a impura cerração cinzenta, iniciou-se o alvorecer. Ao alvorecer, o pastor começou a tocar sua trompa naquele tom dorido e sereno, como o alvorecer do Norte, em Perm. E o hortelão Ivan Spiridônovitch Arkhípov, em sua casa no sopé da montanha, levantou-se com a trompa do pastor; em um lavatório de barro, no terracinho, Ivan Spiridônovitch lavou-se minuciosamente; depois, arregaçando as mangas de sua sobrecasaca, ordenhou a vaca no estábulo — e, diferentemente dos outros dias, não foi aos canteiros.

Com a cerração iniciou-se o alvorecer. Na isbá negra, no quarto de Ivan Spiridônovitch, onde se podia arrastar a nu-

[22] Jogo de cartas muito popular na Rússia desde os anos 1830. Jogava-se a dinheiro, geralmente. O ideal era que o jogo fosse disputado por três ou quatro jogadores, mas podia-se adaptar a partida para apenas dois jogadores. (N. do T.)

ca pelo teto, e onde havia janelinhas baixinhas, havia uma escrivaninha de nogueira (que certamente fora trazida do sótão da casa dos Volkóvitch — a casa dos Volkóvitch ficava bem no alto da montanha, e os Arkhípov descendiam dos servos dos Volkóvitch) e um sofá de couro, em que, sem se despir, Ivan Spiridônovitch sempre dormia. Depois de acender duas velas sobre a mesa, deixando o alvorecer além das janelinhas azulado, Ivan Spiridônovitch sentou-se à mesa e, de óculos, com o rosto magro e sombrio, pôs-se a ler um grosso livro de medicina.

Nesse mesmo alvorecer, em sua metade limpa da casa, também o filho Arkhip acordou; chegou à cozinha com ânimo, vestindo uma jaqueta de couro; de pé, bebeu leite e comeu pão de centeio. O pai largou o livro, caminhou ao redor, não como os velhos, e sim ereto, como sempre, os braços atrás das costas.

— O que você acha da medicina: dá para confiar nela? — perguntou o velho com indiferença, olhando fixamente pela janela.

— A medicina é uma ciência. Dá para acreditar. Mas por quê?

— Então. Peguei um livro de Daniil Aleksándrovitch, folheei... É cada febre, cada febre!... Também acho que dá para acreditar. — Ivan Spiridônovitch parou junto à janela, observou fixamente a colina com o *kremlin* e a casa dos Volkóvitch, um parque que descia até o fundo do despenhadeiro.

Ainda ao alvorecer, Arkhip saiu em direção ao Comitê Executivo, e o velho, em seu quarto, deitou-se no sofá sem ter começado a preparar a sopa — como nunca fazia. E apenas quando o filho estava saindo, Ivan Spiridônovitch aproximou-se da janela e acompanhou por muito tempo o filho com o olhar, e em seus olhos, fundos e sombrios, havia então tristeza e carinho. E às nove (seis e meia de acordo com o sol) Ivan Spiridônovitch, depois de trocar sua sobrecasaca velha por uma nova, tirar as botas de feltro, enrolar um lenço branco no pescoço e enfiar seu quepe com viseira de oleado até as orelhas, foi ao hospital ver o doutor Nevleninov. O caminho subia por um arvoredo que cheirava a umidade e visco de cerejeira. Ivan Spiridônovitch inclinou um ramo de cerejeira para si — gotas de orvalho caíram. Ivan Spiridônovitch arrancou uma moitinha, cheirou as folhas, esfregou-as entre os dedos e disse em voz alta, num tom pensativo e sombrio:

— Ainda assim a vida é uma coisa bela.

E assim, com a moitinha, foi até o hospital rodeado por alegres pinheiros. No hospital, ficou sentado no escritório do doutor Nevleninov, atrás da escrivaninha, como se estivesse em casa, imóvel, com os cotovelos apoiados no papel branco com borrões. Daniil Aleksándrovitch chegou com Natália Ievgráfovna, e Natália Ievgráfovna, com um vestido branco, parou silenciosamente ao lado, perto da janela.

— Você me conhece, Daniil Aleksándrytch, comigo tem que falar reto. — Ivan Spiridônovitch começou a falar primeiro, sem cumprimentar. — Fez a pesquisa? É câncer?

— É câncer — respondeu Natália Ievgráfovna.

— E não há erro quanto a isso?

— Não, nós verificamos minuciosamente.

— Então é isso, câncer!

— Sim.

Ivan Spiridônovitch cruzou seus dedos nodosos, sorriu de modo sombrio, fez um breve silêncio.

— Então... Dei uma lida no seu livro, Daniil Aleksándrovitch. Lá diz que câncer no estômago é uma doença incurável. Quer dizer, então é isso, é a morte.

— Dá para fazer uma operação — respondeu calmamente Natália Ievgráfovna.

— Dá para fazer, é bem verdade. Só que isso é um paliativo, vocês mesmos sabem disso. — Ivan Spiridônovitch falava o tempo todo dirigindo-se a Daniil Aleksándrovitch. — Se vocês fizerem uma operação em mim, depois de dois meses têm que fazer de novo. Na velhice, para mim, é difícil sofrer com as dores. E ainda por um ano! — Ivan Spiridônovitch fez um breve silêncio. — Mas você mesmo sabe, Daniil Aleksándrovitch... Sim... — e calou-se, depois de engasgar.

Houve então um momento desagradável. De modo perscrutador, Ivan Spiridônovitch seguia os olhos de Daniil Aleksándrovitch, e esses olhos, cinzentos, grandes, num rosto senil, tristes e carinhosos, de repente fugiram dos olhos escuros de Ivan Spiridônovitch; Ivan Spiridônovitch ergueu bem alto a cabeça, no pescoço vestia um lenço branco no lugar da gravata, o lenço apareceu.

— Bom, adeus, entonce!...

— E como o senhor está se alimentando? — perguntou, apressou-se a perguntar Natália Ievgráfovna.

— Leite, não é? Tomo um copo por dia. Mas vocês devem ter consulta!... Adeus!

— Não, espere, não tem pressa, Ivan!

— Não, adeus, Dánia! Tudo de bom para você!

Os três disseram isso ao mesmo tempo. E isso foi desagradável.

Daniil Aleksándrovitch tentou conter Ivan Spiridônovitch, mas este não quis ficar, tinha pressa. Só na antessala, depois de enfiar o quepe, Ivan Spiridônovitch virou-se apressado, apertou com força a mão de Daniil Aleksándrovitch e o beijou.

— É a morte, afinal. Dê-me mais um beijo!

Nos olhos de Ivan Spiridônovitch surgiram lágrimas, Daniil Spiridônovitch estreitou-o com força. Pela antessala vinha Natália Ievgráfovna; Ivan Spiridônovitch virou-se para a parede e disse com voz surda:

— Somos velhos, temos que dar lugar aos jovens. Eles que vivam!

Naquele dia, naquela hora, o filho Arkhip Arkhípov escrevia no Comitê Executivo a intrépida palavra: *fuzilar*.

Em casa, Ivan Spiridônovitch deitou-se no sofá com o rosto para a parede — e assim ficou, imóvel, até o filho chegar. E o filho chegou às cinco, ou seja, às duas e meia de acordo com o sol. E eles passaram o dia juntos, entre tarefas e afazeres domésticos, até o toque de recolher militar que sempre é tocado nos quartéis às nove, de acordo com o sol. Às seis, Arkhip Ivánovitch trouxe água do Vologa para os canteiros e regou os pepinos e os repolhos; no Vologa examinou os aparelhos de pesca (adorava pescar), espetou duas novas percas como isca, e a moça de recados do Comitê Executivo lhe trouxe o *Izviéstia* — e no rio, Arkhip Ivánovitch demorou-se com os jornais. O sol já se dirigia ao oeste, o crepúsculo amarelado ia se arrastando, do jardim dos Volkóvitch descia um aroma de framboesa, e nas hortas as hortelãs multicoloridas berravam canções. Na catedral batia o relógio: *don, don, don!* — qual pedra atirada numa enseada coberta de nenúfares. Às sete e meia — por uma hora — Arkhip Ivánovitch saiu para a cidade e, ao retornar, foi para sua metade limpa, sentou-se à mesa e ficou sentado, como o pai, muito ereto. O pai ajudava o filho, fazia contas no ábaco, somava os números de maneira rápida e precisa. Escurecia devagar, o céu estava verde, depois ficou mais azulado, tornou-se cristalino.

E então nos quartéis começaram o toque, e as garotas nas hortas cantaram tristonhas. Ao toque, trouxeram as vacas; Ivan Spiridônovitch foi recebê-las e ordenhá-las. E quando ele retornou, Arkhip Ivánovitch, de pé, no meio da sala, já terminara as contas e dobrara os papéis. A sala estava escura, a luz da lua recaía sobre as molduras dos caixilhos das janelas e sobre o chão. O filho, assim como o pai, era de baixa estatura, cabeludo, barba cheia, e ficava em pé com os braços atrás das costas, como o pai — braços pesados. Ivan Spiridônovitch deteve-se por um minuto junto à porta, saiu, voltou com uma vela, colocou a vela sobre a mesa, sentou-se junto à mesa, colocou os cotovelos sobre a mesa.

— Arkhip, preciso conversar com você. Escute — disse o velho severamente. — Você sabe, certo filósofo erudito disse que, se uma pessoa leva dois meses para morrer, e ainda sofre com a doença enquanto isso, é melhor já resolver por conta própria... Você ainda disse que concordava com isso, porque a morte, como você disse, nem é mais tão assustadora — disse Ivan Spiridônovitch, em voz baixa e lentamente, a custo juntando as palavras, a cabeça abaixada.

Arkhip Ivánovitch moveu-se do lugar.

— Pai, fale com mais clareza — disse o filho, em tom sereno. — Por que está dizendo isso? Está ouvindo? — e ao dizer esse "está ouvindo", sua voz tremeu.

— Estive hoje no hospital, fui ver Daniil Aleksándrovitch. E ele me disse que eu tenho uma doença incurável, câncer no estômago, devo morrer em dois meses e, durante esse tempo, sofrer e ser torturado por dores terríveis. Entendeu?

Arkhip Ivánovitch caminhou pela sala, traçando um círculo estranho: foi depressa em direção ao pai, mas, dois passos depois, deu uma virada brusca em direção à porta, mas de novo voltou-se e ficou parado, calmamente, ao lado da escrivaninha, perto da janelinha, com as costas para o pai.

— Você disse, Arkhip, e eu entendo da mesma maneira, que é melhor fazer logo. Você disse isso, você acha que é assim mesmo?

Arkhip demorou a responder e respondeu com voz abafada:

— Sim. Eu acho que é assim — disse, com voz abafada.

— Quer dizer, que é melhor morrer, resolver por conta própria?

— Sim — disse, com voz abafada.

— Eu também acho que é assim. Afinal, você morre, e não tem mais nada, acaba tudo. Tem o nada.

— Só uma coisa, pai — e a palavra *pai* estremeceu, dorida. — Você é meu pai, vivi minha vida toda com você, vivi por sua causa. Entende? Me dá náusea!

Ivan Spiridônovitch revirou-se na cadeira, como se procurasse algo, depois levantou-se e ficou de pé um instante — então aproximou-se do filho, colocou as mãos em seus ombros, encostou a cabeça na jaqueta de couro, nas costas.

— Sei. Entendo. Você é meu filho! Fiquei muito tempo pensando se devia falar com você ou não... É difícil. É muito difícil... Você precisa aguentar! Para mim também é difícil. Precisava viver mais um pouquinho, olhar por você, meu filho, pelas suas coisas, afinal você é meu filho, meu sangue!... Mas apodrecer em vida, passar fome, gritar de dor... Não quero, não desejo isso! Olhe para mim.

Arkhip Ivánovitch se virou, dois pares de olhos escuros se encontraram: uns eram sombrios, enfermiços, com pupilas amplas e brilhantes, contra um rosto enrugado — os outros eram jovens, obstinados, livres. Passaram muito tempo em silêncio e por muito tempo ficaram imóveis.

— Espere, pai, eu já venho.

Arkhip Ivánovitch saiu, sentou-se no terracinho, ao lado do lavatório, olhou para o céu, para as estrelas: junho já se inclinava na direção de julho, trocando as estrelas platinadas de junho por prata, e as estrelas eram como as almofadas do tsar Aleksei, com seu veludo da Ásia. E Ivan Spiridônovitch sentou-se novamente à mesa, cruzou os dedos, olhou para a vela. Apagou-a com um sopro, acendeu-a de novo, disse:

— Havia fogo, então deixou de haver, e agora há novamente. É estranho!

Arkhip Ivánovitch entrou meia hora depois, com seu passo firme, sentou-se ao lado do pai e disse, com uma voz uniforme, também costumeira:

— Se eu estivesse em seu lugar, pai... Faça como for melhor, pai, como você achar.

Ivan Spiridônovitch levantou-se, levantou-se também o filho, beijaram-se em silêncio. Ivan Spiridônovitch remexeu no bolso de trás da sobrecasaca, tirou um lenço ainda não desdobrado, desdobrou-o, mas não secou os olhos, pois estavam secos, e, já amassado, colocou o lenço nas calças.

— Viva, filho, não abandone suas coisas! Case, tenha filhos, meu filho...

Virou-se, pegou a vela e saiu. Arkhip Ivánovitch ficou de pé, os braços atrás das costas, tal qual o pai. Depois aproximou-se da janela, abriu-a e assim ficou, de pé, até o alvorecer. No *kremlin*, no cinema Veneza, uma orquestra de sopros tocava, e do rio subia neblina.

Ivan Spiridônovitch, em sua metade negra, em seu cômodo, deitou-se no sofá, com o rosto para a parede, e imediatamente caiu num sono profundo. O alvorecer chegou com uma cerração cinzenta, o pastor começou a tocar sua trompa, naquele tom dorido e sereno, e Ivan Spiridônovitch despertou. A vela ardia, atrás das janelas havia neblina, a vela soltava fumaça e cheiro de queimado. Ivan Spiridônovitch pensou sobre seu sono, sobre não ter sentido nada durante aquelas horas, passadas sem qualquer tremor, da noite ao alvorecer, como um só momento. Então ele se levantou e foi até a cozinha, tirou um revólver de uma estante no canto, no caminho contemplou-se no espelho, viu um rosto seu, sombrio e sério, voltou para seu cômodo, apagou a vela, sentou-se no sofá e deu um tiro na boca.

CAPÍTULO II

A casa dos Ordynin

Uma cidade de pedra. E não se sabe quem recebeu o nome de quem: os príncipes Ordynin receberam o nome da cidade ou a cidade de Ordynin recebeu o nome dos príncipes? — Os príncipes Ordynin, porém, haviam se unido aos Popkov.

Um relógio perto do espelho — um pastor e uma pastora de bronze (ainda inteiros) — aqui no salão bate a meia hora com um retinir delicado e vítreo, como o romântico século XVIII; um cuco lhe responde do quarto de dormir da mãe, Arina Davídovna, e grita às quinze, e é como a Ásia, a terra além do Kama, o domínio dos tártaros. E um terceiro relógio bate na catedral: *don, don, don!...* Então novamente faz silêncio na casa grande. Em algum lugar uma tábua rangeu, fendida depois da umidade invernal. Junto à casa, na ladeira, arde um lampião: sua luz sulca o arruinado teto emoldurado, fragmenta-se no lustre — também ainda inteiro. Com um fogo vermelho, uniforme, o cigarro de Gleb queima próximo à janela; as janelas têm vidros com padrões de arco-íris, vidros muito bem fixados, fixados para sempre. Ao longo desses dois anos de ausência de Gleb, a casa fora mesmo abismo abaixo — ela, uma casa grande, erigida ao longo de um século, sustentada por uma fundação de três braças, como se fossem três baleias, em um ano ficara calva, começara a cair, a ruir. Aliás, a marca de Caim já fora colocada ali havia muito tempo.

O cigarro queima uniforme junto à janela, Gleb põe-se a escutar a velha casa. Nessa casa deu-se sua juventude, aquela que parecera sempre desmesuradamente brilhante e luminosa — e que agora foi bifurcada pela treva da revolução. E a dor: já não há o sonho da pintura ou da oração — ou de uma moça radiante. Nas paredes do salão, antigos retratos sem moldura. Um piano imenso, amarelo, arreganha os dentes, como um buldogue, e no canto uns biombos foram colocados, e atrás dos biombos fica a estreita cama de Gleb. O salão, atrás de fortes molduras, cheira a umidade e abandono, e os cheiros de tinta e de cola se misturam levemente — um cheiro típico de pintor. Um reluzir turvo vem dos espelhos, espelhos que estão destruídos e embaçados. A lua brilha por detrás das janelas com sua pálida luz da madrugada. A noite — é preciso ter ânimo!

De novo o relógio de vidro, o século XVIII, bate sutilmente, e o cuco da Ásia responde. E imediatamente após o relógio, junto ao repique da catedral, retine acanhada uma campainha, lá embaixo, na entrada, e vem novamente o silêncio, a casa noturna dorme. Então Gleb acende um toco de vela — um fogo vermelho queima, as sombras noturnas, turvas e azuis, fogem correndo, apressadas —, seu rosto se ilumina, com seus cabelos embaraçados, com seu nariz torto e fino, com a testa grande, como nos ícones — e o rosto é sisudo como o de um ícone.

Próximo ao quarto de dormir da mãe, por uma porta entreaberta, ouve-se um ronco: da mãe, nascida Popkova, e de Ielena Iermílovna, e de lá vem um odor de corpo humano passado. No quarto do pai — Gleb vê por uma fresta —, junto ao caixilho dos ícones, ardem muitas lamparinas turvas e velas compridas e finas, e Gleb vê, junto ao caixilho dos ícones, o pai, curvado em oração; ele vê as costas magras por baixo do roupão e os cabelos grisalhos, completamente brancos. Ele vê o rosto do pai: nos olhos, no nariz adunco, nos lábios entreabertos, na barba desgrenhada e cinzenta — há algo de extasiado — ou, talvez, de louco?... Passara a vida toda em patuscadas, o pai, príncipe Ordynin, que na juventude aumentara sua fortuna, pelas caladas, com o capital dos Popkov — mas na primeira primavera da revolução, quando os rios transbordavam com suas abundantes águas primaveris, ele mudara bruscamente de vida: o príncipe ébrio tornou-se um asceta, passando dias e noites em oração.

Da entrada, sobe uma ampla escada, gasta por milhares de pés, até uma pequena selha. Ali faz frio, cheira a inverno, umidade e peles podres. Dos lados, à direita e à esquerda, portas que dão para depósitos — pesadas portas de ferro, fechadas a sete chaves: atrás das portas ficava guardada a fortuna dos Popkov, acumulada (talvez roubada?) ao longo de séculos e agora dissipada — pelos mercados, pelos departamentos de utilização e economia comunal. A vela queima com um brilho fraco. Gleb abre a primeira porta principal e pergunta, através da segunda:

— Quem é?

A resposta não vem de imediato. Surge um grande silêncio, e pode-se ouvir uma toutinegra cantando no parque.

— E você, quem é? É você, Gleb Ievgráfovitch? — pergunta uma voz feminina por trás da porta.

— Sou eu. Quem é?

— Somos nós. Eu, Marfucha, e Iegor Ievgráfovitch.

— Iegôruchka?

E Gleb rapidamente abre a porta para ver seu irmão mais velho, Iegor.

... E atrás da porta corre uma ébria noite de julho...

Iegor está bêbado. Calado. Seus olhos saltados e vermelhos estão inexpressivos, mas mesmo assim com a doçura de sempre, e agora também com o embaraço. Ele está só de camisa de baixo, rasgada e suja, e descalço. Atrás de Iegor está Marfucha — uma descendente longínqua dos distantes servos da gleba. Iegor cheira mal — a álcool desnaturado e suor. Ele responde aos cálidos beijos do irmão de maneira hesitante e embaraçada.

— Iegôruchka, meu querido!... — diz Gleb, abraçando o irmão.

Iegor permanece quieto.

— Por que está quieto? Não está contente?

— Estou com vergonha, irmão — diz Iegor, com dificuldade. — Estou com muita vergonha por termos nos reencontrado assim. Irmão, se for desagradável me beijar, não me beije! Não poderei julgá-lo, irmão!...

Mas Gleb, sem dizer palavra, aperta com mais força o peito descarnado de Iegor e beija-lhe os lábios e a testa.

— Estou feliz em vê-lo, Iegor!...

— Irmão! Eu roubei um casaco de Natália e o bebi. Roubei!... Não queria vir aqui de jeito nenhum, mas Marfucha me encontrou. Estou com vergonha... A mamãe está dormindo?... E Boris? Eu o odeio, eu o desprezo!... Marfucha me encontrou... Eu estava lá, com uma prostituta...

Gleb, um virgem, interrompe Iegor, embaraçado.

— Iegor, o que está dizendo? Assim não pode! — diz ele, como só os virgens conseguem falar, e, desculpando-se pelo irmão, olha com ar de culpa para Marfucha.

E Marfucha o compreende, virgem desonrada que é: o olhar dela, em seus olhos empalidecidos, já está por demais extenuado. Com um tom muito cansado, e por isso muito bom, ela diz:

— Ah, meu caro, Gleb Ievgráfovitch!... Essa jaqueta que eles pegaram de Natália Ievgráfovna!... Como poderia ser isso, hein?... Eu até passaria a minha, mas não sei onde empenhar... Você poderia falar com Natália Ievgráfovna, para ela não contar para a senhora Arina Davídovna... Do contrário, logo Arina Davídovna começará a atormentar.

Gleb responde apressado:

— Claro, posso falar. Claro...

— Gleb, a mamãe está dormindo?

— Está dormindo, sim.

— Estou com medo dela, estou, sim!

Iegor apoia-se contra o ombro do irmão. Com um tremor leve, de frio, seu corpo magro estremece. A vela queima.

— Gleb, eu estive lá... É uma depravação!... Você agora há pouco me deteve. Acha que eu não entendi? Você é uma pessoa pura. Mas eu também sei o que é a pureza — diz Iegor, e acrescenta em voz baixa: — Queria tocar um pouco agora...

Junto ao quarto do pai, Iegor para por um minuto, dá uma espiada e sussurra, meio rindo e meio arrependido:

— Não resisti. Não resisti à indecência! Bebemos juntos. Na época eu só bebia, mas eu era puro. Entende?

Mas, junto ao quarto da mãe, ele fica retraído, e desliza, silente, sem se deter. No salão, Gleb lhe dá sua própria roupa. A vela queima, iluminando a imagem da Nossa Senhora no cavalete, o rosto sisudo e icônico de Gleb e o corpo nu de Iegor. Gleb — de modo consciente? — esconde a Nossa Senhora de Iegor. Iegor apoia-se contra a porta, pende a cabeça, sem forças, segue calado, pensando, e então diz em voz baixa:

— Eu agradeço a você, meu irmão! Você é meu irmão!... Boris não é meu irmão! Sabe, ele desonrou Marfucha... Não diga nada, fique sabendo... Nós estávamos bebendo juntos. Então ele me trancou e foi ver Marfucha. Lá embaixo. Eu ouvi tudo.

Novamente ele se cala. Novamente fala:

— Agora eu queria tocar piano um pouquinho... Mas estão dormindo!... Vá dormir, irmão, o sono dos santos! Eu não posso mais!

E de novo silêncio. De novo arde vagaroso o cigarro de Gleb. Para além da casa, junho se move, e na casa instalou-se o inverno.

Pela estreita escada, com degraus quebrados e corrimãos rangentes, Iegor vai descendo em silêncio, para o porão, onde as paredes de pedra são amplas e pesadas em meio à umidade, e as turvas janelinhas enlanguescem entre grades de ferro. O estreito corredor de chão de pedra está atravancado com arcas de madeira vazias, e nas arcas vazias há grossos cadeados, e as chaves ficam debaixo do travesseiro da mãe.

— Iegor Ievgráfovitch, eu... Vou acompanhá-lo!... — disse Marfucha com um tom cansado e amoroso.

— Vá embora, não posso perdoar! Vá ver Boris. Vá.

— Iegor Ievgráfovitch...

— Silêncio!...

O teto do quarto de Iegor é baixo e abobadado. Aqui as janelas também são muradas; da janela mais baixa vertem gotas de umidade, e em meio à umidade do peitoril há retalhos de folhas de partitura. Iegor está deitado na cama, de barriga para cima, com os braços sobre o peito, magro e com a respiração rouca. Seus olhos vermelhos e inflamados olham turvos para a porta. Marfucha está parada junto à porta.

— Marfa! — diz Iegor com dificuldade. — Ninguém é culpado, exceto meu irmão. Mas você não sabe. Você não sabe que no mundo há uma lei que não se pode revogar, e ela ordena que sejamos puros. Sobre a terra deu-se uma imensa purificação — a revolução. Você não sabe que beleza...

— Iegor Ievgráfovitch, por que você foi dar voltas *lá* com *aquela*?...

— Quando você perde a lei, você quer fazer palhaçadas. Quer zombar. De si mesmo!... Vá embora!

— Iegor Ievgráfovitch...

— Saia daqui! Cale-se!

Marfucha permanece em pé, imóvel.

— Vá embora, estou dizendo! Canalha! Vá embora!

Marfucha sai lentamente, cerrando atrás de si a porta baixa.

— Marfa!... Marfucha!... Marfuchetchka!... — e Iegor afaga convulsivamente a cabeça de Marfucha com suas mãos de dedos compridos e mirrados (de fidalgo), trêmulas.

— Não tenho lei. Mas não posso esquecer a verdade. Não posso passar por cima de mim. Tudo está acabado! E que verdade surgiu sobre a terra! A mamãe está agonizando... está respondendo por todos! Por todos!... Amo você, amo a pureza aviltada. Lembre-se: eu amo. Vou virar músico, vou para o soviete!

— Iegoruchka!...

Iegor respira de maneira pesada e rouca e aperta convulsivamente a cabeça de Marfucha contra seu peito descarnado. Turva, a chama arde.

E novamente o relógio bate. A noite segue seu curso noturno — encantador fora da casa, e aqui, morto. Mais uma hora noturna haverá de se passar, e a manhã chegará. Boris, grande, fidalgamente corpulento e bem cuidado, com o passo preguiçoso de um homem que vaga insone pelas noites, entra no quarto de Gleb.

— Gleb, está dormindo? Meus fósforos acabaram.

— Tome.

Boris acende um cigarro. O fósforo ilumina seu rosto barbeado, bem cuidado e rechonchudo; incendeia-se o anel no mindinho. Boris senta-se ao lado de Gleb; sob seu corpo volumoso, o estrado da cama estala — e fica sentado de acordo com o costume formado ainda no liceu Katkov, ereto e rijo, sem dobrar a cintura.

— Não consigo me entregar a Morfeu de jeito nenhum — diz Boris, carrancudo.

Gleb não responde; permanece sentado, encurvado, com as mãos nos joelhos e a cabeça inclinada na mesma direção.

Ficam em silêncio.

— Boris, Iegor acaba de me contar da indecência. Você fez uma indecência — diz Gleb.

— Com a Marfa, você quer dizer? Bobagem! — responde Boris lentamente, com um risinho e ar de cansaço.

— É uma indecência.

Boris não responde de imediato, e então fala pensativo, sem seu constante risinho desdenhoso:

— É claro que é bobagem! A maior indecência eu fiz comigo mesmo! Entende? Perdi o que era mais santo! Todos nós perdemos.

Tanto Boris como Gleb ficam em silêncio. A lua, traçando seu caminho celestial, deitou seus raios sobre a cama e iluminou Boris com uma luz esverdeada e mortiça — aquela sob a qual os cães ladram, em melancolia. Boris fuma com fastio.

— Fale, Boris.

— Uma vez, na primavera, eu estava no monte da Águia, olhando para as várzeas além do Vologa. Era primavera, o Vologa tinha transbordado, o céu estava azul — a vida era exuberante — tanto ao redor, como dentro de mim. E eu lembro que eu queria abraçar o mundo! Eu pensava que eu era o centro, de onde saíam raios, pensava que eu era tudo. Depois descobri que na vida não existe nada disso de raios e centros, que no mais é a revolução, e que todos são apenas peões nas garras da vida.

Boris calou-se por um momento, depois disse, com raiva:

— E eu não consigo me conformar com isso. Eu odeio tudo e desprezo todos! Não posso! Não quero! Eu desprezo até você, Gleb, com a sua pureza... Marfucha? Existe amor. Marfucha e Iegor se amaram? Pois azar de vocês, vão para o inferno!... A Rússia, a revolução, os mercadores juntaram mansões sonhando, e você aí nasceu *puro* (*casto*)... Vá para o inferno!... Fomos chamados de abutres carniceiros, mas sabe, são chamadas de carniça as carcaças com a pele arrancada! Aliás, dos príncipes sobraram os mercadoresinhos!...

Boris cala-se e respira pesadamente. Gleb fica calado. Dá-se um longo silêncio.

— Bumerangue. Você sabe o que é um bumerangue? — pergunta Boris, tristonho. — É um instrumento que os papuas lançam para longe e volta outra vez para eles. Tudo na vida é exatamente desse jeito, igual a um bumerangue... Gleb, perdi muito das minhas forças, tanto físicas como as que obrigam os outros a se submeterem... e tudo o que foi feito por mim há de voltar para mim! Aos 25 anos eu era promotor público adjunto, me mandavam circulares secretas, para proteger de rebeliões como a de Pugatchov.[23] Você culpa alguém?

— Não posso culpar ninguém. Não posso!...

— Pois eu culpo! São todos canalhas! Todos!

O príncipe Boris cala-se, penosamente.

— Irmão... Se eu *não posso*?!...

— Eu não sei qual é seu caminho. Também perdi a crença. Não sei...

— Também não sei.

[23] Emelian Ivánovitch Pugatchov (1742-1775), cossaco do Don, liderou a maior rebelião popular de todos os tempos na Rússia. Foi eternizado por Púchkin em seus livros *A filha do capitão* e *A história de Pugatchov*. (N. do T.)

— Leia o *Evangelho*.

— Eu li! Não gosto — diz Boris, indolente.

Boris levanta-se, cansado, aproxima-se da janela, olha para a aurora distante, diz, meditativo:

— Havia noites milhões de anos atrás, hoje existe noite, e daqui a alguns milhões de anos também haverá noites. Seu nome é Gleb, o meu é Boris. Boris e Gleb.[24] De acordo com a crença popular, no dia dos nossos santos, dois de maio, cantam os rouxinóis!... Fiz coisas indecentes, estuprei moças, extorqui dinheiro, bati no papai. Você me culpa, Gleb?

— Não posso. Não posso julgar — responde Gleb, apressado. — "A mim pertence a vingança, eu é que retribuirei."[25] Você falou da minha pureza. Sim, é tudo mentira... — diz. Ele se aproxima de Boris e para a seu lado. A última lua antes da manhã brilha sobre eles. — Boris, você lembra? "A mim pertence a vingança, eu é que retribuirei..."

— Eu lembro, é o bumerangue. Eu não gosto do *Evangelho* — Boris fala soturnamente; seu rosto está carregado. — O bumerangue!... A coisa mais terrível que me sobrou é a tristeza e a morte. Os abutres estão morrendo. Logo meus dentes haverão de cair, e meus maxilares apodrecerão, o nariz sumirá. Dentro de um ano, eu, o príncipe bonitão, o venturoso Boris, não existirei mais... Ah, e em maio os rouxinóis cantarão! É triste, sabe?! — Boris inclina a cabeça bem baixo, sombrio, olha de soslaio para a lua e diz, indolente: — Os cães latem para a lua... Eu tenho sífilis, Gleb, você sabe...

[24] Os príncipes Boris Vladímirovitch (986-1015) e Gleb Vladímirovitch (987-1015) foram assassinados pelo irmão Sviatopolk durante uma disputa sucessória entre os filhos do grão-príncipe Vladímir. Considerados mártires, foram os primeiros santos russos. (N. do T.)

[25] Além de referência bíblica (ver Deuteronômio 32, 35 e Romanos 12, 19), a frase é também a epígrafe do romance *Anna Kariênina*, de Tolstói. (N. do T.)

— Boris! O que está dizendo?!

— Só não sei se é o vício de nossos célebres pais ou... o papai não diz nada.

— Boris!...

Mas Boris logo muda. Altivo, como um belo cavalo e como o ensinaram no liceu, joga a cabeça para trás e diz, com um sorrisinho:

— Hã?

— Bória!...

— A coisa mais engraçada é quando as pessoas ficam alarmadas. Hã?... Meu querido irmão mais novo, está na hora de dormir! *Adieu*!

Boris sai lentamente do quarto de Gleb. Gleb é muito menor que Boris. Gleb, pequeno, permanece de pé nas sombras. Boris deixa o quarto de Gleb com firmeza, erguendo a cabeça bem alto e de modo sereno. Mas, no corredor, sua cabeça languesce, o passo se afrouxa. Suas grandes pernas se arrastam, sem forças.

Em seu cômodo, Boris para junto ao forno, apoia-se com o ombro em seus frios azulejos, apalpa maquinalmente, por um costume que ficou do inverno, os azulejos e estreita-se — com o peito, a barriga, os joelhos — contra o frio morto do forno.

E a noite já vai tocando seu curso noturno. E com uma aurora escarlate — abençoada — raia o dia junino. Gleb está pensando em si, nos irmãos, na Virgem, no arcanjo Baraquiel, cujas vestes têm de ser todas floridas — com lírios brancos... A revolução chegou como nevascas brancas e tempestades de maio. Pintura — pintura de ícones —, igrejas velhas e brancas com janelas de mica. Eclodiu em catorze a guerra —

(aqui na Rússia as florestas e gramados arderam em incêndios vermelhos, o sol nascia e se punha como um disco vermelho)

—, lá na Europa, desencadeada por bolsas, trustes, pela política colonial etc. — se *tal* guerra pôde nascer na Europa, isso não é uma estaca no coração da *cultura* europeia de cartola? — Essa Europa pairou sobre a Rússia — empinada pelo imperador Pedro (e foram erguidas então as velhas igrejas brancas): — não seria nossa revolução uma tempestade de maio? — e não serão as águas de março, arrastando uma crosta de dois séculos? — Mas não há afinal Deus nenhum, só uma imagem — as vestes de Baraquiel com lírios brancos! — O artista Gleb Ordynin veio para cá, para sua terra natal, com o arqueólogo Baudek, para empreender escavações.

* * *

A primeira a acordar na casa foi a mãe, a princesa Arina Davídovna, nascida Popkova.

No tormento do alvorecer, reflexos opacos estendem-se no chão e no teto. Por trás das grades das janelas, há um luminoso alvorecer, mas, no escuro quarto de Arina Davídovna, está escuro, há uma profusão de armários, camiseiros, cômodas, duas camas de madeira com cortinas. Nas paredes escuras, em molduras redondas — mal dá para distinguir —, estão pendurados retratos e fotografias de bustos, desbotados. E, cinco minutos antes de Arina Davídovna acordar, quando a princesa ainda ronca docemente, levanta-se da cama, sem ruído algum, a irmãzinha Ielena Iermílovna, nascida Popkova; persigna-se enquanto se veste, penteia seus rarefeitos cabelos — e desliza, sem ruído algum, pelos cômodos acinzentados do alvorecer. A casa dorme. Ielena Iermílovna examina as vestes na antessala, silenciosamente abre as portas dos adormecidos. E, quando o cuco cucula, Arina

Davídovna desperta, persignando-se com sua mão hercúlea. Da cama, da princesa, de seus pés, vem o odor nauseabundo de um corpo humano imundo e adiposo.

— Irmãzinha, vamos calçar umas meias em seus pés — diz Ielena Iermílovna.

— Obrigada, irmãzinha — responde a princesa com sua voz de baixo.

A princesa se lava à moda antiga — numa bacia. Depois, as velhinhas rezam juntas, em voz alta; a princesa se ajoelha três vezes, gemendo, com dificuldade — "Matutina", "Ao Rei Celestial", "Pai Nosso", "Ao Anjo da Guarda", "Nossa Senhora" —, pelos mais próximos, pelos distantes, pelos navegantes e viandantes. Ielena Iermílovna diz a reza inspirando o ar — e fala com um recitativo sibilante.

Marfucha corre pelos cômodos e diz a todos a mesmíssima coisa, decorada:

— Natália Ievgráfovna! Está na hora de ir ao hospital, o samovar está na mesa, a mamãe está xingando!

— Anton Nikoláievitch! Está na hora de pegar a fila, o samovar está na mesa, a vovó está xingando!

— Ksênia Lvovna! Está na hora de ir à feira, o samovar está na mesa, a vovó está xingando!

Na sala de jantar, atrás de uma mesa de carvalho, Arina Davídovna parte as porções de pão e bebe chá. Ielena Iermílovna enche, sem qualquer ruído, a décima xícara.

— Iegor Ievgráfovitch voltou de madrugada, foi trazido por Marfonka, depois passou no quarto de Gleb Ievgráfovitch. Bebeu toda a roupa. Então Gleb Ievgráfovitch lhe deu a sua roupa... e abriu a porta para ele — Ielena Iermílovna fala ceceando de leve. — Boris Ievgráfovitch também foi ver Gleb Ievgráfovitch, e depois o papai, o príncipe. O papai rezou até a manhã. Natália Ievgráfovna foi se deitar depois das onze horas; depois da ronda saiu à rua com o bolchevique

Arkhipka Arkhípov... Tônia também é pelos bolcheviques, quebrou um copo e me chamou por uma palavra obscena...

— Qual? — os lábios de Arina Davídovna caem pesadamente um sobre o outro... e sobre um terceiro; em seus olhos, outrora castanhos, agora amarelos, está o poder.

— Vadia, irmãzinha!

— Uhum!...

— Lídia Ievgráfovna, a filha e Katerina Ievgráfovna voltaram do Veneza à meia-noite e meia, Olenka Kuntsova estava com elas. Cantaram romanças no jardim.

— Uhum... Ai, meu Deus...

Como se houvesse acabado de se soltar de uma corrente, Anton sai martelando pela casa como enormes facas.

— Marfuchka, onde está a minha bolsa para a fila?!

Na sala de jantar, Anton bebe centeio torrado ruidosamente, fungando e assobiando, e suas pernas, como um filhote de *setter* lutando contra as pulgas, chacoalham debaixo da mesa. Ielena Iermílovna está arqueada junto ao samovar.

— Olá, Tônitchka, bom dia — diz ela.

— Bom dia — responde Anton, sombrio, com um baixo de galo. — Vou hoje mesmo me inscrever na liga da juventude! O que mais foi que você delatou para a vovó?

— E-e-eh, mas você não acha feio? Não acha feio tratar assim os mais velhos?

— Estou sabendo! Você é uma grandessíssima alcagueta!... Se estivesse no segundo grau com a gente, levaria uma na fuça o tempo todo e estaria sempre roxa!

— Vadio! Mandrião! — vou contar para a irmãzinha...

— É o que eu estou dizendo, espiã... Já deveria estar faz tempo na Tchrezvytchaika![26] Eu vou contar tudo na liga.

[26] Apelido da *Tchrezvytcháinaia komíssia po borbié s kontrrevoliút-*

— Mas por acaso eu sou contra o poder soviético?!

— Estou sabendo!... Marfuchka!... Onde está a minha bolsa para a fila?! — E novamente pela casa rompem-se diversas correntes.

De vestido branco, alheia, taciturna, Natália Ievgráfovna bebe chá na sala de jantar e sai para o hospital. O volumoso samovar já cantou sua ária, está calado, zunindo de leve como uma mosca diante de uma aranha. A princesa veste seu chapéu "touca" e vai com Marfucha e Ksênia à feira, com sacos, para vender os vestidos antigos que sobraram das avós. Uns tártaros virão com elas da feira, calçando galochas novinhas, e todos descerão até o depósito. O depósito tem cheiro de rato e de podridão; as paredes estão cobertas de caixas, baús, malas, há enormes balanças enferrujadas. Os tártaros pegarão em antigos candelabros, trabalhos manuais, prata, porcelana, uniformes — corroídos por traças — de ulanos, hussardos, oficiais de cavalaria ou simplesmente da nobreza e de civis (dos príncipes Ordynin) e *bekechas*[27] (dos mercadores Popkov); depreciarão tudo a sangue-frio, oferecerão coisas absurdas e as cutucarão com suas mãozinhas secas para fechar o negócio. A princesa haverá de se deparar com um antigo bibelô seu, já esquecido, resquício de sua juventude, e chorará amargamente, escondendo o bibelô para vendê-lo na próxima vez. Depois os tártaros tartamudearão ao seu modo, aumentarão a quantidade, a princesa diminuirá, selarão o negócio (impreterivelmente selarão o negócio!); os tártaros, com sua habitual presteza, embrulharão os bens adquiridos em garridas trouxinhas, pagarão milhares com suas car-

siei i sabotájem (Comissão Extraordinária de Combate à Contrarrevolução e à Sabotagem), também conhecida como Tcheká. (N. do T.)

[27] Tradicional casaco longo, utilizado por mercadores e por algumas divisões do exército russo no século XIX. (N. do T.)

teiras bojudas e, um a um (impreterivelmente um a um!), irão embora pela passagem dos fundos, pelo sopé da montanha, suas galochas novinhas reluzindo ao sol. E a princesa chorará no depósito, relembrando o bibelô ali encontrado e tudo o que a ele está ligado.

Na água-furtada — tal costume passou de geração em geração entre os Popkov e os Ordynin — fica a parte feminina, vivem as moças. O teto aqui é baixo, e é iluminado aqui — as paredes são brancas, e as janelas quadradas ficam abertas. Quando moça, aos dezoito anos, Lídia casou-se, ali mesmo em Ordynin, com o proprietário de terras Polúnin — e logo o abandonou, trocando-o por Moscou, por Paris (foi em Paris, aliás, que Ksênia nasceu), conheceu e envolveu-se com um oficial de cavalaria, de quem também se separou, e imediatamente depois conheceu um artista do Teatro Bolchói Imperial de Moscou — e caiu para sempre na boemia —, começou a estudar canto e saiu-se bem no canto — aos 27 anos, ingressou no mesmo teatro de seu novo marido, como atriz. Esse novo marido ela também largou, mas não abandonou os palcos e saracoteou de acordo com a vontade do Senhor Deus e dos empresários, até — — Agora está na casa da mãe. Sua irmã mais nova, Natália, seguindo seu exemplo, foi moça para Moscou, mas sua vida desenrolou-se de outro modo: ingressou no curso de medicina de Guerrier[28] e o concluiu. Também teve seu primeiro amor tolo, do tipo que faz todos os navios queimarem; mas, se Lídia trocava um amor por outro, Natália decidiu nunca mais amar e continuar sendo médica, como estava escrito em seu diploma — e seguir calada.

[28] Vladímir Ivánovitch Guerié (ou Guerrier, 1837-1919), historiador, professor da Universidade de Moscou. Em 1872, fundou uma série de cursos de educação superior para mulheres. (N. do T.)

E novamente Marfucha percorre todos os cômodos e fala, indiferente:

— O samovar está na mesa, a mamãe voltou... A mamãe está xingando!

Marfucha é seguida de longe por Ielena Iermílovna, que, sem qualquer ruído e sem permissão, abre as portas (e trava conversas tais como: "Está pintando, caro Gleb Ievgráfovitch?" "Estou pintando, Ielena Iermílovna." "Bem, pois pinte à vontade, fique com Deus!..." "Estou lendo, fumando, me vestindo, saindo, irritado, indo me deitar", dizem-lhe, e ela responde a todos: "Bem, pois leia, fume, vista-se, saia, fique irritado, vá se deitar — à vontade, fique com Deus!..."). Sem qualquer ruído, Ielena Iermílovna enfia a cabeça no quarto de Lídia.

— A senhora está se vestindo, querida?...

— Ielena Iermílovna, quantas vezes preciso lhe dizer que isso é falta de educação, espiar sem bater? Saia! Não lhe dou permissão para estar aqui. Saia!...

Ielena Iermílovna desaparece sem qualquer ruído atrás da porta.

— Parece um rato doméstico — diz Lídia Ievgráfovna, enojada.

Katerina, a mais nova, ajuda-a a se vestir. Lídia Ievgráfovna, vestindo só uma camisa rendada branca e meias pretas que revestem suas pernas esbeltas até as coxas, está recostada numa poltrona baixa. A camisa caiu um pouco dos ombros, e enxergam-se seus ombros redondos e seus seios grandes, ainda belos, com mamilos opacos. Katerina penteia seus fartos cabelos ruivos. Lídia Ievgráfovna tem olhos castanhos, seu nariz adunco é fino, e ela é ferozmente bela. Katerina, roliça e flácida, está usando um roupão desleixado, mas seus cabelos — também ruivos e fartos — têm um penteado suntuoso.

— A-a-a! — Lídia faz uma escala para experimentar a voz, e diz: — Você precisa se consultar com Natália, ou com alguma outra pessoa... Quando você percebeu?

— Acho que faz um mês — diz Katerina, indolente.

— Bom, se faz um mês, dá para esperar. *Fausse-couche*...[29] É muito simples — Lídia sorri com intimidade. — Quantas vezes agora?

— É a segunda.

— E quem é ele?

— Karrik. É instrutor militar. É oficial, mas do Partido, mas não comunista.

— E você quantos anos tem?

— Dezenove, logo terei vinte.

— Veja só! Na sua idade, eu temia ter um marido como se fosse a peste.

— Com Ólia Kunts é quase todo mês. Ela tem uma parteira... muito barata. Você ficaria surpresa, agora todo mundo...

— Não, tem que ser um médico, impreterivelmente! Nada de parteiras. E aborto também não é nada recomendável. Vá hoje mesmo ao médico. Aaah!... — Lídia faz um longo silêncio, cruza os braços e sussurra: — E de novo um dia longo como esse, totalmente desnecessário, um dia como um deserto... Pois é, e eu estou sozinha, sozinha! Tem o conto de fadas da Princesa Rã... Por quê, por que o Príncipe Ivan queimou minha pele de rã?... Pois é...

Mas, detrás das janelas abertas, no parque, junho corre sobre o mundo. Sobre o mundo, sobre a cidade, corria junho, sempre magnífico, sempre incomum, com suas alvoradas cristalinas, suas manhãs orvalhadas, com seus dias e noites luminosos. Na água-furtada das moças, o teto é baixo, as paredes são brancas, e abelhas melíferas zumbem nos quadra-

[29] Em francês, no original: "Aborto espontâneo". (N. do T.)

dos das janelas abertas. Toda mulher é de uma alegria inesgotável. Porém, Natália... Nessa manhã, Natália disse à mãe que estava saindo de casa, para o hospital. Nessa mesma manhã, a mãe encontrou-se com Iegor no corredor.

— Iegor, venha cá! Diga a verdade.

Iegor aproxima-se lentamente da mãe, para ao lado dela — seus braços estão abaixados, a cabeça está abaixada, há melancolia e vergonha em seus olhos vermelhos.

— Iegor, você bebeu ontem? Caiu na bebedeira?

— Sim — responde Iegor, em voz baixa.

— Onde arranjou dinheiro?

Iegor fica calado.

— Onde arranjou dinheiro? Diga a verdade!

— Eu... bebi o dinheiro de Natália, o casaco de Natália.

A mãe ergue de leve a mão hercúlea e bate com ela na flácida face de Iegor. Iegor fica imóvel.

— Pois tome essa! Fora daqui, e não ouse sair do seu quarto. Não ouse tocar música. Fora daqui! Calado!

Iegor afasta-se, encurvado. E então, pelos cômodos, ouve-se o grito enfurecido de Boris:

— Pois eu não quero ficar calado! Está na hora de a senhora se calar! Chega! Basta!... Ielena Iermílovna, Ielenka! Vá correndo até o quarto de Iegor, sua ratazana, e diga que eu, Gleb, Natália... nós estamos protestando! Vá correndo, sua ratazana!... Mãe, sua mulher de mercador!... Tome cuidado!... Marfa! Vodca!... Mãe, sua demônia, sua mulher de mercador... use essa sua cabeça dura para entender que todos nós vamos por água abaixo com esses seus vestidos rodados!... Por água abaixo, todos por água abaixo!... A-a--ah!... Iegor, vá lá, toque, toque a Internacional!

— Calado, seu bolchevique! Eu sou sua mãe, eu vou lhe ensinar!... Eu lhe alimento!

— O quê-ê?! Você me alimenta?! Coisa roubada é o que alimenta, coisa furtada!... Marfa, vodca!...

* * *

No escuro quarto da princesa, está escuro — há uma profusão de armários, camiseiros, cômodas, duas camas com baldaquinos. Nas paredes escuras, em molduras redondas, estão pendurados retratos e fotografias de bustos, desbotados. Sobre as janelas, sombrias, estendem-se cortinas. De óculos dourados, a princesa está de pé em frente à sua escrivaninha, que está aberta; diante dela, estão abertos seus livros de registro: "Víveres", "Louça quebrada", "Pagamento dos criados", "Roupas de cama", "Roupas", "Crianças".

Em "Louça quebrada", a princesa anota:

"Tônia quebrou um copo."

No das "Crianças":

"Iegor foi punido, Natália ficou louca foi para o hospital viver fora da casa dos pais. Deus que a julgue, de presente dez rub. para Ksênia."

No livro das "Roupas de cama" e das "Roupas", a princesa anota o que foi vendido aos tártaros e na feira, e coloca a soma como receita em "Receitas e despesas".

E a princesa chora. A princesa chora porque ela não entende nada, porque sua vontade de ferro, sua riqueza, sua família — tudo perdeu as forças e se desfez, como água entre os dedos.

— Com aquelas anquinhas que nós vendemos hoje — diz em lágrimas para Ielena Iermílovna —, eu vi pela primeira vez a princesa-mãe, quando cheguei de noiva. Eu tinha então lilás nos cabelos, mas era janeiro.

Mas logo a princesa para de chorar. Ela está de pé, em frente à escrivaninha, com uma pena nas mãos, apoiada em seus livros com os cotovelos, e conta de coisas que há muito se foram, encadeando uma na outra, coisas da família, coisas suas, do passado remoto — e também recente.

— Havia por aqui um dono de terras, Iegôrov, coronel

reformado, caçador, tinha uns nove *verchoks*.[30] Chegava em sua propriedade e nem falava com ninguém... Pegava no vilarejo duas irmãs, mulheres da rua, e levava as duas para dormir com ele, e aí passava semanas inteiras na bebedeira, ou então ficava uma semana na floresta, caçando. E nem falava com ninguém!... Tínhamos um padre, ele esconjurava a bebedeira, as pessoas faziam fila para vê-lo, o átrio ficava cheio de rolhas — quer dizer, a última vez era antes do juramento... Padre Khristofor. O padre Khristofor foi visitar Iegôrov, tentar convencê-lo. Iegôrov retribuiu a visita: foi à igreja ver a missa, ouviu os cânticos, e chorou a valer, foi até o padre no altar, e com a mulher tártara do padre Khristofor — no altar!... E de novo voltou para suas mulheres da rua. Depois me viu na estrada e ficou louco, expulsou as irmãs da rua, tomou juízo, começou a travar contato com outros donos de terras, parou de beber, passou a frequentar bailes. Ele me escrevia cartas... Aí uma vez ele foi ao baile só de casaco de pele — e como veio ao mundo —, e depois voltou para as orações, e as mulheres voltaram para a casa dele...

Tanto a princesa como Ielena Iermílovna suspiram profundamente.

— Tudo agora está piorando, irmãzinha... Tudo — diz Ielena Iermílovna com um suspiro.

— É verdade, irmãzinha. Antes não era assim... Antes...

— Ademais, irmãzinha, seu esposo renunciou ao mundo.

— Com os príncipes Ordynin é sempre assim. Com o Ordynin-pai também foi assim... Outrora, o príncipe...

— Ademais as crianças, dando preocupação... Anton Nikoláievitch me chamou de novo por uma palavra obscena.

[30] Na Rússia pré-revolucionária, a estatura humana era medida pelo número de *verchoks* (4,44 cm) acima de dois *archines* (71,12 cm). O coronel tinha, portanto, aproximadamente 1,82 m. (N. do T.)

— Qual?
— Espiã, irmãzinha.

* * *

E de novo Marfucha percorre todos os cômodos e diz, indiferente:
— Já está servido... Agora é a entrada... A mamãe está xingando!...

Um sol abundante e abrasador passa pelas grandes janelas do salão, arredondadas no alto; a luz faz o salão parecer deserto. Gleb moveu seus esboços para um canto, tapou-os com um biombo: lá, voltada para a parede, está sua Virgem. Gleb está sentado para lá do biombo, na janela, o salão está silencioso, do cigarro vem uma fumaça azulada. Silenciosamente, abre-se a alta porta de duas folhas, e Iegor vai cuidadosamente até o piano.
— Glebuchka, não consigo me conter. Desculpe.
— Toque, Iegôruchka.

Iegor aciona o pedal abafador, toca algo seu, casto e de uma melancolia imensurável.
— Eu compus isso para Natália, Glebuchka. Sobre ela... A mamãe vai ouvir...
— Toque, toque mais, Iegôruchka...
— Mas sabe, Gleb?... Sabe, Gleb?... Tenho vontade de começar a tocar a Internacional para o mundo inteiro ouvir, sem abafador!... E... e misturar nela aos pouquinhos "Gretchen", como Piotr Vierkhoviénski na casa da esposa do governador, nos *Demônios*... Isso é para a mamãe!... E para Boris! Ah!...
Gleb está pensando no arcanjo Baraquiel, cujas vestes têm lírios brancos — e relembra dolorosamente a mãe... Nas paredes do escuro quarto da mãe estão pendurados retratos

de bustos, já desbotados e em redondas molduras banhadas a ouro; o teto do quarto da mãe está coberto de fuligem, tem baixos-relevos de cupidos e as paredes são estofadas. No quarto da mãe, diante da princesa-mãe, Gleb põe-se de joelhos, estende as mãos em súplica e sussurra, dolorosamente:

— Mamãe, mamãe!...

Na entrada, soa a campainha, trazem um telegrama de Moscou para Lídia Ievgráfovna:

"Saúde um beijo Brilling".

Lídia manda Marfucha com o telegrama de resposta, e baús são arrastados do depósito para o mezanino.

Duas conversas. Os velhos

Um céu abrasador derrama um mormaço abrasador. Sufocando ao sol, no limiar da cela, um mongezinho negro cantarola canções da Rússia antiga. Na cela escura, no alto, há uma janelinha em meio às balsaminas, as paredes são pouco iluminadas, há uma jarra de água e um pão sobre a mesa, em meio aos papéis — e a cela fica num canto distante, junto à torre coberta de musgo. O pequeno pope, coberto de musgo, está sentado à mesa, num tamborete alto, e num tamborete baixo, diante dele, está sentado Gleb Ievgráfovitch. O mongezinho negro cantarola canções:

E-e-eh, foi um sábado, mas que dia chuvoso!...

O sol sufoca, rouxinóis poeirentos chilreiam. Gleb fala em voz baixa. O rosto do pequeno pope é ensebado como camurça, com pelinhos cinzentos; por entre a barba, os olhinhos observam, astutos e perfurantes; por entre a barba assoma um único canino amarelado; e o crânio é nu, como a tampa de um caixão. O pope, pequeno e astuto, ouve.

— Nossos grandes mestres — diz Gleb em voz baixa —, que estão acima de Da Vinci, Correggio, Perugino, são Andrei Rubliov, Prokópi Tchirin e tantos anônimos que estão espalhados por Nóvgorod, Pskov, Súzdal, Kolomna, por nossos monastérios e igrejas. E que arte eles tinham, que maestria!... Como eles resolveram as tarefas artísticas mais complexas... A arte deve ser heroica. O pintor, o mestre, é um asceta. E é preciso escolher, para seus trabalhos, o que for grandioso e belo. O que há de mais grandioso que Cristo e a Virgem? Especialmente a Virgem. Nossos velhos mestres interpretaram a imagem da Virgem como o mais doce mistério, o mistério mais espiritual da maternidade; da maternidade como um todo. Não à toa, até hoje nossas camponesas russas — todas mães — rezam, arrependem-se de seus pecados à Virgem: ela perdoará, entenderá os pecados, em nome da maternidade...

— E da revolução, meu filho, da revolução — diz o pequeno pope. — Da revolta popular! O que você diz?... Está vendo esse pão? Ainda tem desses, trazem um pouquinho! Mas como você acha que vai ser daqui a vinte anos, quando todos os popes tiverem morrido, o que vai ser?... Daqui a vinte anos!... — e o pequeno pope sorri com astúcia.

— Para mim, é difícil falar, monsenhor... Estive muito tempo no exterior e me senti muito solitário lá. Pessoas com cartolas, sobrecasacas, *smokings*, fraques, os bondes, os ônibus, os metrôs, os arranha-céus, o brilho, as luzes, os hotéis com todos os tipos de comodidades, com restaurantes, bares, banheiras, com a mais fina roupa de cama, com criadas noturnas que vêm, de maneira completamente aberta, satisfazer necessidades masculinas antinaturais... E que desigualdade social, que mesquinhez dos costumes e das leis! E todo trabalhador sonha com ações e dividendos, até os camponeses! E tudo é morto, é maquinário para todo lado, técnica, confortabilidade. O caminho da cultura europeia levou à guerra, o catorze conseguiu criar essa guerra. Essa cultura mecânica se esqueceu da cultura do espírito, do espiritual. Mesmo a última arte europeia: na pintura, ou o cartaz, ou a histeria do protesto; na literatura, ou a bolsa com seus agentes de polícia, ou aventuras entre os selvagens. A cultura europeia é um caminho para um beco sem saída. O Estado russo dos últimos dois séculos, desde Pedro, quis adotar essa cultura. A Rússia estava sendo sufocada, uma sufocação totalmente gogoliana. E a revolução contrapôs a Rússia à Europa. E mais. Logo depois dos primeiros dias da revolução, a Rússia, com seu cotidiano, com seus costumes, com suas cidades, foi para o século XVII. No limiar do século XVII houve Pedro...

(— Petra, Petra! — corrige o pequeno pope.)

— ... havia a pintura russa popular, a arquitetura, a música, as lendas sobre Iuliania Lázarevskaia. Veio Pedro... e Lomonóssov virou esse colosso incrível, com sua ode sobre o vidro, e a genuína arte popular desapareceu...

(— É, foi um sábado! — na canícula cantarola o mongezinho.)

— ... na Rússia não havia alegria, mas agora ela existe... A *intelligentsia* russa não foi a favor do Outubro. E nem poderia ser. Desde Pedro, a Europa pendeu sobre a Rússia, e embaixo, sob o cavalo empinado, vivia o nosso povo, como nos últimos mil anos, e a *intelligentsia*... eram os verdadeiros filhos de Pedro. Dizem que o fundador da *intelligentsia* russa foi Radíschev. É mentira: foi Pedro. Com Radíschev, a *intelligentsia* começou a *arrepender-se*, arrepender-se e procurar sua mãe, a Rússia. Cada membro da *intelligentsia* se arrepende, e cada um deles sofre pelo povo, e cada um deles desconhece o povo. Mas para a revolta popular a revolução não era necessária: era estranha. A revolta popular é chegarem ao poder e criarem sua verdade: russos genuínos criando uma verdade genuinamente russa. E isso é uma bênção!... Toda a história da Rússia campesina é a história do sectarismo. Quem vencerá essa contenda: a Europa mecânica ou a Rússia, sectária, ortodoxa, espiritual?...

O sol arde. Gleb está em silêncio, e o pequeno pope fala, apressado:

— Sectarismo? Sectarismo, você disse? Mas o sectarismo não começou com Pedro, e sim com o cisma!... Revolta popular, você disse?... A rebelião de Pugatchov, de Rázin?... Só que Stepan Timofêievitch foi antes de Pedro!... A Rússia, você disse?... Só que a Rússia é ficção, é uma miragem, porque a Rússia é tanto o Cáucaso como a Ucrânia, como a Moldávia!... Grã-Rússia, é preciso dizer, Grã-Rússia: as terras do Oká, do Volga, do Kama!... Você é meu netinho ou meu sobrinho? Ficou tudo misturado, tudo misturado!... Sabe que palavras surgiram? *Gviu*, *guvuz*, *gau*, *natchevak*, *kolkhoz*... uma alucinação![31] Ficou tudo misturado!

Logo o pequeno pope é o único a falar, o arcebispo Silvestr, ex-príncipe e oficial da cavalaria. O crânio nu, como a tampa de um caixão, está voltado para Gleb, e seus olhinhos observam, severos, por entre a barba.

— Como se fundou nosso Estado, a Grã-Rússia? O princípio de nossa história jaz na derrocada da Rus Kievana, escondendo-se dos petchenegues, dos tártaros, das querelas e

[31] Nos primeiros anos da Revolução surgiram diversas novas palavras na língua russa, muitas delas acrônimos de órgãos recém-criados. Os termos citados pelo pope são alguns exemplos e significam, respectivamente, *Glávnoie voiénno-injeniérnoie upravlénie* (Administração Central de Engenharia Bélica), *Glávnoie upravlénie voiénno-utchébnykh zavediéni* (Administração Central das Instituições de Ensino Militar), *Glávnoie artilleríiskoie upravlénie* (Administração Central de Artilharia do Exército Vermelho), *Natchálny evakuatsiónnogo punkta* (Chefe do Posto de Evacuação) e *Kollektívnoie khoziáistvo* (Fazenda Coletiva). (N. do T.)

guerras intestinas entre os príncipes, nas florestas, frente a frente com os vesses e os tchudes... No medo da ação do Estado é que se fundou o nosso Estado: fugiam da ação do Estado como quem foge da peste! Pois é! E depois, quando veio o governo, começaram a se revoltar, a praticar o sectarismo, fugiram para o Don, para a Ucrânia, para o Yaik.[32] Não terá a Grã-Rússia, não terá ela sofrido a opressão tártara, e depois a opressão alemã, porque não era necessária a eles, a ela mesma com sua aversão ao Estado, com sua etnografia?... Não era necessária... Fugiram para o Don, para o Yaik. E de lá marcharam com suas rebeliões contra Moscou. E agora... chegaram até Moscou, tomaram seu poder, começaram a construir seu Estado. E construirão. Construirão de maneira a não perturbar uns aos outros, não apertar uns aos outros, como cogumelos na floresta. Observe a história campesina: é como uma senda na floresta. Um milênio, baldios, lugarejos, aldeolas, terras abandonadas. Um milênio. Um Estado sem Estado, mas cresce como um cogumelo. Bem, mas haverá uma crença campesina. Pelas florestas, pelos campos, pelos prados, em sendas, veredas, então fugidos de Kiev, arrastaram-se. E o que você acha que arrastaram consigo? As canções, levaram as canções consigo, os rituais, carregaram-nos por um milênio, canções vigorosas, fortes, canções primaveris, rituais em que a vaca era um membro da família, em que o alazão castrado era um irmão desafortunado; em vez da Páscoa, raptavam moças em arrabaldes, em colinas em meio a carvalhais, rezavam a Iegori, deus do gado. O cristianismo ortodoxo veio junto com os tsares, com um poder estrangeiro, e o povo afastou-se de Iegori... para o sectarismo, para os curandeiros, para onde fosse, tanto para o Don como para o

[32] O rio Ural banha a Rússia e o Cazaquistão e deságua no mar Cáspio. É considerado parte da fronteira entre a Europa e a Ásia. Até 1775, foi chamado de Yaik. (N. do T.)

Yaik. Para longe daquele poder. Pois é, procure nos contos populares, onde é que está a ortodoxia? Espíritos da floresta, bruxas, espíritos das águas; não tem nenhum Senhor dos Exércitos.

E o pequeno e cinzento pope dá um risinho astuto, uma gargalhada astuta, e fala, já sem rir, com os olhos entrecerrados em meio à barba:

— Está vendo esse naco?... Eles trazem! Pois é! Hi-hi! Você é meu netinho? Não conte a ninguém. A ninguém. Está tudo escrito na minha *História*. Abriram as relíquias... Era palha?... Pois escute. Os sectários foram para a fogueira por sua crença, e os ortodoxos foram levados pelo colarinho para a igreja estatal: pode-se fazer o que quiser, mas deve-se crer à maneira ortodoxa! Mas agora chegou o governo campesino, a ortodoxia se tornou uma seita qualquer, equiparada em seus direitos! Hi-hi-hi!... Uma seita ortodoxa!... I-ihi-hi-hi-hi... Ninguém leva uma pessoa pelo colarinho para uma seita!... A ortodoxia viveu por mil anos, mas perecerá, perecerá... Ihi-hi-hi!... Daqui a uns vinte anos absolutamente todos os popes estarão mortos. A igreja ortodoxa, greco-russa, morreu já no cisma, como ideia. E por essa Rússia dos Iegoris vagarão os espíritos das águas e as bruxas, e também Liev Tolstói, e talvez até Darwin... Pelas sendas, pelas florestas, pelas veredas. Dizem que é um avivamento espiritual!... Está vendo esse naco?... Quem traz são aqueles que viveram nas três baleias, cristãos ortodoxos das velas pesadas... E trazem cada vez menos, cada vez menos. E eu, venerável pastor ortodoxo, ando a pé, a pé... ihi-hi-hi!...

O pequeno e cinzento pope ri com alegria e astúcia, balança o crânio de caixão, apertando, em meio à barba, seus olhinhos cheios de pequenas lágrimas. As paredes da cela, de tijolos, são fortes e escuras. Gleb está sentado no tamborete mais baixo, encurvado e silencioso, sisudo como um ícone. E no canto, num caixilho escuro, os rostos escuros dos ícones permanecem sombriamente calados diante das lamparinas. Gleb também permanece calado por muito tempo. Arde o sol abrasador, e na canícula o mongezinho canta. Na cela, porém, está úmido e frio.

— ... Pois ééé!... Não é para trabalhar no caaampo!...

— E o que é a religião, monsenhor?

— Uma ideia, uma cultura — responde o pequeno pope, já sem rir.

— E Deus?

— Uma ideia. Uma ficção! — e o pequeno pope de novo dá sua risadinha astuta. — Monsenhor, venerando, você diz?... Estou ficando caduco?... Perdendo a razão... Quase oitenta!... Não acredito!... Chega, era mentira! As relíquias foram forradas com palha!... Você é meu netinho?

— Monsenhor! — e a voz de Gleb treme, dorida, suas mãos estão estendidas. — É que em sua fala, se trocarmos algumas palavras por "classe", "burguesia", "desigualdade social", teremos o bolchevismo!... Mas eu quero a pureza, a verdade. Deus, a fé, a justiça absoluta... Para que o sangue?...

— Hein, hein, sem sangue?... Tudo nasce pelo sangue, nasce no sangue, no vermelho! A bandeira também é vermelha! Está tudo confuso, tudo misturado, você não entende!... Está ouvindo a revolução uivar: como uma bruxa na nevasca! Escute: *gviiuu, gviiuu! Chooia, chooоiaa... gaau*. E o espírito da floresta tamborila: *gla-vbum! Gla-vbuumm!*... E as bruxas sacodem na frente e atrás: *kvart-khoz! Kvart-khoz!*... O espírito da floresta se enfurece: *natch-evak! Natch-evak! Khmu!*... E o vento, e os pinheiros, e a neve: *chooia, chooia, chooia... khmuuu*... E o vento: *gviiiuuu*... Está ouvindo?

Gleb permanece calado, estalando dolorosamente os dedos. O monsenhor dá seu risinho astuto, revira-se em seu tamborete alto — o arcebispo Silvestr, chamado no mundo laico de príncipe Kirill Ordynin, é um velho insano. Um céu abrasador derrama um mormaço abrasador, o céu abrasador está inundado de azul e de insondável, o dia floresce com sol e canícula — mas no fim do dia haverá um crepúsculo amarelado, e batem os sinos na catedral: *don, don, don*!...

* * *

O príncipe Boris Ordynin está em pé, em frente ao forno, pressionando contra ele seu peito grande e largo, buscando o frio morto do forno. No escritório do príncipe, erguem-se, inofensivas, estantes de livros sem livros, levados há tempos para o soviete, e junto ao sofá, com ar choroso e olhos comidos por traças, um urso branco arreganha os dentes na direção das estantes. Uma pequena mesinha redonda está coberta por uma toalhinha, e a *kumychka*[33] turva-se, túrbida. O príncipe Boris não bebe em cálices quando cai na bebedeira. Boris toca a campainha, enfiando no botão o atiçador de cobre da lareira. Chega Marfucha, o príncipe faz um longo silêncio e fala, carrancudo:

— Sirva um copo e leve-o a Iegor Ievgráfovitch...

— Senhor!...

— Ouviu?! Quero que ele beba ao dois de maio... Não precisa dizer a ele que eu que mandei... M-mas quero que ele beba ao dois de maio!... Pode até jogar fora, desde que eu não fique sabendo... Ao dois de maio!... Saia.

O príncipe Boris serve lentamente um copo para si, olha fixamente por um longo tempo para a turbidez da *kumychka*, e então bebe.

— Ao dois de maio! — diz.

Depois para novamente junto ao forno e novamente bebe, em silêncio, devagar, demoradamente. E chega o crepús-

[33] Tradicional destilado das regiões fino-úgricas e tártaras da Rússia central, como a Udmúrtia e a Bachquíria. Aparentado ao áraque, é feito a partir do leite da égua. (N. do T.)

culo amarelado, tateando pela casa. E, quando a *kumychka* acaba, o príncipe Boris sai do quarto, caminhando lentamente, com passos premeditadamente confiantes. A casa está calada em meio ao crepúsculo, no corredor há uma lâmpada que já não ilumina, um reluzir turvo vem dos espelhos opacos. A mãe, a princesa Arina Davídovna, está sentada com Ielena Iermílovna, descansando após seus grandes negócios diurnos.

— No dois de maio... no dois de maio, mãezinha, os rouxinóis começam a cantar, depois do feriado do trabalho, do primeiro de maio, e é o dia dos nossos santos... É quando as madrugadas são azuis, azuis, friazinhas e orvalhadas, abundantes, exuberantes... No dois de maio... Na noite ébria de maio, a mais casta!... E depois, depois vêm as trevas! A noite!... — diz o príncipe Boris.

— O que é que você está tagarelando? — pergunta a mãe, desconfiada.

— Ielenka, saia daqui!... Quero conversar com minha mãe. Sobre a fraternidade, sobre a igualdade!...

— Mas o que é isso?... Não vá, irmãzinha!...

— Como quiser, mãe!... Como quiser!... É estranho, eu deveria odiar você, madame Popkova, mas eu odeio meu pai. *Addio*.

O cômodo do pai é semelhante a um oratório dos sectários. O canto vermelho[34] e as paredes cobertas de imagens; de um caixilho, um Cristo escuro observa com severidade; junto às imagens, ardem, turvas, lamparinas e velas de cera, luminosas e compridas, e, diante do caixilho, um pequeno atril sustenta os livros sagrados. E não há nada mais no cô-

[34] Canto vermelho, no russo antigo "canto belo", é o local da casa em que se colocam os ícones; espécie de altar doméstico. (N. do T.)

modo, a não ser na parede dos fundos, próximo ao nicho do forno, onde há um banco em que dorme o pai, o príncipe Ievgraf. Sente-se aqui aroma de óleo de cipreste, de benjoim, de cera. Há uma penumbra de igreja no cômodo, cortinas cobrem as janelas — dia e noite, para que não haja luz, mas somente a saudade dela.

O pai, todo encolhido sobre o banco nu, com a mão ressequida debaixo da cabeça, está dormindo. O príncipe Boris segura-o pelo ombro, o príncipe-pai sorri docilmente, ainda dormindo, e, sem ver Boris, diz:

— Eu estava me esparramando enquanto dormia, estava me esparramando?... Estava?... Cristo há de perdoar!...

Ao ver o filho, ele pergunta, perturbado:

— Perturbar? Veio me perturbar de novo, Bória?

O príncipe Boris senta-se ao seu lado, afastando as grandes pernas e apoiando nelas os braços, cansado.

— Não, papai. Quero conversar.

— Pode conversar, pode conversar! Pode perguntar! Cristo há de perdoar!

— O senhor ainda reza, papai?

— Rezo, Bória.

O pai está sentado, as pernas encolhidas. Seus olhos brilham, secos; os cabelos brancos, bem como a barba, os bigodes, são desgrenhados. Ele fala em voz baixa, com rapidez, com rapidez move os lábios encovados.

— Por quê? É a tranquilidade das orações?

— Não, Bória — responde o pai, de modo dócil e breve.

— O que é, então?

— Direi a verdade, direi a verdade!... Cristo há de perdoar. Carrego pecados... Pecados... Mas por acaso pode-se rogar ao Senhor por si mesmo? É uma vergonha rogar por si mesmo! Pedir algo para si mesmo é um pecado, um pecado, Bória! Eu rezo por você, rezo por Iegôruchka, rezo por Glebuchka, rezo por Lídia, por todos, por todos, rezo por sua mãe, rezo pelo bispo Silvestr... por todos!... — Os olhos do pai ardem, insanos... ou, talvez, extasiados? — Mas os meus pecados, eu é que os carrego! Estão aqui ao redor, ao meu lado! Pecados grandes, terríveis... E não é possível rezar por eles. Pecado! O orgulho não permite! Orgulho! E a geena de fogo, é assustador!... É assustador, Bória! Só posso me salvar jejuando... O que é mais belo que o belo sol?... Eu não o vejo, não o verei... Queria passear mais uma vez de troica, no friozinho, beber algo gostoso, outras tentações... Eu renego! Estou em face da morte. Cristo há de me salvar! — o pai faz o sinal da cruz com movimentos rápidos e convulsivos. — Cristo há de me salvar!...

— Agora não dá para passear de troica no friozinho, é verão — diz o filho, indolente.

— Cristo há de me salvar!...

Boris escuta, carrancudo.

— Permita-me, papai. Tenho uma perguntinha. O se-nhor a-go-ra vê? Casou-se com uma dos Pop-kov?!

O pai responde depressa:

— Agora vejo, filhinho, agora vejo, Bória! Vi a terra na primavera, sua beleza imensurável, senti a verdade e a sabedoria de Deus, e meu pecado me assustou, ele me esmagou com sua força, e passei a ver, Bória, passei a ver!

— Se-ei — diz Boris gravemente, sem tirar do pai seus olhos sombrios. — Acontece que, enquanto o senhor está buscando sua salvação, na terra as pessoas estão construindo sua justiça, sem Deus, mandaram Deus para o diabo que o carregue, esse trapo velho!... Aliás, não era isso!... Papai, o senhor por acaso não saberia o que é paralisia geral?

O rosto do pai logo muda, torna-se acovardado e lastimável, e o velho lança seu corpo magro na direção da parede, para longe do filho.

— De novo? De novo perturbando? — diz ele só com os lábios. — Não sei...

O filho ergue-se pesadamente ao lado do pai.

— Escute! Sem afetações, pai... Está me ouvindo?! Fale!...

— Eu não sei!

— Fale!

Com sua enorme mão, o príncipe Boris segura a barba hirsuta do pai.

— Eu tenho sífilis. Iegor tem sífilis. Konstantin, Ievgraf, Dmitri, Olga, Maria, Praskóvia, Liudmila. Morreram ainda crianças, supostamente de escrófula. Gleb é um degenerado, Katerina é uma degenerada, Lídia é uma degenerada!... Só Natália é um ser humano... Fale, velho!...

O pai encolhe-se, agarra convulsivamente a mão de Boris com suas mãos ressequidas e chora — franzindo o rosto, soluçando, de maneira infantil.

— Eu não sei, não sei!... — ele diz, com raiva. — Vá embora, seu bolchevique!

— Está fingindo, santarrão!

Junto às escuras imagens, ardem, turvas, as lamparinas e as finas e luminosas velas. O lugar cheira a incenso e óleo de cipreste. Logo o príncipe Boris retorna ao seu quarto, vai até o forno, pressiona o peito, a barriga, os joelhos contra o frio morto do forno — e assim fica, imóvel.

E —

Desfechos

No quarto de Lídia Ievgráfovna há velas acesas. Os baús estão abertos; sobre as cadeiras, sobre as poltronas, há roupas de baixo espalhadas, vestidos, livros sem capa, maletas, anotações. Sobre a mesa, jaz um telegrama amassado — Lídia pega-o e lê novamente:

"Saúde um beijo Brilling".

Os lábios se contorcem dolorosamente, o telegrama cai no chão.

— Saúde. Eu bebo à sua saúde! Bebe à minha saúde! Uma velha, uma velha!... Gleb!...

Campainhas. Histeria. Gleb não está. Marfucha corre em busca de água.

— Uma velha! Uma velha! Tudo é inútil! Bebe à minha saúde. Saúde! Há-há!... Vão embora, vão todos embora! Estou sozinha, sozinha...

Lídia Ievgráfovna está deitada com uma toalha na cabeça. Seus lábios se contorcem dolorosamente, seus olhos estão fechados. Lídia permanece um longo tempo deitada, imóvel, depois tira da maleta uma pequena e brilhante agulha, levanta a saia, desce a roupa de baixo até o joelho e injeta a morfina. Depois de alguns minutos, os olhos de Lídia ficam úmidos de deleite, mas mesmo assim os lábios continuam a se contorcer convulsivamente. Um crepúsculo amarelado.

Katerina estava saindo para a cidade. Quase correndo, com os lábios confrangidos de espanto e dor e com receio de cair em prantos, ela entra no quarto de Lídia Ievgráfovna. Em seus olhos há incompreensão e terror. Lídia está deitada com os olhos entreabertos.

— O quê? Por que tão cedo? — sussurra Lídia, meio dormindo.

— Eu tenho... eu tenho... o médico disse... é hereditário... uma doença vergonhosa!

— É? Já? — sussurra Lídia com indiferença, fitando um ponto no teto com seus olhos indiferentes e entreabertos.

O dia floresce com canícula e sol, e no fim do dia haverá um crepúsculo amarelado. Tranquilizadores, os sinos da catedral batem, como em Kítej:[35] *don, don, don!...* — qual pedra atirada numa enseada coberta de nenúfares. E então nos quartéis tocam uma argêntea alvorada.

Gleb encontrou Natália perto da Catedral Velha, para lá do parque — estava vindo de sua ronda no hospital, acompanhada por Arkhípov, e Arkhípov na mesma hora foi embora.

— Natália, você está saindo de casa? — disse Gleb.

— Sim, estou saindo.

— Natacha, mas a casa está morrendo, você não pode ser tão cruel! Só você é forte. É difícil morrer, Natacha.

— A casa vai morrer de qualquer maneira, ela está morta. Mas eu tenho que viver e trabalhar. Morrer? — e Natália fala em voz baixa. — É preciso ter feito alguma coisa para morrer. Eu, como aluna do curso, como uma moça, sonhei muito. Já aquele que vinha andando comigo, o pai dele se matou, e o filho sabia que o pai iria se matar. O que eles pensaram antes da morte, eles, o pai e o filho? É claro que o filho tentou só *pensar*, para não sofrer.

— Você ama Arkhípov?

— Não.

— Como... como uma moça?

— Não. Eu não amo ninguém. Não consigo amar. Não sou uma moça. Não dá para amar. É uma vulgaridade e um sofrimento.

— Por quê?

— Como moça, no curso, eu sonhava com um rapaz, sim. Conheci, me apaixonei, estive com ele e deveria ter dado à luz. Mas quando aquele lá me largou, fiquei como uma

[35] Cidade imaginária da tradição popular, localizada, segundo a lenda, no lago Svetloiar, próximo à cidade de Níjni-Nóvgorod. (N. do T.)

borboleta de asas queimadas, e pensei que era o meu fim, que tudo estava acabado. Mas agora eu sei que nada está acabado. É a vida. A vida não está nas futilidades sentimentais do romantismo. Eu vou me casar, imagino. Não vou trair meu marido, mas não vou entregar minha alma a ele. Somente o corpo, para ter um filho. Vai ser desconfortável, frio, mas honesto. Eu estudei demais para virar a fêmea de algum macho romântico. Quero um filho. Se há amor, a razão fica turva.

— E a juventude? E a poesia?

— Quando é uma mulher, uma criança, ela tem tanto a juventude como a poesia. A juventude é uma coisa muito boa. Mas quando a mulher chega aos quarenta anos, ela não tem mais juventude, em razão de causas naturais.

— E você quantos anos tem, Natacha?

— Vinte e oito. Ainda tenho vida pela frente. Todos que estiverem vivos devem ir.

— Ir aonde?

— Para a revolução. Esses dias não voltarão.

— Você... você, Natália...

— Sou uma bolchevique, Gleb! Agora você sabe, Gleb, como eu também sei, que as coisas mais valiosas, que devem ser o pão e as botas, são mais caras que todas as teorias, porque sem o pão e os obreiros você vai morrer e todas as teorias vão morrer. E quem dá o pão são os mujiques. Que os mujiques e obreiros disponham eles mesmos de seus valores.

À noite, o entorno da casa dos Ordynin está vazio. Sombria, enorme, pintada de ocre e agora esverdeada, descascada, arruinada — a casa espreita como um velho grande e malvado. Quando Gleb e Natália param na entrada principal, Gleb diz:

— É difícil morrer, Natália! Você já prestou atenção? Os espelhos de casa estão embaçados e desbotados, e são muitos. Tenho medo o tempo todo de encontrar neles o meu rosto. Está tudo destruído, todos os sonhos.

E enquanto eles caminham pela escada de pedra, ao longo das portas de ferro dos depósitos, fechadas a sete chaves, lá em cima ribomba um disparo: é o príncipe Boris se matando com um tiro. E imediatamente após o disparo, vinda do salão, ecoa por toda a casa a vitoriosa Internacional — e de modo ignóbil, com seu temazinho mais que vulgar, mistura-se a ela "Juberhardt und Kunigunde".[36]

[36] Possivelmente "Eduard und Kunigunde", canção tradicional alemã. (N. do T.)

CAPÍTULO III
DAS LIBERDADES

Aos olhos de Andrei

E novamente — *aquela* noite:

O camarada Laitis perguntou:

— Onde figa bor aqui a morada do ovicial-nobre e esdudante Volkóvis?

Andrei Volkóvitch respondeu com indiferença:

— Contornem a casa, aí peguem a escada; é no primeiro andar — disse e bocejou, ficou parado junto à cancela preguiçosamente e preguiçosamente foi em direção à casa, à entrada principal —

e...

e...

uma alegria desmedida, liberdade! Liberdade! A casa, os dias antigos, a vida antiga — para trás, para sempre — morte a eles! Desprenderam-se as pedras do aterro, voaram junto com ele para o despenhadeiro (murmurou o vento da queda: *gviiu!...*), e com a queda tudo esparramou-se em faíscas de olhos — e então restou apenas uma coisa: o coração vermelho. O vigia gritou algo lá de cima, e depois: as fogueiras dos famintos, os dormentes da ferrovia, um fragmento de uma canção dos famintos, e a água do Vologa. Liberdade! Liberdade! Não ter nada, renegar tudo — ser um mendigo! E as madrugadas, e as tardes, e as alvoradas, e o sol, e a canícula, e a neblina, e as tempestades — não conhecer o seu amanhã. E as tardes na canícula — como uma esposa de soldado, aos trinta anos, vestindo sarafana — como aqueles que viviam nas florestas, além de Ordynin, para o lado do alcance celeste setentrional: de madrugada, no secadouro, trocar adocicados beijos com aquela esposa de soldado.

A terra seduz no mês de maio — em maio, no alvorecer, na neblina, uma moça quer deitar-se um pouco na terra, e você partirá para a terra: a terra puxa. E na primeira noite em que Andrei chegou a Tchórnye Riétchki, em Poperiétchie, umas moças bateram em sua janela e gritaram:

— Andriucha, saia para passear! Vamos tocar a *metelitsa*![37] — os risos das moças irradiaram-se, jorrando pela janela.

Andrei saiu da isbá. No crepúsculo esverdeado, atrás da igreja, sobre a colina, sobre o despenhadeiro, havia moças de vestidos multicoloridos e xales brancos, e, perto delas, assomavam uns rapazes, em silhuetas negras e eriçadas.

— Saia! Não tenha medo! Vamos tocar a *metelitsa*!

Começou um breve silêncio. Ao longe, uns codornizões berraram. Depois, de uma só vez, ressoou, em coro:

Tchi-vi-li-vi-li-vi-li!
Quem quiser, escolha aí!...
Há um pinheiro sobre o outeiro,
Bem lá no alto!
Cria, ó Deus, uma beleza
Mais jovem para mim...

[37] Dança popular eslava acompanhada por música, cujos movimentos emulam uma nevasca (*metel*, em russo). (N. do T.)

A noite era tranquila e clara, com estrelas brancas. São Nikola dos Poços Brancos: a igreja parecia branca, severa; seu telhado alto e negro e a cruz partiam em direção ao céu, às estrelas brancas. Sobre o rio e as várzeas, havia silêncio e paz. Havia um ruído vago, verde, mas mesmo assim fazia silêncio — aquele silêncio que a noite cria. E a noite toda, até a aurora de cristal, as moças cantaram. E durante a noite veio a tempestade, veio do Oriente, ribombou, brilhou com relâmpagos, a chuva passou, ameaçadora, apressada, necessária para a vegetação. Andrei vagou pelas escarpas aquela noite — outra vida! Ser um mendigo. Não possuir nada. Renegar tudo.

A igreja de São Nikola dos Poços Brancos foi erigida com calcário branco, ficava numa colina, sobre o rio. Outrora existira ali um monastério, e agora sobrara a igreja branca, fincada na terra, coberta de musgo, com janelas de mica que encaravam o vale, com um telhado agudo, entortado e enegrecido — a pequena igreja dos Poços Brancos. Da colina, havia uma ampla vista para o rio, para a terra além do rio, para os azulados pinhais além do rio, para a imensidão eterna. Ao redor da igrejinha, cresciam pinheiros de tronco acobreado e musgo. Da terra, à direita dos degraus da igreja, jorrava uma fonte gélida, incrustada num tronco de tília (dela é que veio o nome Poços Brancos) — por séculos a fonte desaguou sob a escarpa, abrindo um sulco na colina, atravessando a estradinha; do lado de lá, na escarpa, ao sopé de um maciço, situava-se a propriedade dos príncipes Ordynin. Além do rio, nas florestas, ficava o vilarejo de Tchórnye Riétchki. O calvo monte Uvek erguia-se, solitário. E, ao redor, florestas, florestas até o alcance setentrional, e estepes, estepes — até o sul.

Na noite em que Andrei chegou, ele não encontrou Iegorka. A isbá cheirava a ervas, e o pão e o mel — o primeiro mel — quem lhe serviu foi Arina. A essa altura, os galos já cantavam, e Arina, uma bela mulher, partiu para a floresta, para a noite.

... A terra seduz no mês de maio — em maio, na alvorada, na neblina. As ervas de maio cheiram a méis adocicados, nas noites de maio sente-se o cheiro amargo de bétula e cerejeira, as noites de maio são profundas, inebriadas, e as alvoradas em maio são purpúreas, como o sangue e o fogo. Arina nasceu em um mês de maio na casa do avô Iegorka, e havia: maio, o céu, pinheiros, prados alagadiços e o rio. Junto à mãe e a Iegorka, ela colhia ervas, e com eles Arina descobriu que, assim como a terra é exuberante em maio, com rouxinóis e cucos, na madrugada, também é exuberante o sangue do homem — como maio, o mês do florescer. Uma linhagem de curandeiros vive de acordo com suas próprias regras — Arina, é provável, teve seu maio —, sem pope, sem incenso, sob o incenso das cerejeiras e o canto solene dos rouxinóis. Quem não sabe como suspira o sangue jovem, solitário, em seu corpo jovem, nas madrugadas, em maio, nas floríferas madrugadas de maio?... Não terá sido por isso que as palavras de Arina tornaram-se insolentes e sinceras, como as de uma camponesa — uma curandeira? Da Arina moça fez-se a mulher bela, forte, corada, grande, com olhos negros, insolentes — uma curandeira insolente, voluntariosa, livre e jovem! A revolução chegou a Tchórnye Riétchki, em maio — a terra seduz no mês de maio! —, e Arina foi ao encontro da Rebelião, assim como o curandeiro Iegorka.

O avô curandeiro Iegorka estava pescando quando Andrei chegou, e Andrei foi até ele. A água estava rápida, livre, turva, murmurando, como que respirando. E por toda a noite houve um crepúsculo pantanoso e verde, com uma cavalaria branca de nuvens. Ele erguia-se sobre a voragem, Iegorka, o Zarolho, segurava a linha, com uma cabeleira branca e calças brancas, a água girava como num funil, chiava, lúcios travessos batiam com força na rede — Andrei pegava-os em pleno voo, frios e escorregadiços, brilhantes, na cerração noturna, como asas de pombo.

— Consegue adivinhar — Iegorka disse, num sussurro — quando é que surgiu esse tipo de vara? Acha que inventaram por agora? O que acha?

— Não sei.

— Pois eu acho que os nossos antepassados já pescavam com ela. O que acha?... Quando fundaram São Nikola, quinhentos anos atrás, já existia essa vara... Lá de primeiro tinha um monastério, quem fundou foi um bandido, Redenia... Pois é, estou dizendo, quantas vezes esse monastério não foi tomado pelos calmucos, tártaros, quirguizes? Por causa disso me tiram dos bolcheviques e me levam direto para o xadrez.

— Por quê?

— A Rússia passou pela dominação dos tártaros: foi o jugo tártaro. A Rússia passou pela dominação dos alemães: foi o jugo alemão. A Rússia é esperta por si só. O alemão é esperto, mas sua cabeça é tonta — só usa no banheiro. Eu falei na assembleia: não tem internacional coisa nenhuma, o que tem é a revolução popular russa, a revolta. E nada mais. Tal qual Stepan Timofêievitch.[38] "E o Karl Marx?", eles perguntaram. É um alemão, eu digo, e pelo visto é um bobo. "E

[38] Stepan Timofêievitch Rázin, popularmente Stenka Rázin (1630-1671), famoso cossaco do Don, líder de uma das maiores rebeliões populares da história da Rússia. (N. do T.)

o Lênin?" Eu digo que o Lênin veio dos mujiques, é bolchevique, e vocês devem ser cumunistas. Eu falei para eles, vocês deviam espalhar sobre a libertação do jugo! A terra aos mujiques! Fora com os mercadores! Fora com os donos de terra, aproveitadores! Fora com a Constituinte: precisa levar o soviete para toda a terra, para que venham todos que quiserem, e que decidam debaixo do céu. Fora com o chá, fora com o café! Cerveja caseira. Para que exista fé e justiça. A capital é Moscou. Pode acreditar no que quiser, até num cepo. Mas fora também com os cumunistas! Os bolcheviques, eu digo, vão ter de se acertar sozinhos. Bom, em nome da desciplina me mandaram direto para o xadrez.

Na água negra, um lúcio dançou e fugiu, assustado com a voz alta de Iegorka.

— Ara, fiz barulho demais — disse Iegorka, num sussurro. — Esse Shak... Shakispírov, é isso?... Você leu *Hamlet*, mas a *metelitsa* que as moças tocam você não conhece. Ou, por exemplo, "Foi num sábado chuvoso"... Conhece? Como é?

— Não, não conheço...

— Está vendo?! Também é um cumunista!

E nesse momento, sobre a colina, as moças começaram a cantar, juntas:

Desprendeu-se o cisne branco da revoada de cisnes,
Uniu-se o cisne branco à revoada, aos cisnes cinzentos!

* * *

Porque hoje irrompeu imperiosamente, porque no tempestuoso elemento humano ele era uma folhinha — que se desprendera do tempo —, Andrei conseguiu levar seu pensamento a uma outra liberdade — a liberdade de dentro, não de fora: renegar as coisas, o tempo, não possuir nada, não desejar, não se lamentar, ser um mendigo — só viver para ver se seria com batata ou com chucrute, se seria numa isbá, se seria livre ou tolhido; era indiferente: que os elementos o erguessem e o lançassem, a alma sempre permaneceria mais fresca e mais tranquila para ver. Pela terra, espalhavam-se as bexigas negras e o tifo da fome. Pela manhã, traziam os cadáveres para São Nikola, às vezes após o meio-dia, e lá pelas quatro horas vinham batizar os bebês, e então ressoavam os sinos, que ainda eram ouvidos pelos tártaros. E todas as noites as moças cantavam junto à igreja de São Nikola. Era junho.

No vilarejo de Tchórnye Riétchki, viviam mujiques — parentes não da família, mas dos Kónonov. Da primavera até o outono, eles trabalhavam com todos os seus músculos, de aurora em aurora, do mais velho ao mais jovem, ardendo com o sol e o suor. E do outono até a primavera também trabalhavam, consumidos pela fumaça, como isbás sem chaminé, congelando, passando fome. Viviam com dificuldade, com rudeza — e amavam fortemente a vida, com sua fumaça, seu frio e seu calor, com sua insalubridade. Viviam com a floresta, com o campo, com o céu — era preciso viver bem com eles, mas também lutar com obstinação. Era preciso lembrar as noites, as alvoradas e os sinais, observar o canto úmido,[39] seguir o aquilão, escutar o som da floresta, sua grasnada. O mais velho no vilarejo é o avô Kónonov, Ionov, o Torto, e ele já não se lembra do nome de seu avô, mas conhece os tempos antigos, lembra-se de como viviam os bisavós, os antepassados, e como é preciso viver. E as isbás ficavam de costas para a floresta, na beira do rio, olhando carrancudas por entre os pinheiros com suas fuças nodosas; as janelas emba-

[39] Denominação que se dava ao Nordeste ou ao Noroeste, de onde, segundo a crença popular, sempre vinha o mau tempo. (N. do T.)

çadas — seus olhos — observavam, lupinas, lacrimejantes. Troncos cinzentos jaziam como sulcos. A palha ruiva — como cabelo bem aparado — estava caída sobre a terra. As isbás espreitam como há milhares de anos.

... E na propriedade dos príncipes Ordynin, ainda na primavera, alojaram-se os anarquistas. Isso aos olhos de Andrei Volkóvitch.

Numa noite de abril, chegaram à casa principesca (*que o fecho da história seja o relato de como os príncipes partiram de sua propriedade*) inesperadamente, não se sabe de onde, os anarquistas. Instalaram-se de madrugada, trazendo uma carroça com metralhadoras, fuzis e munição, e já pela manhã tremulava sobre o frontão a bandeira:

— Que tremule a bandeira negra dos livres!

Abril foi passando, maio passou, murcharam as cerejeiras, os lilases, os lírios-do-vale; no matagal, nos arredores da propriedade, os rouxinóis pararam de cantar. Os anarquistas, que haviam chegado de madrugada, sem mais aquela, logo na segunda manhã, com blusões e quepes azuis, de operário, foram arar o campo.

Andrei chegou a Tchórnye Riétchki no dia de São João. E na noite de São João Andrei partiu para a comuna — para viver. As semanas das *russalkas*[40] passaram, as mulheres da comuna foram para a escarpa, para a igreja de São Nikola, cantar canções, e chegou a noite de São João. Na noite de

[40] As *russalkas* são criaturas do folclore russo semelhantes às sereias. Tradicionalmente, elas aparecem no período que antecede a semana da Trindade, marcando a passagem da primavera para o verão. (N. do T.)

São João, ardiam fogueiras. Era uma noite branca, de bruxas, as fogueiras ardiam em meio à neblina do rio, havia danças de roda, pulava-se por cima do fogo. Aganka, a camarada Aganka, saltou com afinco, cantou com afinco, pegou Andrei pela mão, precipitou-se com ele para a escuridão, para os prados alagadiços, parou, segurando-o pela mão, disse depressa para ele, um desconhecido:

— Meu coração sofre, sou de Tambov. Minha filha ficou lá. Virou criada, quis viver a vida dela, livre. Meu coração está sofrendo. Mas que filha é essa, hein? — e de novo lançou-se com ímpeto para o fogo, para Pavlenko.

E, naquela mesma noite, Andrei falou pela primeira vez com Anna. Trinta anos. Trinta anos de Anna haviam sumido, para sempre, desaparecido, e havia em Anna algo transparente e tocante — aquilo que há no outono, em seu desfolhar dourado e em suas noites acetinadas de estrelas cadentes. À noite, Andrei levou os cavalos para o pasto. Antes do alvorecer (ia se passando a branca noite de São João, nebulosa e enfeitiçada), no prado, Andrei encontrou Anna; ela caminhava sozinha, em meio à neblina branca, de vestido branco. Andrei aproximou-se e disse:

— Os cavalos estão comendo, sossegados. Está úmido... Os moscões não estão atrapalhando. Vamos, eu posso atravessá-la de barco. Que neblina! Às vezes dá vontade de andar... Andar, andar... para dentro da neblina!

Andrei conversou muito com Anna naquele pálido alvorecer. Anna tinha um marido, engenheiro numa fábrica; tudo o que era preciso superar, lá, na cidade, com o marido, tinha sido superado, deixado para trás, não era mais necessário. E Andrei sabia que, naquele alvorecer de junho, Anna chorava. É preciso viver. O marido jamais entenderia que existe a Rússia com seus Tempos Conturbados, com as suas rebeliões de Rázin e de Pugatchov, com o ano de dezessete, com as velhas igrejas, ícones, baladas populares, rituais, com

Iuliania Lázarevskaia e Andrei Rubliov,[41] com suas florestas e estepes, espíritos das águas e das florestas. Nunca entenderia a liberdade de tudo — não ter nada, renegar tudo, como Andrei, não ter nem a roupa de baixo. Que todos os trens da Rússia parassem de passar — será que não há beleza numa tocha,[42] na fome, na doença? É preciso aprender a olhar para tudo e para si mesmo — de fora para dentro, só olhar, não pertencer a ninguém. Caminhar, caminhar, superar a alegria, o sofrimento.

Era a sega do feno, o tempo da colheita. Quase não havia noites, e durante a noite parecia que não havia céu sobre os campos alagados pelo rio, sobre as várzeas, depressões e florestas — e sobre o Uvek. Quando Andrei chegou pela primeira vez à comuna, gritaram-lhe:

— Quem vem lá?!

E o avô Iegorka respondeu com a senha:

— Vamos lá!

O caminho que saía dos portões com leões, pela base da colina, atravessava uma cerca de pedra com vasos sobre os pilares. Pelo flanco da colina, passavam veredas pedregosas em direção à horta, ao prado e ao rio. Para lá dos espessos arvoredos, de uma praça verdejante, do pátio de cavalaria, havia uma casa carrancuda, de arquitetura clássica. Pelos lados estendiam-se anexos e casas de fundo. No alpendre, por detrás das colunas, uma metralhadora de focinho achatado, uma Maksim, observava. Não havia ninguém no pátio. Con-

[41] Iuliania Lázarevskaia (1530-1604), santa ortodoxa. Andrei Rubliov (*c.* 1360-1428), o mais famoso pintor de ícones russo. (N. do T.)

[42] No original, *lutchina*, que designa uma haste ou lasca de madeira, com a ponta embebida em cera, portanto, inflamável. Era presença constante no cotidiano dos mujiques antes da introdução da luz elétrica. (N. do T.)

tornaram a casa por uma veredinha, por moitas de amendoeiras e lilases e chegaram ao terraço. Na sala de jantar, junto a longas mesas, os anarquistas terminavam de jantar. O avô Iegorka fez uma careta e foi embora. Trouxeram as vacas, as mulheres foram ordenhar. Pavlenko levou os cavalos para o pasto. A hora já era alta, mas o céu ainda estava verde, a neblina deslizava pelo prado. Muitos já tinham ido dormir, para se levantar no alvorecer do dia seguinte. Andrei sentou-se com o camarada Iuzik no escritório, com uma vela — as paredes brilhavam com as capas dos livros banhadas a ouro. O camarada Iuzik parou junto à janela e ficou olhando o céu.

— Como é sossegada a pguimavega aqui — disse Iuzik. — E como são sossegadas as suas estguelas... Paguecem tguistes. Você já se integuessou por astgonomia? Quando você pensa nas estguelas, começa a sentir que somos insignificantes. A terra é uma pguisão mundial: o que somos nós, as pessoas? O que significa a nossa revolução e a injustiça?

Andrei comentou sem demora:

— Sim, sim! Também penso assim! É preciso ser livre e renegar tudo. É impressionante como coincidem os nossos pensamentos.

— Sim, é clago!... — Iuzik fez um breve silêncio. — Em lugar nenhum existem estguelas como no oceano Índico, o Cguzeigo do Sul... Eu percorri o mundo inteigo, e em lugag nenhum existe um país como a Rússia. Viemos aqui paga viveg na terra, paga fazeg a vida... Como é bom aqui, e que livgos estão nesses armáguios, livgos que fogam reunidos ao longo de dois séculos!... Do ponto de vista dos eugopeus, nós, russos, estamos na Idade Média.

Entraram Pavlenko, Svirid, Natália, Irina e Aganka. Aganka trouxe uma bilha de leite e panquecas de aveia.

— Quem quer?

Na sala de estar, ardia uma vela solitária; a mobília, banhada a ouro, de estilo imperial, estava disposta em cuidadosa ordem; além do arco, havia um salão totalmente vazio. As janelas da sala de estar e do escritório estavam abertas. No sopé da escarpa, no prado, pássaros e insetos gritavam, rumorejavam e cantavam a várias vozes, como numa ópera antes da abertura, quando a orquestra afina os instrumentos. Preguiçosamente, Irina tirou alguns acordes do piano, e Aganka preparou-se para dançar. Semion Ivánovitch entrou. Tinha uma barba de Marx e carregava uma pilha de jornais. Começou a falar biliosamente sobre a ruína econômica.

Naquela noite, Andrei retornou a São Nikola e, parado junto à igreja, experimentou mais uma vez, de modo agudo, dorido e terno, toda aquela alegria, a sua alegria, que nele nasceu pelo sonho, pela revolução — pelo sonho da verdade da mendicância, da justiça, da beleza; das velhas igrejas de quinhentos anos.

Com os anarquistas, Andrei levantava-se na alvorada — veranil, imensuravelmente clara — e, com um barril preso a um par de tiradouras, voava até o rio para buscar água; Aganka o ajudava a bombear. Depois, davam de beber aos cavalos e, então, se banhavam, separados por um arbusto. Andrei levava a água primeiro para a horta e para o parque, e depois para a cozinha. O sol se erguia, vermelho e vagaroso, a roupa ficava molhada com o orvalho de mel, dos prados alagadiços saíam os últimos farrapos de neblina. Do meio-dia às três, paravam o trabalho: os homens aumentavam o vapor, preparando-se para o almoço, bronzeados de sol, suados da labuta, com os colarinhos desabotoados. Nunca antes Andrei trabalhara com os músculos — seus ombros doíam docemente, assim como a cintura e as coxas; a cabeça estava leve — os pensamentos, claros e serenos. Serenas e claras chegavam as noites; Andrei sentia sono, doíam os ombros, e — insone — o mundo parecia transparente, cristalino e frágil, como as alvoradas de junho. Sempre à noite, Andrei passeava com a camarada Natacha, que trançava coroas de flores para si e para ele e, rindo, dizia a Andrei que ele era tão sereno quanto uma centáurea. À noite, traziam os jornais, os periodistas escreviam que a pátria socialista estava em perigo, que os cossacos, os ucranianos, os polacos estavam rebelados — e isso parecia pouco importante: quem destruiria a vítrea enseada da insônia? Os pensamentos eram claros e leves, refratados pela frágil sede de sono. E junho, com seus jasmins de porcelana, com suas alvoradas cristalinas, já tinha passado.

De dia, Andrei trabalhava no parque com Aganka — e ele a admirava. Ela sempre tinha uma canção ou um adágio, ele nunca a via cansada e não sabia quando ela dormia. Era baixa, atarracada, andava descalça, tinha um rosto sorridente e o acordava com as alvoradas, borrifando água sobre ele, com as vacas já ordenhadas. Nadava como uma rã, desavergonhada, tomando banho, e depois não parava um segundo — ia ao parque, passava pelas batatas, ia até a horta. À noite, "se enredava" — primeiro com Pavlenko, depois com Svirid: "Eita, e é da conta de alguém com quem eu passo a noite?!". Na sega do feno, Andrei e Aganka revolviam o jardim. Andrei parava um pouco para fumar, Aganka brincava com o ancinho em meio às coxas, como um cavalo jovem, e falava em tom travesso:

— Não é para se enredar, Andriucha, é para trabalhar!

— De onde você veio, Aganka? Quando é que você dorme, descansa?

— Vim de onde vem todo mundo: da mãe!

— Não se faça de tonta!

— A gente está onde tem que estar! É para revolver, não para se enredar!...

E Aganka morreu em junho — pela terra, espalhavam-se as bexigas negras e o tifo... A morte, a desordem, a fome, a tocha: ver para viver. Nos primeiros dias de julho, antes da canícula, foram cinco dias de chuvas e tempestades. Os anarquistas estavam na casa — e Andrei nunca sentira tanta alegria, alegria por existir!

... Isso aos olhos de Andrei, a poesia de Andrei Volkóvitch.

Aos olhos de Natália

Sobre São Nikola, sobre Tchórnye Riétchki, sobre as várzeas, erguia-se solitária uma colina, deserta, calva, em meio aos despenhadeiros, coberta apenas de viburnos — assomava solitária, deserta, alta. Na direção da borda celeste setentrional, as florestas eriçavam-se como escuras limas; para o sul, avançavam as estepes. E os séculos guardaram para si seu nome — Uvek.[43] E corria julho.

No topo do Uvek, as pessoas perceberam ruínas e cômoros; o arqueólogo Baudek e o artista Ordynin vieram escavá-los com uma turma de mujiques. As escavações estavam na terceira semana, e da terra iam saindo os séculos. No Uvek, acharam os vestígios de uma cidade antiga; sucediam-se, como em degraus, ruínas de poços de pedra, alicerces de construções, uma canalização — debaixo de terras argilosas e do solo negro, tudo aquilo restara, não dos finos, não dos citas, não dos búlgaros: algum desconhecido das estepes asiáticas chegara aqui para fundar uma cidade e desaparecer da história — para sempre. E depois dele, desse desconhecido,

[43] A palavra russa para século é *viek*, aparentemente análoga ao nome do monte. (N. do T.)

estiveram aqui os citas, e eles deixaram seus cômoros. Nos cômoros, em jazigos de pedra, em sepulcros de pedra, jaziam ossadas humanas, vestidas com roupas que se desfaziam ao toque, como cinzas, com bilhas e travessas adornadas com cavaleiros e caçadores, em que outrora houvera comida e bebida — com a ossada de um cavalo junto aos pés, sua sela com acabamento em ouro, osso e pedras, a pele conservada, como uma múmia. Nos jazigos de pedra, tudo estava morto, já não havia cheiro de nada, e toda vez que era preciso entrar ali os pensamentos ficavam nítidos e tranquilos, e vinha um pesar na alma. O topo do Uvek, coberto de pedras, ficou calvo, o absinto cresceu com suas cerdas prateadas e poeirentas, subiu um cheiro amargo... Os séculos... Os séculos ensinam, assim como as estrelas, e Baudek conhecia a alegria da amargura. Os conceitos do arqueólogo Baudek misturavam-se com os séculos. Uma coisa fala sempre mais da arte do que da vida, e um modo de vida já é arte. Baudek media a vida pela arte, como qualquer artista. E dos séculos e da revolução, Baudek e Gleb Ordynin queriam seguir aqueles sectários que viviam em granjas na estepe. E sobre o Uvek o absinto recendia seu cheiro amargo.

Aqui no Uvek os escavadores acordavam com a alvorada, ferviam água num caldeirão. Cavavam. Ao meio-dia, traziam da comuna o almoço. Descansavam. De novo cavavam, até o crepúsculo vespertino. Então acendiam fogueiras e sentavam-se ao redor delas, conversando, cantando canções... Para lá do rio, no vilarejo, lavravam, ceifavam, comiam, bebiam e dormiam, para viver — assim como na comuna, ao sopé do despenhadeiro e entre os sectários na estepe, onde também trabalhavam, comiam e dormiam. E ainda, além disso, seguiam bebendo e querendo beber do sossego e da alegria. Corria um julho escaldante, incinerando os dias; como sempre, os dias eram transparentes e penosos — e as madrugadas traziam o sossego e sua desordem noturna. Uns escavavam a terra, a seca terra argilosa, mesclada com pederneiras e belemnitas, outros levavam-na em carrinhos de mão e passavam-na por peneiras... Cavaram até uma entrada de pedra. O jazigo estava escuro, sem cheiro de nada. O sepulcro ficava numa elevação. Acenderam lanternas. Fizeram desenhos. Iluminaram com magnésio — fotografaram. Era tranquilo e silencioso. Retiraram a tampa esverdeada, de dez *pudes*. Junto ao despenhadeiro, num maciço, cavaram ao redor dos vestígios de uma certa edificação redonda, cujas pedras o tempo ainda não obstruíra.

O Uvek caía abruptamente. No sopé do Uvek, as várzeas se estendiam como uma imensidão desértica; para além dos campos alagadiços, erguiam-se, com suas cerdas dentadas, as florestas de Tchórnye Riétchki, a região dos rios negros; e contaram a Baudek a patranha segundo a qual os desertores haviam se fixado em Metyn, o exército verde dos bandoleiros, haviam escavado abrigos na terra, montado cabanas, espalhado seus vigias pelos arbustos, com metralhadoras, fuzis, prontos, se pressionados, para fugir para a estepe, rebelar-se, atacar as cidades.

... Aliás, isso aos olhos da anarquista Natália.

* * *

Tarde da noite, voltando dos prados alagadiços, Natália e Baudek subiram até as escavações do topo calvo. Recendeu o cheiro amargo do absinto, o absinto cobriu a colina com suas cerdas prateadas e poeirentas, o cheiro era amargo e seco. Do topo desértico, havia uma ampla vista; pelo sopé da colina, corria o rio; além do rio, na neblina, reluziam as fogueiras das últimas segas e pastagens noturnas. Do campo veio um aroma de secura. Pararam para se despedir, e então perceberam: do barranco até as escavações, vindas do lado de lá, de São Nikola, corriam, em fila indiana, numa correria ampla e sem pressa, umas mulheres nuas, com tranças desmanchadas, com a escura cavidade de seu púbis, com vassouras de esparto nas mãos. As mulheres correram silentes até as escavações, circundaram a ruína redonda no maciço e deram a volta em direção ao despenhadeiro, ao barranco, erguendo uma poeira de absinto.

Baudek começou a falar:

— Em algum lugar existe a Europa, Marx, o socialismo científico, mas aqui se mantiveram as crendices de mil anos atrás. As moças correm ao redor de sua terra, fazem feitiço com seu corpo e sua pureza. Essa é a semana de São Pedro do Solstício. Quem inventaria um São Pedro do Solstício?! Isso é mais belo que as escavações! Agora é meia-noite. Talvez sejam elas nos enfeitiçando. É um segredo das moças.

Do campo, novamente veio um aroma de secura. No céu imensurável, caiu uma estrela — as estrelas cadentes de julho já estavam chegando. Os grilos retiniram, secos e abafadiços. Recendia o cheiro amargo do absinto.

Despediram-se. Na despedida, Baudek segurou a mão de Natália e disse de modo surdo:

— Natália, descomunal, quando é que você será minha esposa?

Natália não respondeu de imediato, e disse em voz baixa:

— Deixe disso, Flor.

Baudek foi para as barracas. Natália voltou ao despenhadeiro pela vereda estreita e coberta de viburno e desceu para a propriedade, para a comuna. A noite não podia mitigar a sede do dia cálido — na noite havia muita sede e calor; com secura e um prateado baço, brilhavam a grama, as vastidões, as várzeas e o ar. Pela vereda seixosa, pedrinhas espalhavam-se.

No pátio da cavalaria, Svirid estava deitado, cantando, olhando para o céu:

Kama, Kama, mãe dos rios!...
Dê na cara do Koltchak!
Kama, Kama, caudalosa!
Dê no comuna de araque!

Ao perceber Natália, disse:

— Agora é noite, camarada Natália, não há possibilidade de pegar no sono. Queria ter um casinho! Todos os comunistas estão nas plantas. Foram até os cavadores?... Dizem que estão desencavando uma cidade... Nessa época atual estão escavando tudo! É!

E de novo começou a cantar:

Kama, Kama, mãe dos rios!...

— Trouxeram jornais da estação. Aqui está com um cheiro muito forte de absinto. O país!

Natália entrou na sala de leitura, acendeu uma vela, uma luz turva refletiu, oleosa, nas amareladas colunas de mármore. Como antigamente, lá estavam os armários com livros, as poltronas com acabamento dourado e uma mesa redonda no centro, cheia de jornais. Inclinou a cabeça, as pesadas tranças caíram — ela lia os jornais. Tanto os jornais da província, de papel pardo, como os jornais de Moscou, de papel azul, feito com aparas, estavam repletos de amargura e perturbação. Não havia pão. Não havia ferro. Havia fome, morte, mentira, pavor e terror — corria o ano de dezenove.[44]

Semion Ivánovitch entrou — velho revolucionário, com uma barba como a de Marx, desabou na poltrona e começou a fumar uma guimba, intranquilo:

[44] 1919 é "o ano nu", referido no título deste livro. (N. do T.)

— Natália.
— Sim.
— Estive na cidade. Você consegue imaginar o que se passa? Não há nada. No inverno todos vão morrer de fome e sofrer com o frio. Falta uma espécie de sal, sem o qual não se pode fundir o aço; sem o aço, não fazem serras: eles não têm com o que serrar a lenha... No inverno vão morrer de frio em casa. Por causa de sal! É terrível! Você percebe? Que coisa pavorosa! Que silêncio pavoroso e absoluto. Olhe bem: é mais natural a morte que o nascimento, que a vida. Ao redor, temos morte, fome, escorbuto, tifo, varíola, cólera... Nas florestas e ravinas fervilham os bandidos. Está ouvindo? É um silêncio morto! A morte. Na estepe, há povoados que foram completamente devastados. Ninguém enterra os mortos, e, em meio às trevas da noite, cães e desertores pululam... O povo russo!

No quarto de Natália, no mezanino, em um canto, havia um crucifixo com um tufo de grama enfiado atrás — sobrara da época dos fidalgos. O espelho da abaulada penteadeira de mogno, com seus bibelôs necessários e antigos, fenecera e descascara. A gaveta da penteadeira estava aberta: ainda exalava um cheiro de vela, senhorial, e no fundo estavam espalhados retalhos multicoloridos de seda — esse cômodo, na casa dos Ordynin, era das moças. Havia tapetinhos e passadeiras. Para além das janelas, havia uma ampla vista dos campos alagadiços, do rio — dava para imaginar que no inverno toda aquela imensidão vazia estaria branca de neve. Por um longo tempo, Natália permaneceu parada junto à janela, trançou os cabelos, despiu a sarafana. Ela pensava: no arqueólogo Baudek, em Semion Ivánovitch, em si. Na revolução. Na amargura que sentia — a sua amargura.

Os primeiros a anunciar a alvorada foram os andorinhões; voaram na treva seca e amarela, chilreando. O último morcego passou voando. No alvorecer, Irina chegou. Sentou-se na janela, em silêncio. Desde o alvorecer, o cheiro amargo do absinto recendia — e Natália compreendeu: o absinto, com seu fabuloso cheiro amargo, cheiro de água viva e morta, era o cheiro não só dos julhos de depressões: era o cheiro de todos os nossos dias do ano de mil novecentos e dezenove. A amargura do absinto era a amargura dos nossos dias. Mas, com esse mesmo absinto, as mulheres camponesas expulsam diabos e espíritos malignos das isbás. O povo russo — ela se lembrou. Em abril, quando iam atrás dos brancos, numa pequena estação na estepe, onde havia céu, estepe, cinco álamos, trilhos e uma isbá de estação, ela havia reparado em um trio — dois mujiques e uma criança. Todos os três estavam de *lápti*,[45] o velho usava uma peliça curta, e a menina estava seminua. Os narizes dos três testemunhavam sem dúvida que em seu sangue havia tanto o chuvache como o tártaro. Todos os três tinham rostos extenuados. Um amplo crepúsculo empalidecia. O rosto do velho era semelhante a uma isbá, os cabelos caíam como um teto de palha, os olhos míopes olhavam para o oeste, como milhares de anos. E nesses olhos havia uma indiferença imensurável — ou talvez a sabedoria dos séculos, que não se pode compreender. Natália então pensou: eis aí o legítimo povo russo, essas pessoas extenuadas, cinzentas, corroídas pela sujeira e pelo suor, com rostos lúgubres, como uma isbá, com cabelos como um teto de palha. O velho fitava o oeste; o outro estava sentado, imóvel, com a perna encolhida e com a cabeça apoiada sobre ela. A menina dormia, esparramada no asfalto coberto de escarro e sementes de girassol cuspidas. Estavam em silêncio. E olhar para eles era penoso e horrível — para eles, por quem e em nome de quem estava sendo feita a revolução. Um po-

[45] Tradicional calçado russo, feito com fibra de tília. (N. do T.)

vo sem história — pois onde está a *história* do *povo* russo? —, um povo que criou suas canções, suas melodias, suas fábulas... Depois esses mujiques passaram pela comuna, cantaram como peregrinos cantores, rogaram, pediram esmola, contaram que eram "de Volodímir", a fome os expulsara, viviam da mendicância: deixaram em casa isbás fechadas, comeram tudo, até os cavalos. E Natália percebeu: deles caíam piolhos. Aquela mesma estaçãozinha em que ela os encontrara pela primeira vez chamava-se Desvio Mamoa.

Do lado de fora, ouviu-se o ruído de baldes: as mulheres iam ordenhar. Traziam os cavalos da pastagem noturna. Semion Ivánovitch, que não dormira à noite, engraxava com Svirid uma telega, aprontava-se para ir aos campos alagadiços buscar feno. Os franguinhos, já meio crescidos, faziam barulho. Chegou o dia, incinerando a terra com seu calor, quando já era preciso beber sua sede, para à noite ir em busca de outro absinto, o absinto de Baudek, em busca da amargura da alegria, pois Natália nunca tivera essa alegria de absinto, e aqueles dias a trouxeram, quando era preciso viver — agora ou nunca.

* * *

O sol traçava seu escaldante caminho solar, o dia afligia com a canícula, com o retinir do silêncio; as vastidões tremiam com um leve e escaldante tremor, como vidro fundido. No turno pós-meridiano, na hora do descanso, Natália ia às escavações e sentava-se com Baudek debaixo do sol, em meio à terra revolvida, sobre um carrinho de mão virado. Ardia o sol, e sobre os carrinhos, sobre o solo negro, sobre as pedras, sobre as tendas, sobre a grama, estendiam-se matizes escaldantes, como retalhos multicoloridos de seda.

Natália falava da canícula, da revolução, dos dias: com todo o seu sangue, ela sentia a revolução, aceitava-a, queria criá-la — e os dias atuais trouxeram o absinto, os atuais dias cheiravam a absinto: ela falava como Semion Ivánovitch. E também porque Baudek colocara a cabeça nos joelhos dela, porque o colarinho bordado da camisa dele estava desabotoado, mostrando o pescoço, e fazia calor, ela sentia outro absinto, sobre o qual ela calava. E novamente falava como Semion Ivánovitch.

Baudek estava deitado de costas, com seus olhos cinzentos entrecerrados, segurando a mão de Natália, e quando ela se calou em meio à canícula, ele começou a falar:

— A Rússia. A Revolução. Sim. Tem cheiro de absinto... De água viva e morta?... Sim!... Tudo está se extinguindo? Não há mais caminhos? Sim... Você se recorda da fábula russa sobre a água viva e a morta. O Ivánuchka-bobinho arruinou-se inteiramente, não sobrou nada dele, nem morrer ele podia.[46] O Ivánuchka-bobinho venceu porque a verdade estava com ele, a verdade supera a falsidade, toda a falsidade perece. Todas as fábulas são urdidas pelo infortúnio, pelo medo e pela falsidade; e são desurdidas pela verdade. Olhe ao redor: agora na Rússia acontece uma fábula. É o povo quem cria essas fábulas. É o povo quem cria a revolução; a revolução começou como uma fábula. Por acaso a fome não é digna de uma fábula, a morte não é digna de uma fábula? Por acaso não é digno de uma fábula que as cidades morram de fome, voltando ao século XVII, e não é digno de uma fábula que as fábricas renasçam? Olhe ao redor: é uma fábula. Cheira a absinto porque é uma fábula. E nós, nós dois aqui, também temos uma fábula. Suas mãos cheiram a absinto!

Baudek colocou a mão de Natália sobre os olhos, beijou de leve a palma. Natália estava sentada, encurvada, as tranças caíam — novamente ela sentia, de modo agudo, que

[46] *Ivánuchka-durak* ou *Ivánuchka-duratchok*, literalmente Ivan-bobinho, personagem recorrente nos contos de fadas russos. (N. do T.)

para ela a revolução estava ligada com a alegria, com uma alegria exuberante, com aquela alegria ao lado da qual caminha a tristeza, uma tristeza de absinto. Uma fábula. Como numa fábula, o Uvek, como numa fábula, a região além dos rios, como numa fábula, Semion Ivánovitch, com uma barba de Marx, um Marx gênio das águas, mau, como Kaschei.[47] Os carrinhos, as tendas, a terra, o Uvek, o rio, as vastidões... reluziam, ardiam, brilhavam como retalhos escaldantes. Ao redor, tudo estava ígneo, deserto e silencioso. Em seu caminho, o sol se aproximava das três, aos poucos os escavadores iam se arrastando para fora dos carrinhos, das covas, vestidos com o que Deus mandara, com calças rasgadas, feitas de sacos, cobertas com esteira, bocejando, carrancudos, bebendo água de baldinhos, enrolando cigarrilhas.

Um deles sentou-se de frente para Baudek, pôs-se a fumar, coçou seu peito aberto e cabeludo e disse, sem pressa:

— Tem que começar, Florytch!... Pelo menos atrelar um cavalo. O Mikhailo caiu no buraco, estou imaginando...

No fim da tarde, os grilos começaram a cricrilar. Natália estava na horta, carregando um balde, regando os canteiros, o suor surgia em sua testa em gotinhas, e o corpo, retesado sob o peso do balde, doía docemente, pleno de vigor. Respingos de água batiam em seus pés descalços, e o frescor trazia alívio. No fim da tarde, nos arbustos das cerejeiras, um rabirruivo gritava. As últimas abelhas voavam preguiçosas pelo ar dourado, dirigindo-se ao colmeal. Ela foi aos arbustos e comeu cerejas encarnadas, o suco era como sangue. Nas moitas, cresciam campânulas azuis e melíferas — por costume, Natália arrancava ramos inteiros delas. Em seu cômodo, no mezanino, no quarto das moças, ela separava, na gaveta

[47] Personagem recorrente do folclore eslavo, geralmente um antagonista que sequestra a esposa do herói. Costuma ser representado como um velho montado a cavalo ou como um esqueleto. (N. do T.)

da penteadeira, velhos retalhos de seda; aspirava o cheiro de seda, de cera, de antigos e acres perfumes. Ela via seu quarto com novos olhos: havia uma penumbra esverdeada, e leves sombras trêmulas arrastavam-se até o teto, aceitas pelas paredes brancas, em sua bonança decrépita, com leveza e simplicidade. Ela parou sobre a bacia, banhou-se com água fria.

O sol se punha num amplo entardecer amarelado.

* * *

O dia escaldante murchava num crepúsculo amarelado. Às sete, batia o sino do jantar, e na copa, durante meia hora, faziam barulho: aglomeravam-se ao redor do caldeirão de mingau, com baldinhos despejavam leite nos pratos e depois bebiam chá, distribuindo copos por todos os cômodos. No terraço encoberto por amendoeiras e tuias, chegara uma visita, um sectário — o rapaz da granja vizinha, Donat, com uma barba de apóstolo, todo de branco e calçando pesadas botas com ferraduras, viera conversar sobre os cavalos. O rapaz Donat recusou o chá, tomou leite. No terraço, Semion Ivánovitch sentou-se com ele. O céu morria em ígneas ruínas de nuvens. No matagal próximo ao terraço, um rabirruivo assobiava, solitário e amargo: *vi-ti*, *vi-ti-tss*!...

Semion Ivánovitch, de blusão, também um velho, acomodou-se como um jovem na barreira, cruzando os braços e apoiando a cabeça na coluna. Donat estava sentado à mesa, tranquilo, ereto, com uma perna em cima da outra.

— Vocês não admitem a guerra? — perguntou Semion Ivánovitch de modo seco e imperceptivelmente malicioso, como sempre.

— Não precisamos de guerra, senhor.

— Mas me disseram que encontraram um tcheremis[48]

[48] Antiga denominação dos mari, povo fino-úgrico que habita a Re-

degolado nas suas granjas, e dizem que vocês escondem ladrões de cavalos.

— Não sei de que casos o senhor está falando — respondeu Donat, tranquilo. — Há muitos lobos andando pela estepe, não se pode deixar de se precaver. Nós chegamos a esse local na época de Catarina e vivemos como vivíamos trinta anos atrás e, como cem anos atrás, nós cuidamos de nós mesmos, de acordo com o nosso costume. Por isso não precisamos de governo nenhum, muito menos de soldados. Petersburgo é como uma sarna, senhor. Chego a pensar que o povo viveria muito melhor sem tutela, encontraria tempo quer para descansar, quer para matutar. O povo unido, senhor, talvez viva uns mil anos.

— Bom, e o roubo dos cavalos? — perguntou Semion Ivánovitch, interrompendo Donat e irritando-se de maneira quase imperceptível.

— Não sei de que casos o senhor está falando. Ninguém viu isso. Mas acho que, se pegarem o ladrão de cavalos, vão matá-lo. E acredito que o matarão com crueldade, senhor. Tem vezes que os tártaros pegam um ladrão de cavalos e o enterram amarrado em medas para queimá-lo vivo. A nossa vida é cruel, meu senhor.

As ruínas ígneas foram se apagando; como carvões, cobriram-se de cinzas. Do lado de fora, as ovelhas começaram a balir, e o açoite, a estalar. O rabirruivo aquietou-se. Na sala de visitas, acenderam uma vela que, pela porta aberta, atraiu borboletas. Os grilos começaram a cricrilar. Um vento soprou, trazendo não calor, mas alívio. Escureceu depressa, e um relâmpago reluziu ao longe.

— Vem tempestade — disse Donat, depois de um breve

pública de Mari El, na porção oriental da Rússia europeia, próxima ao Tartaristão. (N. do T.)

silêncio, sem se mover, e começou a falar de outra coisa: — Eu observo a sua propriedade, meu senhor. Não tem jeito. Vai mal. Vai mal demais. Não tem habilidade. A rapaziada não se envolve. Não tem habilidade, senhor, não tem amor. Não tem jeito.

— Vamos aprender — respondeu Semion Ivánovitch, seco. — Não é rápido.

— Tinham que dar uma terrinha para os mujiques, como Deus quer.

Irina saiu para o terraço com uma vela, de vestido branco. Colocou a vela perto de Donat. Donat olhou atentamente para ela, Irina não baixou os olhos, a luz caiu de lado, as pupilas de Irina inflamaram-se com pequenos fogos, vermelhos, rubentes.

— Semion Ivánovitch, os camaradas estão fazendo uma pequena reunião na sala de leitura — disse Irina. — O camarada Iuzik não está. Eu farei companhia para a visita.

Semion Ivánovitch levantou-se, e Donat disse-lhe, enquanto ele ia saindo:

— O senhor estava falando de roubo de cavalo? Tem vezes que acontecem roubos de cavalo, é verdade. Nós vivemos como vivíamos cem anos atrás. Mas vocês vieram de Petersburgo quando lá chegou a sarna, pois é, senhor. Tempo de aperto. Para nós, Petersburgo acabou faz tempo. Vivíamos sem ela e vamos seguir vivendo, meu senhor.

— Perdão, preciso de um minuto — disse Semion Ivánovitch, e saiu.

Irina sentou-se em seu lugar, junto à coluna. Ficaram sentados em silêncio. De novo um ventinho soprou, trazendo alívio. Do sul, vinha uma pesada nuvem de chuva, centelhando, ribombando com raiva. Escureceu uma noite negra, estava silencioso e abafado. Ao redor da vela, as borboletas farfalhavam. Na sala de visitas, Andrei começou a tocar o piano. De repente, ao longe, para além da propriedade, alguém assobiou duas vezes o assobio curto dos bandoleiros, aparentemente com os dedos. Tanto Donat como Irina ficaram de prontidão. Donat olhou fixamente para as trevas e abaixou a cabeça para ouvir melhor. Irina levantou-se, parou por um instante nos degraus do terraço e desceu em direção à escuridão. Logo ela retornou, entrou na casa, voltou com uma capa de chuva, e, descalça, saiu novamente pelo terraço. Pingos grossos de chuva começaram a cair, algumas golfadas de vento bateram, as folhas rumorejaram, outonais, a luz da vela trepidou, como se as colunas de pedra e o chão cambaleassem, e a vela se apagou.

Atravessando cômodos escuros, Semion Ivánovitch se dirigiu à sala de leitura. Lá ardiam duas velas, e nos sofás, nas janelas, no chão, em poses livres, os anarquistas estavam sentados, fumando, todos — tantos os homens como as mulheres — usando blusões azuis. Junto à mesa redonda, a contragosto, o camarada Konstantin estava em pé. Semion Ivánovitch sentou-se à mesa e pegou um lápis.

— O que acontece, camaradas? — perguntou Semion Ivánovitch.

Do canto onde estava Anna, Kirill respondeu:

— Queremos resolver uma questão essencial. O camarada Konstantin, ao partir para o povoado, tirou da gaveta do camarada Nikolai umas grevas, novas, sem adverti-lo; não devolveu as grevas e, inclusive, escondeu esse fato. É evidente que essas grevas não são propriedade do camarada Nikolai, mas estavam sendo utilizadas por ele. Como qualificar esse fato?

— Considero isso como furto — disse Nikolai.

— Camaradas! Esperem! Assim não pode! — objetou Semion Ivánovitch, irritado, e começou a tamborilar na mesa com seus dedos finos. — É necessário primeiramente estabelecer o fato e o princípio...

Semion Ivánovitch falou por muito tempo, depois falaram Kirill, Konstantin e Nikolai, e, no fim, a questão ficou definitivamente emaranhada. Verificou-se que já havia precedentes, que Konstantin e Nikolai estavam brigados, que Konstantin precisava das greves e que elas estavam sobrando para Nikolai. Pela janela, um trovão ribombou, relâmpagos brilharam, o vento e a chuva rumorejaram à vontade. Junto à vela, as borboletas voavam solitárias, morrendo. Pelas paredes, nos armários, reluziam, turvas, as capas dos livros e os vidros. Havia muita fumaça de *makhorka*.[49] Finalmente, Semion Ivánovitch falou mais uma vez. Disse que ali, onde havia uma fraternidade genuína, não poderia surgir uma questão como a de roubo, mas, por outro lado, essa não era uma decisão essencial. E concluiu:

— Estou encerrando a reunião, camaradas. Quero dividir com vocês outro fato. O camarada Andrei vai se casar com a camarada Irina. Acredito que seja razoável. Alguém tem algo a dizer?

Ninguém disse nada. Todos se levantaram ruidosamente e dispersaram-se.

Andrei, que se levantara à aurora, havia carregado água de manhã e passado o dia todo limpando esterco, extenuado com o calor, suando, com olhos fatigados. Depois do almoço, antes do sino, não foi dormir — ficou sentado na sala de visitas, tocando piano, e pareceu-lhe que, em sua música, eram audíveis tanto o zumbido dos moscardos como o silêncio escaldante e desértico da estepe, o deserto, a canícula. Depois do sino, ele novamente arrastou esterco e, à noite, de novo tocou. Quando Semion Ivánovitch passou pela sala de vi-

[49] Cigarro feito com uma variante mais rústica do tabaco, popular na Rússia antes da Segunda Guerra Mundial. (N. do T.)

sitas depois da reunião, Andrei aproximou-se dele e, pondo a mão em seu ombro, disse:

— Semion Ivánovitch!... Eu pensei... Irina. Eu e ela...

Semion Ivánovitch liberou o ombro, afastando com seus dedos frios a mão de Andrei, e respondeu, em tom irritado e cansado:

— Você já falou, camarada Andrei!... Eu ouvi! Isso é irregular. Tanto o senhor como Irina são pessoas razoáveis. Não há absolutamente nenhum espaço para romantismo sentimental. O rapaz foi embora?

No terraço, entre as colunas, o vento rumorejava, os relâmpagos cintilavam a cada minuto, mas o trovão já ressoava por outras bandas — a tempestade estava passando. A treva era densa, negra e úmida. O relâmpago cintilou e iluminou Donat: ele estava sentado na mesma pose em que Semion Ivánovitch o deixara, ereto, com a mão sobre a mesa e uma perna sobre a outra.

— Perdão, demorei — disse Semion Ivánovitch.

— Bom, adeus. Está na hora! — Donat levantou-se.

— Aonde é que vai nessa tempestade? Fique e passe a noite.

— Não será a primeira vez. Amanhã é preciso levantar com o nascer do dia. Lavrar! Vou pelo campo.

Logo Donat saía da propriedade. A chuva passara e os raios ao lado piscavam impotentes — era noite dos pardais.[50] Fora da propriedade, Donat parou o cavalo e colocou a palma da mão sobre os olhos, todo de branco, montado num cavalo negro. Com o olhar, examinou os reflexos fosfóricos.

[50] Denominação popular das noites tempestuosas do verão russo. Segundo a crença, é o momento em que as forças malignas passeiam pela terra. A expressão também pode designar a noite mais curta do ano. (N. do T.)

Esperou um pouco, colocou dois dedos na boca e deu um assobio curto. Ouviu com atenção. Ninguém respondeu. Então saiu da estrada e, a trote largo, partiu pelo campo vazio.

* * *

Tarde da noite, quando a tempestade já havia cessado, Baudek e Natália chegaram às escavações. Uma fogueira ardia junto às tendas, e as pessoas se secavam enquanto aqueciam a água. A fogueira ardia luminosa, estalava lançando faíscas, e, talvez por causa dela, a noite parecia mais abafada, mais negra e mais nítida. Junto à fogueira, uns estavam deitados e outros, sentados, secavam suas camisas.

— É que o orvalho nesta noite é de mel, medicinal, a grama tem uma força especial, curativa. E nesta noite, irmãos, brota a samambaia. Mas precisa entrar nessa floresta com cautela, irmãos, porque nesta noite as árvores vão de um lugar para outro... Como?...

Ficaram em silêncio.

Alguém se levantou para dar uma olhada na pequena panela, uma sombra retorcida arrastou-se pela montanha e caiu em direção ao despenhadeiro. Outro pegou um carvão e, jogando-o de uma mão para a outra, acendeu um cigarro. Por um minuto, tudo ficou muito quieto, e no silêncio ouviam-se nitidamente os grilos. Para lá da fogueira, na estepe, faiscou um relâmpago; sua luz morta surgiu e desapareceu de modo fantasmagórico — e o relâmpago não faiscou lá por onde ia a tempestade, mas no sul — talvez viesse uma segunda tempestade. Um ventinho soprou, furtivo; soprou com umidade — ficou claro que uma segunda tempestade viria.

Natália e Baudek, sentando-se nos carrinhos, não se aproximaram da fogueira.

— Vim vê-los, irmãos, porque não tem que se meter a cavar esse lugar. Porque esse lugar, o Uvek, é misterioso, e sempre cheira a absinto. Na época de Stepan Timofêievitch, bem aqui, nesse maciço, havia uma torre, e nessa torre foi trancafiada uma princesa persa, e essa princesa persa, de beleza indescritível, se transformava numa pega. E voava pela estepe, estorvando o povo, raivosa como um lobo, levando a escuridão... Isso foi nos tempos antigos. O atamã Stepan Timofêievitch ficou sabendo disso e foi até a torre, espiar pela janela. A princesa estava deitada, dormindo. Ele não se apercebeu de que era o corpo dela deitado ali, mas a alma não estava lá — naquela hora, a alma estava voando pela terra, na forma de uma pega. O atamã chamou um pope, benzeu as janelas com água benta viva e... Bom, e desde então a alma penada voa pelo Uvek, chorando, sem poder se reunir ao corpo, batendo contra as paredes de pedra. A torre desmoronou. Stepan Timofêievitch está acorrentado em um monte no Cáucaso, e ela continua atormentada, chorando... É um lugar ermo, misterioso. Vez por outra as moças saem correndo peladas atrás da beleza da persa, na madrugada do solstício, por esta época, mas isso não é conhecido... E assim o absinto cresce aqui, e que cresça.

Alguém objetou:

— Mas, pai, agora Stepan Timofêievitch, o atamã Rázin, desceu daquele monte, então dá para cavar. Agora é a levolução, o levante popular.

— Desceu mesmo, desceu, filhinho — disse o primeiro —, mas ainda não chegou às nossas bandas. Espere um pouco, filhinho, espere um pouco!... Vai ter tudo! E a levolução, você tem razão: é nossa. O levante! O tempo não chegou. O povo vai mostrar sua cara, já mostrou. É o levante! Estamos quietos, estamos quietos, nós sabemos, estamos quietos! O fogo: ele é vermelho, o sangue é vermelho. Onde tem fogo, tem sangue. Vamos ficar quietinhos, ficar quietinhos!...

— S-sim!...

Um dos escavadores levantou-se, foi até a tenda, notou Baudek e disse, com secura:

— E você, Florytch, estava escutando? Não tem nada que ficar escutando as nossas conversas de mujique! O que você tem a ver com o que a gente fala?

Fez-se silêncio. Os demais, indiferentes, trocaram de pose, começaram a fumar.

— O tempo agora é de bem-aventurança. Adeus, irmãos. Não julguem, e não serão julgados! Adeus, meu senhor!

Da terra, ergueu-se um velho de barba branca, de calças brancas, descalço, que foi vagarosamente em direção do barranco — era o curandeiro Iegorka, o Zarolho.

Os relâmpagos brilharam mais perto, com maior frequência e nitidez. A noite escurecia, tenaz e profunda. Novamente, as estrelas empalideceram. De longe, da imensidão, chegou o trovão de uma nova tempestade.

Natália estava sentada no carrinho, apoiando-se com as mãos sobre o fundo, a cabeça inclinada, a fogueira iluminando-a de leve; ela sentia, tateava com cada pontinha de seu corpo, uma imensa alegria, um tormento radiante, uma dor adocicada; ela entendia que a amarga amargura do absinto era uma doçura magnífica, uma incomum, imensurável alegria. Cada toque de Baudek, ainda que áspero, queimava-a como a água da vida.

Naquele noite não dava para dormir.

A tempestade chegou com aguaceiro, com raios e trovões. Essa tempestade surpreendeu Natália e Baudek além do maciço, além das ruínas da torre da princesa; Natália bebia do absinto — o pesar de feiticeira que a princesa persa deixara no Uvek.

* * *

E quando Donat se aproximava das granjas, tendo já se afastado umas quinze verstas da propriedade, ele ouviu atrás de si, no campo, a canção:

Brilha, brilha, lua, tua luz ilumina,
Aquece-nos a todos, solzinho vermelho!

Donat parou o cavalo. E a segunda tempestade já tinha caído — ao longe raios impotentes reluziam. Na estepe, havia trevas e silêncio. Logo ouviu-se o trote de um cavalo. As granjas ficavam ao lado, desmanchando-se pelo barranco — mas, mesmo de dia, se alguém se aproximasse a uma versta delas, não as notaria: a estepe ao redor era vazia, nua. Donat colocou os dedos na boca e assobiou, e foi respondido por um assobio. Um cavaleiro, também todo de branco, aproximou-se num quirguiz esquipador.

— Mark?

— É o senhor, pai?

— Estava na propriedade, filho — disse Donat. — Ouvi seu assobio. Era seu?

— Era meu, pai.

— Estava chamando a moça Arina?

— Estava, pai.

— Vai tomá-la como esposa?

— Vou.

— A vida é sua. Olhe. Tem cavalos bons na propriedade. Está vindo de onde?

— Da estepe, fui buscar comida... É longe para as mulheres... Pois então! Nossas mulheres são saudáveis e livres. Liberdade não faz mal! Sou homem, vou ensinar!... Tem cavalos bons na propriedade!

Donat e Mark aproximaram-se do despenhadeiro e começaram a descer, um atrás do outro, para as moitas de viburno e carvalhos jovens; a ravina, depois da chuva, estava úmida e quieta, a pulmonária exalava seu odor viscoso, os cascos escorregavam, gotas frias caíam dos galhos. Desceram até o fundo, atravessaram um riacho e subiram trotando. De súbito a casa de Donat arrastou-se para fora das trevas — a isbá e a casa principal ficavam sob o mesmo teto. Dentro e fora da casa estava vazio — tanto as pessoas como o gado tinham ido para a estepe, para o trabalho de colheita. Mark levou os cavalos para as baias, deu-lhes aveia. No terraço, Donat tirou suas botas guarnecidas com ferro, gemeu, lavou-se em seu lavatório de barro.

— Amanhã, ao raiar do dia, vou para o campo, lavrar, descansar! Dê mais um pouco — disse Donat.

— E eu vim vê-lo, caro Donat — falou um terceiro, saindo da isbá. — Passei aqui para esperar e acabei cochilando na tempestade.

Donat beijou três vezes aquele que veio ao seu encontro. Todos os três passaram para a isbá. Seu calor recendia a sálvia, absinto e outras ervas medicinais. Avivaram a chama, as trevas correram para baixo dos bancos, a isbá era grande, com alguns cômodos e uma lucarna; era econômica, arrumada, limpa. Na parte limpa, das paredes pendiam selas, ajoujos e cilhas. Não havia imagens nas paredes. Sentaram-se à mesa. Donat tirou do fogão mingau e carne de carneiro.

— Acabo de voltar da estepe, da minha ronda. Fui até bem longe — começou o terceiro. — A estepe está intranquila. Disseram que os tártaros de Krivói Uglan estão andando por lá, falando a favor do tsar, chamando as pessoas para a guerra. Fiz algumas visitas, ficou combinado: se eles virem alguém, avisarão. Estive com uns parentes distantes. Queimaram todos os papéis do tsar, o que sobrou foi para a água. São lavradores, dizem.

— Não daremos nossos jovens para a guerra — disse Donat. — Então vamos para a estepe! Indo para o meridião, a umas setenta verstas de cavalgada, tem ravinas; nas ravinas, tem cavernas. Sabe?

— Sei.

— Para lá!... Na propriedade, estava escrito nos jornais,

na nossa ferrovia a guerra acabou. A estepe está livre. E ela não tem fim.

Mark saiu para o terraço. As nuvens se dispersavam. Por trás delas, brilhava uma lua redonda e esverdeada. Mark esticou-se bem, bocejou docemente e foi dormir no feno.

No alvorecer, Donat e Mark galoparam pela estepe, deixando, na mesa de casa, pão, *kvas*[51] e mingau para os viandantes (a casa nunca era trancada). Foram carregados de comida para os irmãos, irmãs e esposas que trabalhavam na estepe, vivendo debaixo de telegas, debaixo do céu e do calor, na colheita de verão, na terra. No oriente, raiava uma aurora purpúrea e tranquila, e o absinto recendia seu odor amargo.

Aos olhos de Irina

(*É um pequeno poema de Irina: aos seus olhos*)

"A respeito da estepe, de sua sufocação, da absurda vida senhorial, dos ébrios e livres proprietários-camponeses, dos corcéis, das concubinas, das lágrimas, não é a estepe que me fala, com seu calor e seu deserto, não é essa velha propriedade em que nos fixamos — é a cozinha que fica no porão que me fala, daquilo que é conturbado, que é pândego, que é absurdo, da vida na estepe e da estepe. Na cozinha, o chão é de tijolo e pedra, o forno e o fogão são imensos, o te-

[51] Tradicional bebida fermentada russa, feita com pão de centeio. (N. do T.)

to abobadado e as paredes têm reboco de barro, e nas paredes, por algum motivo, foram afixados imensos anéis enferrujados. Na cozinha, moscas zunem, há penumbra, calor e cheiro de fermento. E na sala de visitas — onde a hera recobriu as janelas — há uma treva verde, há frescor, e, em meio a essa fresca treva verde, reluzem retratos e poltronas de seda com acabamento dourado. Eu entrei na casa pela cozinha.

"Quantos dias belos e felizes ainda tenho pela frente?

"Sei que ao redor há florestas e estepes. Sei que Semion Ivánovitch, Andrei (meu noivo!), Kirill... Todos acreditam, acreditam, com sinceridade e abnegação. Sei que nossos sectários, que se vestem só de branco e chamam a si mesmos de cristãos, não só acreditam, mas vivem essa crença em suas granjas. Semion Ivánovitch, já cansado, fala sobre o bem de maneira seca e raivosa, tão seca quanto seus dedos. Sei que as pessoas vivem para lutar e para conseguir seu pão — para lutar por uma mulher.

"Pela manhã, eu fico largada numa colina atrás da propriedade, atrás de um velho freixo, olho os gansos e apanho flores azuis, aquelas que se usam para mordida de cobra. Em pleno dia, eu me banho no lago, debaixo do sol quente, e volto pelas hortas, colhendo papoulas — brancas, com manchinhas violeta no fundo, e vermelhas, com estames pretos. Junto ao colmeal, Andrei me espera, como de hábito; eu não percebo quando ele se aproxima. Ele diz:

"— Divida comigo as papoulas, camarada Irina, por favor!

"É costume meu responder assim:

"— E por acaso os homens pedem?... Os homens tomam! Tomam livremente, de acordo com sua vontade, como os bandoleiros e anarquistas! O senhor é um anarquista, afinal, camarada Andrei. De todo modo, na vida existem tsares: aqueles que têm os músculos fortes como uma pedra, a vontade, tenaz como o aço, a mente, livre como o diabo, e que são belos como Apolo ou o diabo. É preciso saber estrangular um homem e bater numa mulher. Ou por acaso o senhor ainda acredita em algum tipo de humanismo e na justiça?... Para o inferno com tudo isso! Que morram todos que não sabem lutar! Sobrarão só os fortes e livres!...

"— Foi Darwin quem disse isso — diz Andrei calmamente.

"— Para o inferno com ele! Fui eu quem disse!

"Andrei olha para mim com admiração e submissão, mas seu olhar não me emociona — ele não sabe me observar como Mark —, ele nunca entenderá que eu sou bela e livre, e que me sinto presa por causa da liberdade. E nesses momentos eu me lembro da cozinha, com seu calor, com aqueles terríveis anéis de ferro, com seu chão de pedra e seu teto abobadado. Os bandoleiros souberam agarrar o direito à vida — e eles viveram, e eu os abençoo! Para o inferno com a anemia! Eles sabiam beber a alegria sem pensar nas lágrimas alheias, eles passavam meses bebendo, sabendo embebedar-se tanto de vinho como de mulheres, como de corcéis. Que seja — são bandoleiros.

"Da horta para a casa é preciso passar pela cozinha. Na cozinha, no calor, moscas zunem, como um tornado, e pela mesa caminham franguinhos. Mas na sala de visitas, onde as janelas estão encobertas pela hera, e a luz é verde, está tão fresco e silencioso como no fundo de um velho e sombrio lago.

"Sei que a noite chegará. À noite, em meu quarto, eu me banho com água e faço tranças. Da janela, vem a luz da lua, tenho uma cama branca e estreita, as paredes do meu quarto também são brancas — à luz da lua, tudo parece esverdeado. O corpo tem sua vida, eu me deito, e começa a parecer que meu corpo se alonga infinitamente, fica estreito, estreito, e os dedos ficam como cobras. Ou ao contrário: meu corpo se achata, minha cabeça enterra-se nos ombros. E às vezes meu corpo parece imenso, tudo cresce de modo impressionante, sou um gigante, e não há possibilidade alguma de mover meu braço, grande, de um quilômetro. Ou eu pareço ser uma pequena bolinha, leve como uma pluma. Não penso em nada — uma aflição apodera-se do meu corpo, como se todo ele estivesse entorpecido, como se alguém o afagasse com um pequeno e macio pincel, e parece que todos os objetos estão cobertos com uma camurça macia: tanto a cama quanto o lençol, quanto as paredes — tudo está coberto de camurça.

"Então eu penso. Eu sei. Os dias de hoje, como nunca, trazem apenas uma coisa: a luta pela vida, mas não é uma luta de vida, e sim de morte, por isso há tanta morte. Para o inferno com esses contos de fadas sobre humanismo! Nem sinto calafrios quando penso nisso. Que sobrem apenas os fortes. E que a mulher sempre fique num magnífico pedestal, que exista sempre o cavalheirismo. Para o inferno com o humanismo e a ética — quero provar de tudo que me foi dado tanto pela liberdade como pela razão e pelo instinto — pelo instinto —, pois por acaso não são os dias de hoje a luta do instinto?!

"Olho para o espelho... Sou observada por uma mulher de olhos negros como a discórdia, com lábios ávidos por beber, e minhas narinas me parecem sensíveis, como as velas de um navio. Da janela vem a luz da lua: meu corpo é esverdeado. Sou observada por uma mulher nua, alta, esbelta e forte."

* * *

"Uma velha me deu uma camisa de linho caseiro, que incomodava o corpo, uma sarafana, uma saia camponesa, um colete de peles de tecido azul, um lencinho branco, botas guarnecidas com placas de ferro e botins; meteu um espelhinho. Na isbá, os parentes se reuniram, vieram de todas as granjas. Mark me levou pela mão. Os homens ficaram sentados à direita; as mulheres, à esquerda. Beijei primeiro todas as mulheres, depois os homens. E me tornei a esposa de Mark.

"— Venha cá, filhinha Arinuchka — disse o velho Donat. Pegou minha mão, sentou-se ao meu lado, acarinhou-me e disse que todos aqueles reunidos ali eram irmãos e irmãs, minha nova família, um por todos e todos por um, que roupa suja se lava em casa, que se vierem visitas tem que dar de comer, de beber, honrar, dar tudo, repartir tudo — é tudo nosso. Todos os homens eram saudáveis e espadaúdos, as mulheres eram belas, saudáveis e asseadas — todas de branco.

"Mark. Eu me lembro da noite em que ele veio com dois cavalos, e nós cavalgamos pela estepe para longe da comuna, para que eu ficasse sozinha numa casa escura, numa isbá de mulheres, para, nas trevas, inspirar sálvia e pensar que essa era minha última vida e que não havia mais liberdade. Mark partiu para a estepe, galopando. De manhã, parti atrás dele. Eu agora conheço nossa colheita de verão, nossa lida de mujique. Minhas mãos estão cobertas por cascas e calos, meu rosto está bronzeado, enegrecido pelo sol, como o das camponesas, e à noite, depois da colheita, tomando banho num riozinho anônimo da estepe, já frio, eu, como as camponesas, canto com minhas irmãs, que são incrivelmente saudáveis, tranquilas e belas:

Brilha, brilha, lua, tua luz ilumina,
Aquece-nos a todos — oh! — solzinho vermelho!

"Já como no outono, as madrugadas são estreladas, e durante o dia derrama-se sobre a estepe um vinho azulado. Na granja, preparam-se para o inverno, nos depósitos já armazenam o trigo dourado, os rebanhos foram trazidos da estepe, e os homens descarregam o feno.

"Mark fala pouco comigo. Ele chega inesperadamente,

de madrugada, me beija sem dizer palavra, e suas mãos são de ferro. Mark nunca tem tempo para falar comigo — ele é meu senhor, mas é também meu irmão, meu protetor, meu camarada. Todos os dias, de manhã, a velha me passa um trabalho e, elogiando e ensinando, afaga minha cabeça. Não tenho tempo para matutar. Quão adocicado é o cheiro do suor — ainda que salgado! Aprendi a atar um lenço, como todas atam lenços."

* * *

"De madrugada, Mark chegou.

"— Levante-se, vamos — ele me disse.

"No pátio, havia uns cavalos, estavam Donat e um terceiro. Partimos para a estepe. Embaixo de mim ia um esquipador. A noite era alta e escura, caía uma chuvinha fina. À frente ia Donat.

"— Aonde estamos indo? — perguntei a Mark.

"— Espere um pouco. Vai descobrir.

"Logo fomos dar na propriedade, contornamos o barranco e paramos atrás do pátio da cavalaria. Todos estavam com pressa, e me disseram para apear. O terceiro pegou as rédeas. Chegamos bem perto do fosso. Donat virou à direita, nós nos aproximamos da casa.

"— Aonde estamos indo, Mark? — perguntei.

"— Silêncio. Viemos atrás dos cavalos — disse Mark. — Fique aqui. Se enxergar gente, assobie, vá até os cavalos. Se ouvir algum barulho, vá até os cavalos, cavalgue para o campo. Já venho.

"Mark foi embora. Fiquei ali para esperar e observar. Será que eu poderia não me submeter a Mark? Eu não tenho uma terra além dessas granjas na estepe, não tenho ninguém além de Mark. Em algum lugar da casa, dormiam Semion Ivánovitch e Andrei. Que durmam! A casa erguia-se pesada e sombria em meio às trevas. Caía uma chuva fina. Eu não temia, mas meu coração palpitava — de amor, de amor e lealdade! Sou uma escrava!

"Mark aproximou-se de maneira imperceptível, inesperada, como sempre. Tomou minha mão e me levou até o fosso. Junto ao fosso, estavam os nossos cavalos, o meu e os quirguizes esquipadores dele, velozes e ferozes como o vento. Mark me ajudou a montar, saltou sobre o cavalo, assobiou; segurando-me, passando-me para sua sela, apertando-me contra o peito, inclinando sua cabeça sobre mim, ululando, galopou para a estepe, para a amplidão outonal da estepe.

"O oriente era forjado como uma couraça purpúrea, o sol lançava seus floretes quando chegamos a galope às distantes granjas, onde Donat, aquele terceiro e o curandeiro zarolho Iegor já estavam pacificamente sentados à mesa, e a curandeira Arina punha a mesa com um sorriso tranquilo e insolente, como o de uma bruxa.

"Quantos dias, belos e felizes, ainda tenho pela frente?"

* * *

O arqueólogo Baudek pegou um folheto redigido por Donat, e esse folheto foi cuidadosamente copiado por Gleb Ordynin.

Eis o folheto:

> "A cruz é um objeto de desdém, não de celebração, porquanto serviu, semelhantemente ao cadafalso e à forca, de instrumento para a humilhação e para a morte de Cristo. É abominável o instrumento que matou teu amigo. E do mesmo modo é preciso considerar os judeus, que construíram a cruz.
>
> No *Livro das varas* em nome de Jesus foram interpretadas a Trindade e as duas naturezas! Foi introduzido um juramento que não havia sequer en-

tre os antigos hereges! Dentro de um triângulo escrevem Deus em latim! Comem animais esfolados vivos e carcaças! Cortam o cabelo e usam vestes estrangeiras! Rezam com os hereges, lavam-se com eles nos banhos e contraem matrimônio com os hereges! Possuem boticas e hospitais, apalpam o ventre feminino com as mãos e até o examinam! Possuem corridas de cavalos! Bebem e comem com música, dança e marulho. As mulheres ficam com a cabeça descoberta e não cobrem as vergonhas superiores de seus corpos! Maridos e mulheres consideram ignóbil lavarem-se juntos nos banhos e dormirem na mesma cama. O celibato monacal não está de acordo com as Sagradas Escrituras: o apóstolo Paulo diz que alguns renunciam à fé ao obstar ao casamento e ao sacramento!

Da vontade de cada um depende quando e como jejuar! Honramos o Senhor Deus dos Exércitos e Seu Filho, o Salvador! Nem os mártires nem a Virgem Maria estão sujeitos à adoração, pois isso é idolatria, como a adoração de ícones! A vida dos bem-aventurados *iuródivy* não é piedosa em absoluto, porquanto a loucura em Cristo não é agradável! E como, ao ver o fogo, não presumimos nele as propriedades da água, nem na água as propriedades do fogo, do mesmo modo não se pode presumir no pão e no vinho as propriedades do corpo e do sangue! Do mesmo modo o matrimônio não é um dos mistérios, mas o amor — ao se unirem os homens e as mulheres, os pais abençoam o noivo e a noiva, à semelhança do matrimônio de Tobias.

Há um único Livro — o livro dos livros — a Bíblia, e urge viver pelos costumes bíblicos. Honra teu pai e tua mãe, ama o próximo, não praguejes, trabalha, pensa no Senhor Deus e em Sua Imagem, que trazes em ti.

Honramos um único rito: o rito do santo Ósculo. E há um único governo: nossa consciência espiritual e nossos costumes fraternais."

CAPÍTULO IV
COMUTA — DORES — E ACUMULA — DORES

(Explicação do título:

Em Moscou, na rua Miasnítskaia, um homem está parado em frente à placa de uma loja: "Comutadores e acumuladores".

— Comut-ta... dores e... acum-mula... dores... — e diz: — Estão vendo, até aqui engambelam a gente simples!...)

A província, sabe — As comutas da cidade

Um céu abrasador derramava um mormaço abrasador, o céu estava inundado de azul e de insondável. Desabrochava o dia, desabrochava julho. Parecia que o dia todo as ruas, as igrejas, as casas, as calçadas fundiam-se no ar e tremulavam, quase imperceptíveis no ar fundido, de um dourado azul. A cidade dormia: um sonho de olhos abertos, a cidade de Ordynin, feita de pedra. Os dias começavam a florescer, desabrochavam, murchavam, numa fileira contínua, refloresciam em semanas. Julho desabrochava, e as noites de julho vestiram-se de veludo. Julho trocou as estrelas platinadas de junho pela prata, a lua erguia-se cheia, redonda, úmida, revestindo o mundo e a cidade de Ordynin com seus úmidos veludos e cetins. De madrugada, deslizava uma neblina cinzenta e umedecida. Os dias se assemelhavam a uma esposa de soldado usando sarafana, de trinta anos, uma daquelas que viviam nas florestas para lá de Ordynin, para a borda celeste setentrional: era doce beijar uma dessas esposas de soldado, de madrugada, num secadouro. De dia, a canícula atormentava.

De noite, no cinema Veneza, uma orquestra de sopros tocava. Erguia-se a lua, a terra revestia-se com veludos, e as pessoas iam ver Kholódnaia "trabalhando". Naquele dia, Serguei Serguêievitch escreveu um "registro" no qual indicou que "não ocorreram operações referentes ao mês findo" e que "não foram feitos depósitos". No pavilhão, com jaquetas de couro, estavam sentados os comunistas, dando chá com balas Landrin para as senhoritas beberem (as senhoritas sempre foram e sempre serão interpolíticas). Mas logo a orquestra de sopros troou a Internacional, os comunistas levantaram-se e, como era enfadonho ficar em pé, desceram para as veredas que levavam ao jardim, aos cidadãos — todos começaram a andar em círculos...

— A escrita desses capítulos é pequeno-burguesa!

Serguei Serguêievitch avistou Laitis, o camarada Laitis vinha ao seu encontro. Serguei Serguêievitch deteve-se um pouco e, dando um amplo sorriso, tirou seu chapéu de palha, saudando-o.

O camarada Laitis não percebeu a saudação.

O camarada Laitis avistou Olenka Kunts, Olenka Kunts vinha ao seu encontro. O camarada Laitis deu um sorriso afável, apoiou a mão na viseira, Olenka Kunts disse com severidade:

— Como vais o senhor? — e virou-se para sua amiga, dizendo algo e rindo-se de algo.

A orquestra buzinava a Internacional, nas árvores brilhavam lanternas, um casal vinha atrás do outro. Serguei Serguêievitch novamente encontrou-se com o camarada Laitis, novamente soergueu seu chapéu de palha. O camarada Laitis respondeu:

— Como vai?

— Boa noite! O tempo...

Mas eles se separaram.

O camarada Laitis novamente se encontrou com Olenka Kunts, e Olenka Kunts o observou com severidade. Do rebanho de donzelas de Olenka Kunts, uma se desprendeu — aproximou-se e entregou ao camarada Laitis uma folha de um bloquinho. Olenka Kunts escreveu ao camarada Laitis:

> "Estou muito irritada com o senhor. Hoje à meia-noite em nosso jardim. Venhas!
>
> O. Ku. (e tracinhos, e um rabinho)"

Apagaram-se as lanternas. Na tela, debaixo de um toldo, faiscou um galo vermelho.[52] A orquestra rugiu uma última vez, e o piano começou a roncar. O camarada Laitis não foi para os lugares, o camarada Laitis ficou parado atrás das cadeiras, distraído. Serguei Serguêievitch, também distraído, também ficou parado atrás das cadeiras. O camarada Laitis, distraído, olhou para Serguei Serguêievitch. Serguei Serguêievitch soergueu o chapéu e estendeu a mão.

Cumprimentaram-se:

[52] Aqui e em outras passagens do livro, o autor utiliza a metáfora do galo vermelho, já incorporada à língua russa cotidiana e que significa "incêndio criminoso". Optamos por manter a formulação original, uma vez que a figura do galo, ao longo do texto, está associada ao surgimento da revolução. (N. do T.)

— Di-ia-a!...

Fizeram silêncio.

— A província, sabe. A única diversão é o cinema...

Fizeram silêncio.

— Esse tempo, um calor insuportável, sabe?! Só de noitinha é que dá para descansar.

Fizeram silêncio. Na tela bebiam champanhe.

— E o público...

— Gomo é?

— E o público, sabe?... Desconfiança, espanto, burguesismo. Eu sirvo na parte de finanças... Não tem operação nenhuma.

Fizeram silêncio. Na tela, Kholódnaia morria de amor e paixão. O piano ora ribombava, indignado, ora cessava, em langor.

— A província, sabe, é uma estupidez. Que pensamentos disparatados surgem! Se o senhor quiser, vou lhe contar um episódio. Pensamentos absurdos!...

— Gomo é?

— É só, sabe?... Isso se refere ao senhor indiretamente... Pensamentos disparatados!... — O piano começou a roncar... — Olga Semiónovna Kunts...

— O guê? Olga Zemiónovna Guns?

— É só... Está confortável aqui?... Vamos, vamos dar uma volta.

Serguei Serguêievitch deu passagem para o camarada Laitis. Serguei Serguêievitch caminhou sem pressa, os braços para trás, apoiando-se com solidez em cada perna. Atrás da cerca, surgiu a lua, e o piano aquietou-se; pelos cantos do jardim flutuava uma neblina já branca. Pararam.

— É só, sabe?... Tenho dificuldade para contar... Como um episódio dos costumes provincianos... A província, sabe?

— Gomo é?... Olga Zemiónovna Guns?...

— Veja o senhor: o sapateiro Zilotov vive conosco. Não

é do partido, mas foi deputado dos soldados. Um homem louco, maçom.

— E?

— Veja o senhor, ele tem uma ideia estranha... Olga Semiónovna deve, de algum modo, entregar-se ao senhor, pertencer, como mulher.

— Guer dizer o guê?

— O senhor deve possuí-la e, impreterivelmente, à meia-noite, na igreja do monastério, no altar. Pensamentos absurdos!...

O piano começou a zunir, a rugir, a fluir. O camarada Laitis, mais rápido do que o necessário, acendeu um cigarro.

— Mas Olga Zemiónovna sabe?

— Não sei, deve saber. Zilotov me informou que Olga Semiónovna é virgem... Porém a época atual, o burguesismo... — Serguei Serguêievitch abriu os braços, como que divagando.

O piano pôs-se a gemer.

— O zenhor esdá dizendo... A igreja do monasdério?

— Sim, pois veja o senhor, há uma passagem que sai de seu cômodo.

— Mas Olga Zemiónovna guer?

— Olga Semiónovna? Olga Semiónovna é uma jovem senhorita! — Serguei Serguêievitch abriu os braços, ponderado. — A província, sabe, é a mentalidade pequeno-burguesa.

— Perdão, gamarada. Dê-me um minuto. Adé logo, gamarada! — o camarada Laitis apertou apressadamente a mão de Serguei Serguêievitch. Serguei Serguêievitch não teve tempo nem de fazer uma mesura, e o camarada Laitis já ia apressadamente em direção à saída.

O piano junto à tela interrompeu-se em sua plenitude, as lanternas acenderam-se, ribombou a orquestra de sopros.

A multidão derramou-se pelos corredores, descansando da paixão da tela. Escandalosa, a orquestra soou a *Warszawianka*.

Depois, de novo apagaram-se as lâmpadas, de novo e de novo Kholódnaia amou extraordinariamente e morreu extraordinariamente... E por sobre a cidade avançava a lua, e pela cidade deslizava a neblina, urdindo e emaranhando os caminhos e as distâncias. Chegou a hora do toque de recolher. E quando ela chegou — a hora do toque de recolher — então o Veneza já estava vazio.

> ... E a China — o Império Celestial — não teria observado por trás do passadouro?... Haverá neste relato, mais abaixo, um capítulo sobre os bolcheviques, um poema sobre eles.

Don, don, don! — sobre a enseada pantanosa caíram três quartos do relógio de carrilhão. Pela cidade, deslizou a neblina, sobre a cidade deslizou a lua, cheia, redonda, úmida como a paixão — a neblina esverdeou-se; em meio à neblina, nas alturas mal se distinguiam as estrelas da velha prata, incineradas pela canícula.

O relógio bateu três quartos, e o camarada Laitis saiu pelos portões do monastério. O camarada Laitis andou pelo despenhadeiro. Ao sopé do despenhadeiro, ardiam fogueiras, ouvia-se um cantar amargo; ao redor, embaixo, as rãs suspiravam, melancólicas. Na sombra das árvores, a cancela estava entreaberta. Laitis parou na soleira. O camarada Laitis avançou para dentro. Calavam-se as árvores, a neblina deslizava, calada. A senda desapareceu, ficou úmido debaixo dos pés, o camarada Laitis distinguiu um lago; junto à margem, um barco apodrecido, coberto pela água. Não havia ninguém. O camarada Laitis olhou atentamente ao redor: as árvores, a neblina, o silêncio; lá em cima, na neblina, um disco turvo. O relógio bateu as doze. O camarada Laitis voltou apressado para trás, para a senda, para casa. O jardim era-lhe estranho. A casa, as arruinadas dependências da casa, pálidas à luz da lua, calavam. Veio um cheiro de framboesa. E em algum lugar ao longe, como se algo se incendiasse, Olenka Kunts gritou baixinho:

— Camarada Ja-an!...

O camarada Laitis ficou preso no framboesal, e então saiu novamente em direção ao lago, dessa vez pelo outro lado — a lua refletiu-se na água, de maneira mortiça e pálida. E de novo: o silêncio, a neblina, as árvores.

— Olga Zemiónovna!...

Silêncio.

— Ja-an!...

Uma cerejeira, macieiras, uma alameda de tílias. Silêncio e neblina. E em algum lugar próximo:

— Ja-an!...

O camarada Laitis saiu correndo; na corrida, deu um encontrão na cerquinha, não percebeu que machucou o joelho. Para lá da cerquinha, num caramanchão, alguém soltou um ronco hercúleo. O relógio bateu dois quartos. E novamente, ao longe:

— Ja-an!...

— Olga Zemiónovna!...

E o silêncio, só o crepitar dos ramos com a corrida do camarada Laitis. E o silêncio. E a neblina. E as árvores. E ninguém mais chamava o camarada Jan. A lua empalideceu, presa nos cumes das árvores. Por muito tempo, o camarada Laitis fumou cigarro atrás de cigarro, e seus zigomas estavam confrangidos.

Olenka Kunts já estava deitada na cama ao lado de uma amiga (toda semana Olenka tinha uma nova amiga para suas confidências e seus segredos). O relógio de carrilhão deu os quartos mais e mais vezes. No oriente, jazia uma faixa escarlate; a neblina deslizou para cima. No frio matinal, as folhas rumorejaram, e ouviu-se com maior nitidez o grito das rãs.

Junto aos portões do monastério, havia uma sentinela, úmida e cinzenta em meio à neblina.

— Ze vier uma zenhorita, leve-a adé mim.

— Sim, senhor.

E na catedral:

— *Don, don, don!...*

No monastério, na cela da madre superiora, no pequeno quartinho em que dormia o camarada Laitis, o camarada Laitis despiu-se. O camarada Laitis colocou o relógio na cabeceira, num sapatinho com bordado prateado — esse sapatinho, assim como o tapetinho junto à cama, assim como as pantufas, assim como as meias, fora costurado pela mãe do camarada Laitis, em sua província da Livônia. O camarada Laitis calçou as pantufas, essas que a mãe lhe cosera, pegou o violino e, parado junto à janela, tocou durante um longo tempo algo muito triste. Para além da janela, para além das galerias, da muralha do monastério, inflamou-se o oriente. O camarada Laitis pegou as chaves e, pela passagem invernal, foi até a igreja invernal. Na igreja, estava silencioso, havia um leve odor de incenso e de bolor, e sobre a cúpula surgiram as faíscas já douradas dos primeiros raios.

Estava chegando o dia, aquele que se assemelhava a uma esposa de soldado, de sarafana, aos trinta anos.

O MONASTÉRIO DA APRESENTAÇÃO DA VIRGEM SOBRE O MONTE

Junto aos portões do monastério havia uma sentinela. No oriente, jazia a faixa escarlate do amanhecer; a neblina deslizou em direção ao céu, para o alto, a lua empalideceu. Por alguns minutos, o mundo e a cidade de Ordynin — as igrejas, as casas, as calçadas — ficaram verdes, como a água, como a enseada (nesses instantes o monastério se assemelhava às decorações de um teatro). Depois, o mundo e a cidade de Ordynin ficaram amarelos, como o cair das folhas. E o sol se ergueu na noite como uma coroa dourada. Nessa hora — nas celas do monastério, nos quartos abafados com teto abobadado, com caixilhos de ícones vazios e balsaminas nos cantos vermelhos, nos macios colchões de penas dos monges — dormiam soldados.

Junto aos portões do monastério havia uma sentinela. O sol se ergueu como uma coroa dourada. Então os soldados aproximaram-se da sentinela, um de cada vez, e pela sentinela passaram, uma de cada vez, mulheres modorrentas, cansadas, pois o toque de recolher estava encerrado.

Ah, Olenka Kunts! Com sua pureza e virgindade sonhavam os poetas Semion Matvêiev Zilotov e camarada Laitis, cada um com uma paixão dorida, e cada um à sua maneira. Talvez por não saberem os poetas Semion Matvêiev Zilotov e camarada Laitis o que todos sabiam na cidade, e o que a própria Olenka Kunts não escondia propriamente: que havia na cidade de Ordynin certo alferes Tchérep-Tcherepas.[53] Tchérep-Tcherepas, antes de partir para o *front*, para juntar-se a Koltchak, em algum lugar próximo à cidade de Kazan,

[53] *Tchérep* em russo significa "crânio", "caveira". (N. do T.)

levou Olenka Kunts para passear de *troika*; depois, em seu quarto de hotel, deu *spotykatch*[54] para Olenka Kunts beber, e Olenka Kunts entregou-se a ele — tão facilmente como todas as suas amigas se entregavam. E isso se repetiu mais de uma vez, e não só com Tchérep-Tcherepas — o alferes Tchérep-Tcherepas foi morto em algum lugar nos arredores de Kazan, numa rebelião de soldados.

E mesmo assim...

No serviço, Olenka Kuts ficava sentada numa pequena cela, limpa e iluminada como a própria Olenka Kunts. Na cela, em janelinhas abertas, aqueciam-se gerânios e balsaminas, e para além das janelas, no jardim, os pardais chilreavam. Olenka Kunts martelava na máquina de escrever. A cada quarto de hora, o camarada Laitis vinha ver Olenka Kunts. Olenka Kunts olhava, triunfante.

O camarada Laitis disse a Olenka Kunts:

— A zenhora esdará em gasa à noide?

— Sim, por quê?

— Bor vavor, venha me visidar. Hoje é meu aniverzário.

— E quem mais o senhor vais convidar? Parabéns!

— Eu gueria gue a zenhora...

— Então eu vou chamar minha amiga Kátia Ordynina, a princesa.

— M-mas...

— Aí o senhor chamas o camarada Karrik.

— M-mas...

Olenka Kunts sorriu, triunfante, como uma conspiradora.

— O senhor não precisas ficar preocupado! Há um romance entre eles: não vão atrapalhar! Só que o senhor tem que arranjar uns doces e vinho.

[54] Licor típico ucraniano, feito com vodca e especiarias. (N. do T.)

Ao telefone, o camarada Karrik respondeu:

— Katka e Olga?... Eu vou!... Vou levar!...

O telefone cantarolou com um toque apaixonado, e a cada quarto de hora o camarada Laitis ia ver Olenka Kunts para relembrá-la outra e outra vez.

O dia incinerava com a canícula, os abrasadores raios solares fundiam o ar, no jardim do monastério os pardais gritavam. Na cela da madre superiora, no pequeno quartinho em que dormia o camarada Laitis, o camarada Laitis tinha uma cestinha. Na cestinha, ficava tudo que lhe era caro: a lembrança da pátria e da mãe. O camarada Laitis tirou da cestinha um travesseirinho de seda, bordado pelas mãos de sua mãe com lãs de várias cores. O camarada Laitis tirou da cestinha uma manta de cetim, acolchoada pelas mãos de sua mãe. O camarada Laitis levou para a igreja invernal tanto o travesseirinho como a manta.

E mesmo...

Será preciso dizer?

Será preciso dizer que foi tudo tão simples como um copo de chá?

O camarada Laitis sonhava com um violino, e não houve violino algum. O camarada Karrik trouxe consigo *spotykatch*. Olenka Kunts e sua amiga Kátia Ordynina chegaram de braços dados e com lenços na cabeça, que desciam até os olhos.

Será preciso dizer?

O antigo monastério calava; na cela de teto abobadado, por cujas janelas viam-se as galerias do monastério, as igrejas e a muralha, cuidadosamente o camarada Karrik dava *spotykatch* para as senhoritas beberem, e muito depressa Katerina Ordynina passou da poltrona para os joelhos do camarada Karrik.

E nessa mesma hora, no canto mais distante do monastério, outro Ordynin — o arcebispo Silvestr — escrevia o capítulo sobre a cidade. Numa cela escura com paredes de pedra, sobre uma mesa apertada, ardiam lamparinas, jazia um pão, e o pequeno e cinzento pope inclinava-se em direção à mesa, o crânio inclinado como um caixão, coberto de mofo, como a cela. Em meio às balsaminas, a janela erguia-se no alto; somente a noite entrava na cela, julho não entrava ali, e junto à porta, recurvado, dormia o servo, o mongezinho negro. No silêncio, o pequeno e desgrenhado pope escrevia:

> "... A floresta, os bosquetes, os pântanos, os campos, o céu sereno, as estradinhas vicinais. Por vezes as vicinais unem-se à estrada real; pela estrada real avançou a Rebelião. Próximo à estrada real, passou a linha de ferro. A linha de ferro foi até as cidades, e nas cidades viviam aqueles que se esfalfaram de caminhar pelas vicinais, que tinham alinhado as estradas reais, perfurando o granito e o ferro. E a Rebelião popular das vicinais trouxe às cidades... a morte. Na cidade, na saudade do que se fora, no pavor da Rebelião popular... todos serviram e escreveram papéis. Todos na cidade serviram, do primeiro ao último, para prestar serviço a si mesmos, todos na cidade, do primeiro ao último, escreveram papéis, para enredar-se neles — nos papéis, nas notas, nos cartões, nos mapas, nos cartazes. Na cidade desapareceu o pão, na cidade apagou-se a luz, na cidade exauriu-se a água, na cidade não havia calor — na cidade sumiram até os cães, os gatos (e brotaram ratos, para comer o que fora escondido) —, e até a urtiga dos arrabaldes das cidades desapareceu, aquela que as criancinhas arrancavam para colocar na sopa. Nas bodegas, on-

de não havia colheres, amontoavam-se velhos de chapéus-coco e velhas de chapéu, tentando convulsivamente pegar, com seus dedos descarnados, restos de comida dos pratos. Nas encruzilhadas, junto às igrejas, junto aos santuários, canalhas vendiam, por quantias terríveis de dinheiro, pão mofado e batata mofada — junto às igrejas, aonde levavam, às centenas, os mortos que não conseguiam enterrar, restringindo os funerais ao papel. Pela cidade, vagavam a fome, a sífilis e a morte. Pelas avenidas, automóveis corriam desvairados, sofrendo em seu tormento agonizante. As pessoas tornavam-se selvagens, sonhando com pão e batata; as pessoas passavam fome, ficavam sem luz e congelavam — as pessoas arrancavam cercas, construções de madeira, para aquecer a pedra moribunda e os gabinetes dos escribas. A vida vermelha e sanguínea partiu da cidade como se nunca tivesse existido ali, suponhamos... Veio a vida branca de papel: a morte. A cidade morria, sem um nascimento. E era terrível na primavera, quando nas ruas, como um incenso num funeral, fogueiras enfumaçadas ardiam devagar, queimando carniça, envolvendo a cidade numa asfixia fétida — nas ruas: saqueadas, rapinadas, escarradas, com janelas quebradas, com casas tapadas, com frontões em frangalhos. E as pessoas que antes perambulavam com coquetes em restaurantes, que amavam mulheres sem filhos, que tinham mãos sem calos, mas tabes antes dos quarenta anos, que sonhavam com Mônaco, com os ideais de Paul de Kock,[55] com o ensinamento dos alemães, essas pessoas queriam cada vez mais esfo-

[55] Charles Paul de Kock (1793-1871), escritor francês, muito famo-

lar, pilhar a cidade, o cadáver, para levar o que fora roubado para o campo, trocar pelo pão, obtido pelos calos, não morrer hoje, protelar a morte por um mês, para novamente escrever seus papéis, amar, agora por direito e sem crianças, e esperar, com desejo ardente, pelo velho e apodrecido, sem ousar compreender que só lhes restou uma coisa: feder a morte, morrer — e que o velho ardentemente desejado é ele mesmo a morte, um caminho para a morte...

Mas para além da cidade, nos arrabaldes, incendiou-se um novo, frio, purpúreo renascimento...".

Assim escrevia o pequeno e cinzento pope em sua cela de tijolos, guardada pelo mongezinho e pelas balsaminas, inclinando o caixão de seu crânio em direção à mesa com um naco de pão e folhas de papel.

O camarada Laitis fez menção de tocar violino — e foi interrompido pelo camarada Karrik:

— Não vale a pena ficar com rodeios!

Olenka Kunts disse:

— Vamos, vamos dar uma volta.

Mas quando eles se encontraram na porta, quando no cérebro do camarada Laitis tudo vooava pelos ares, já não havia palavras...

Junto aos portões do monastério havia uma sentinela.

Em pálidas faixas jazia a luz da lua. Sobre o mundo, sobre o monastério, erguia-se uma lua redonda, cheia, revestin-

so no século XIX em toda a Europa, mas visto por seus críticos como sinônimo de baixa literatura. (N. do T.)

do o mundo e o monastério com veludos e cetins. Os ventos do alvorecer farfalharam, as rãs terminaram de coaxar para o mundo. Tudo se esverdeou, e com uma coroa dourada ergueu-se o sol.

Então os soldados aproximaram-se da sentinela, um de cada vez, e pela sentinela passaram, uma de cada vez, mulheres modorrentas, cansadas, pois o toque de recolher estava encerrado. E pela sentinela passaram Olenka Kunts e sua amiga, a princesa Kátia Ordynina, de braços dados, com lenços na cabeça que desciam até os olhos, mastigando doces.

O incêndio — Acumulas

E todos aqueles...

O *kremlin* e a praça da catedral são de pedra. No deserto do dia, no monastério, batem os sinos com um retinir vítreo, em sonhos na canícula fundida.

— *Don, don, don!* — batem os sinos, e as janelas nas casas estão abertas. Na horta de Semion Matvêiev Zilotov os tomates estão amadurecendo.

No serviço de Serguei Serguêievitch, na caixa econômica, o auxiliar, ao dar as cartas — Serguei Serguêievitch e seu auxiliar jogavam *préférence* a dois —, o auxiliar, ao dar as cartas, disse:

— Mas sabe, a sua Olga Semiónovna, olhe! Passou essa última noite com os comunistas no monastério, refugiou-se com Laitis. As moças de Iámskaia disseram. Elas viram.

E ainda... E ainda assim...

Em casa, depois de voltar do serviço, Serguei Serguêievitch desceu até o porão para ver Semion Matvêiev Zilotov. Caminhou apoiando-se em uma perna de cada vez e, ainda com o pé no degrau superior, deu uma gargalhada hercúlea:

— Ho-ho! Olga Semiónovna! Refugiou-se de noite no monastério com Laitis! Ho-ho! Eu que arranjei!

Semion Matvêiev estava deitado no nicho do forno. Semion Matvêiev desceu do forno. No rosto de Semion Matvêiev Zilotov, entortado para um lado, surgiu algo desnorteado e desamparado, que o esmagava. Semion Matvêiev ficou de cócoras, encolhendo suas pernas ressequidas, e sussurrou:

— Jure! O pentagrama? Pelo diabo?

— Juro! O pentagrama! Pelo diabo!

— No altar?

— No altar.

— Pois bem, então... Agora saia, Serguêitch! Deixe-me ficar... — algo miserável e desamparado surgiu no rosto de Semion Matvêiev, e, ainda de cócoras, como um cão surrado, ele foi se arrastando até o forno. — Agora saia, Serguêitch... Deixe-me ficar sozinho — disse em voz baixa e aflita. — Deixe-me sozinho!...

E foi assim... E ainda assim...

Voltando do serviço com uma amiga, Olenka Kunts — da cancela até a entrada traseira — sobre as tábuas estiradas ao longo da relva do pátio — correu, ressoando os saltos.

E ambas cantavam:

No jardim em que nós nos encontramos,
Um arbusto de crisântemos...

* * *

À noite, Olenka Kunts foi ao cinema Veneza; lá "trabalhava" Vera Kholódnaia. À noite, sobre o mundo, sobre a cidade de Ordynin e sobre o monastério ergueu-se a lua. À noite, Semion Matvêiev esteve com o arcebispo Silvestr e levou-lhe um tomate. Semion Matvêiev dobrava o pentágono de diversas maneiras — Berlim, Viena, Londres, Paris e Roma inclinavam-se para Moscou, e formava-se um tomate vermelho. O arcebispo Silvestr, de batina preta, estava parado, severo, observando carrancudo, e exclamou afinal:

— Um equívoco! Um equívoco! Uma heresia! Lembre-se das canções populares, de peito grande, forte, o espírito da floresta, a bruxa! O espírito da floresta pôs-se a trabalhar, forte, esforçado. Ivánuchka-bobinho, a loucura em Cristo: postos de lado. Jaquetas de couro. Com machados. Com porretes. Um mujique! Sem sono!... Uma heresia! Mas obrigado pelos tomates!

E quando Olenka Kunts voltava do cinema Veneza, sobre o monastério irrompeu o clarão vermelho de um incêndio. Como galos vermelhos, ergueram-se línguas de fogo; os galos vermelhos envolveram, revestiram as galerias e as celas do monastério. Depois de um longo silêncio, os sinos do monastério começaram a repicar, dando o alarme — como os galos vermelhos do incêndio, o alarme pôs-se agitado. Ressoando as sinetas e estrepitando pelo pavimento da via, o corpo de bombeiros chegou voando, sem água, e, com suas varas e ganchos, os demorados bombeiros arrebentaram a placa vermelha com a estrela vermelha:

"Departamento da Guarda Popular do Soviete dos Deputados de Ordynin"

— aquela que ficava bem de frente para o anúncio:

"Aqui se vendem tumates".

Lufadas de faíscas eram carregadas em direção ao céu. Soldados e mulheres pulavam para fora das galerias, das janelas (já estava na hora do toque de recolher). Uma das galerias ruiu: aquela que levava da cela da madre superiora à igreja invernal. Já era a hora do toque de recolher, mas — dado que um incêndio é sempre belo, sempre extraordinário, sempre lúgubre — ninguém pediu os salvo-condutos, e ao redor das muralhas do monastério aglomerou-se uma multidão.

Via-se o monastério da Apresentação da Virgem sobre o Monte a setenta verstas de distância, queimando. Lufadas de faíscas eram carregadas em direção ao céu negro e derramavam-se no abismo negro. Ruiu uma galeria, e outra. O edifício principal foi todo envolto pelas chamas. Foi o último. O monastério morria — via-se a setenta verstas de distância, queimando.

E de repente perceberam: no teto, numa claraboia, surgiu Semion Matvêiev Zilotov. Com seu caminhar ressequido, como o de um cão surrado, Semion Matvêiev Zilotov aproximou-se da borda, parou diante da flama, gritou algo selvagem e, pressionando as palmas das mãos contra o rosto, jogou-se — despencou em direção à fumaça, às lufadas de faíscas, à flama. E no mesmo instante, sobre a muralha de pedra, surgiram dois mongezinhos — um jovem, negro, pendurou-se na borda e saltou com êxito para baixo, para dentro da multidão, mas o outro, cinzento, metendo a cabeça duas vezes para fora da muralha, de novo desapareceu por detrás dela.

* * *

Semion Matvêiev Zilotov. Desde sua tranquila juventude, o grande escolástico Semion Matvêiev Zilotov recebeu de Deus um amor ardente e terno pelos livros. Seus dias transcorreram em Ordynin. Mas Ordynin vivera pela última vez setenta anos antes, e em Ordynin havia um único comércio de livros (compra e venda): o baú de Varyguin, nas vendas, em que eram vendidos e novamente comprados os mesmíssimos livros, com capas de couro e cheiro de percevejo. Os nomes desses livros:

> "*O pentagrama, ou o símbolo maçônico, traduzido do francês. O otimismo, ou seja, a melhor luz, traduzido do francês. Uma existência racional, ou uma concepção moral do valor da vida, traduzido do francês* — uma edição de *Lógica e metafísica*, do professor Andrei Briántsev. *A magia negra*, de Papus. *As lojas maçônicas, ou os grandes construtores, traduzido do francês.*"

Os dias mortos da cidade morta foram adornados por Papus. A juventude de Semion Matvêiev Zilotov — na casa dos Volkóvitch, no porão — foi adornada pela sabedoria livresca das traduções do francês, e a canícula de julhos abrasadores mirrou o cérebro apaixonado de Semion Matvêiev Zilotov. Ah, os livros!

A guerra rebentou como um julho abrasador, como incêndios florestais, e Semion Matvêiev foi para o *front* como soldado raso. A guerra inflamou a Revolução, e por sua grande erudição Semion Zilotov foi escolhido por parte dos SR[56] para o Soviete dos Deputados dos Soldados, no Departamento de Cultura e Educação. A Revolução queimou em discursos: Semion Matvêiev Zilotov perambulou com palestrantes em motocicletas do Estado-Maior para falar aos soldados — em diversos latifúndios senhoriais — sobre o direito, sobre a fraternidade; sobre o Estado, sobre a república; sobre a Comuna Francesa e sobre Grichka Raspútin.

[56] Sigla de Partido Socialista Revolucionário, principal partido da esquerda durante as revoluções de 1917, até a ascensão dos bolcheviques. (N. do T.)

E os soldados, depois das palestras, entregavam bilhetes:

> "E o que será de Grichka no Reino dos Céus?"; "Camarada palestrente! E o que vai ser da minha muler se eu aqui na frente de batalha votar num SR, e ela no Purichkévitch?";[57] "Peço que explique se é possível ser membro de dois partidos de uma vez, dos camaradas SR e dos camaradas bolcheviques"; "Camarada palestrador! Peço que explique se no programa dos bolcheviques as semeaduras nos campos terão seguro ou se vai ter expropriação de capital"; "Senhor camarada! As mulheres serão liberadas da jornada de oito horas no período do fluxo mensal e por favor explique brevemente a biografeia de Victor Hugo. Cam. Ierzov".

E com frequência Semion Matvêiev Zilotov precisava acudir os palestrantes — em algum lugar dentro de um galpão de um latifúndio — subindo na mesa e gritando:

— Camaradas! Eu, como seu representante popular eleito, peço que não escrevam bobagens estúpidas!

Isso foi em nossa querida Polésia,[58] onde há lagos, penedos, colinas, pinheiros e um céu pálido. O verão ia se afastando num tranquilo agosto com suas tranquilas noites longas. De dia, os soldados escreviam *bobagens*, e de noite, em

[57] Vladímir Mitrofánovitch Purichkévitch (1870-1920), político conservador russo, monarquista. (N. do T.)

[58] Região histórica e geográfica da Europa Oriental, que se estende do leste da Polônia até o oeste da Rússia, passando pela fronteira entre a Ucrânia e a Bielorrússia. Trata-se de um grande complexo de florestas, pântanos e bosques. (N. do T.)

algum lugar atrás do parapeito ou no pátio com janelas do latifúndio, aqueciam suas marmitas e contavam histórias — próprias e contos de fadas. Os soldados falavam, com suas palavras simples de mujique, sobre Ivánuchka-bobinho, em que a simplicidade e a verdade superavam a falsidade, sobre os nossos campos tranquilos, sobre a tristeza dos campos, sobre as florestas, sobre a velha Rússia das isbás... Suas palavras eram claras e puras, como essas noites de agosto, com imagens claras e luminosas, como essas estrelas de agosto, e os devaneios, belíssimos.

Duas almas, Oriente e Ocidente, a sabedoria popular, o que é ancestral, nosso, belo, a estupidez e a sabedoria, a verdade fabulosa, que, urdida pela desgraça e pela falsidade, passou séculos debaixo de uma pedra explosiva, sendo desurdida pela própria verdade. Semion Matvêiev Zilotov viu isso bem de perto. Mas — ah, os livros! — Semion Matvêiev Zilotov percebeu então:

Perambulando com os oradores pelas trincheiras, uma vez, de manhãzinha, Semion Matvêiev Zilotov bebia chá atrás do parapeito; sobre o parapeito explodiu um projétil alemão, Semion Matvêiev foi enterrado junto com o pires, e outro projétil lançou-o para fora (o pires continuou inteiro). Só depois de um mês, em sua Ordynin natal, Semion Matvêiev voltou a si, retornou ao mundo das realidades; seu aspecto físico estava deformado: o rosto ficou torto para um lado, uma parte do bigode ficou parecendo maior que a outra, o olho direito ficou vazado, o corpo ressecou, e ele começou a andar como andam os cães galgos carcomidos pela velhice e desnutridos; o cérebro mirrado de Semion Matvêiev Zilotov, carcomido por um mês de morte, carcomido pelos livros do baú de Varyguin (com capas de couro e cheiro de percevejo), sem perceber a sabedoria da velha Rússia das isbás, percebeu o grande mistério: duas almas, o grande mistério, a magia negra, o pentagrama, o pentagrama do livro *O pentagrama, ou o símbolo maçônico, traduzido do francês*! (Naquela época, Varyguin já estava detido na prisão, como refém.) Naquela época, os quepes do exército vermelho já traziam a estrela vermelha de cinco pontas. A Rússia. A revolução. Os livros falavam sobre como as pessoas eram obrigadas a pensar cem anos atrás. E ei-la, a Rússia, aturdida, turva, rastejante, volúvel, miserável! É preciso! É preciso cruzar a Rússia com o Ocidente, misturar o sangue, um homem deverá chegar — daqui a vinte anos! Nos quepes do exército vermelho, com um grito místico, acendeu-se o pentagrama ("traduzido do francês") — ele trará, levará, salvará. A magia negra — o diabo! O diabo — e não Deus! Pisar em Deus! Na igreja, no altar, a Rússia haverá de cruzar-se com o Ocidente. A Rússia. A revolução. Salvar a Rússia! — devaneios da juventude e um cérebro mirrado em devaneios!

* * *

O camarada Laitis assinou os mandados de prisão de Olenka Kunts e Serguei Serguêievitch.

O cidadão Serguei Serguêievitch. Efetivamente: Serguei Serguêievitch era mesmo só um provocador e um pequeno-burguês? À noite, antes da prisão, Serguei Serguêievitch, após estender um guardanapo, comeu tomates da horta de Zilotov, com vinagre e pimenta. Depois, despiu-se, deitou-se para dormir e, antes de pegar no sono, sozinho diante de si mesmo, pensou. Serguei Serguêievitch *sofria*, sincera e profundamente, e, como qualquer sofrimento, como tudo que é sincero, sua dor era *bela*. Serguei Serguêievitch *odiava*, como um covarde — aqueles dias, o camarada Laitis, todos, tudo —, e temia, temia até sentir pavor, dor física, torpor...

E lá embaixo, pela escada, ouviram-se as marteladas das botas dos soldados. Quando entraram no quarto de Serguei Serguêievitch, ele estava sentado, enfurnado num canto da cama, seus olhos estavam bem abertos, de modo doentio, sua mandíbula inflamada pendia bem aberta, e ele sussurrou:

— Pelo quê? Pelo quê?

— Parece que tem uns pormenores, mas não sabemos os detalhes! — disse o soldado. — Vista-se. Lá você descobre!

* * *

Aliás, o partido comunista deu ordem de prender Laitis.

O alojamento dos bolcheviques, depois de expulsar os príncipes Ordynin, instalou-se na casa da Ladeira Velha.

— *Don, don, don!* — as pedras dos sinos caem na enseada da cidade.

Comuta — dores — e acumula — dores!

CAPÍTULO V
AS MORTES (TRÍPTICO PRIMEIRO)

A morte da comuna

E nesses mesmos dias morreu a comuna da Várzea: morreu logo, em alguns dias, em agosto. Chovia, as madrugadas eram serenas e cerradas — e de madrugada chegaram à comuna uns desconhecidos, armados, de gorros de pele e capas de feltro, trazidos por um moreno desconhecido, o camarada Guerri. Uma semana antes, Chura Stetsenko saíra da comuna, e agora estava de volta com Guerri. Ao crepúsculo, chegou uma tempestade; a chuva rumorejou, o vento soprou. Andrei foi a um campo distante pela manhã, e ao crepúsculo deparou-se, na biblioteca, com Iuzik, Semion Ivánovitch e Guerri; eles estavam acendendo a lareira, queimando papéis. Semion Ivánovitch saiu apressado. Iuzik estava de pé, com suas pernas finas bem separadas, a mão na cintura. Guerri, de gorro de pele, estava de cócoras de frente para o fogo.

— Vocês não se conhecem? Camagada Andguei, camagada Guegui.

Guerri ofereceu silenciosamente sua mão enorme e falou algo para Iuzik em inglês. Iuzik encolheu os ombros com desdém e ficou quieto por um instante.

— O camagada Andguei não entende inglês — disse Iuzik.

— O senhor me perdoar, camarada Andrei, mas eu estar muito cansado. — Os lábios de Guerri, não acostumados a sorrir, esticaram-se num risinho, mas seus olhos de breu permaneceram pesados e frios como antes, e muito concentrados.

— Guegui veio da Ucgânia. Logo havegá um levante lá. Nós dois passamos fome dugante muito tempo no Canadá. Depois, na Ucgânia, eu salvei a vida dele. Quando os *haidamaks*[59] tomagam Iekateguinoslav, Guegui, sem saber migar, atigou na cidade com um canhão — sem saber migar! Guegui, pelo que dizem você estava bêbado; é verdade? Guegui foi pego, queguiam fuzilá-lo. Mas à noite eu cheguei com o meu batalhão e o salvei. Eu amo muito a vida, camagada Guegui. Como você. Não quego nada dos outgos e não vou deixar que toquem em mim.

— Camarada Iuzef, quando a velhice chegar, a gente vai lembrar. Você estar muito faladeiro!

— Eu amo muito a vida, Guegui, pois tenho libegdade de escolha!

— Você estar muito faladeiro, camarada Iuzef!

— Que seja! — Iuzik encolheu os ombros com desdém.

Guerri levantou-se, desentorpecendo os músculos. O fogo na lareira se apagava. Iuzik permanecia imóvel, com as mãos em sua cintura alta e fina, olhando para o fogo. Oskerko, Nikolai, Kirill, Natália, Anna e Pavlenko entraram no escritório. Na sala de visitas, Stassik havia começado a tocar um *hopak*,[60] mas parou imediatamente. Natália aproximou-se de Iuzik por trás, colocou as mãos em seu ombro, recostou a cabeça e disse:

— Querido camarada Iuzik! Não precisa ficar tristonho.

[59] No contexto da Guerra Civil, grupo de nacionalistas ucranianos que lutaram simultaneamente contra os vermelhos e contra os brancos. (N. do T.)

[60] Ritmo tradicional ucraniano, acompanhado de dança. (N. do T.)

Quanta chuva! Nós nos reunimos para ficarmos juntos esta noite.

Stassik entrou vestindo um roupão com borlas e urrou:

— Iuzka, não fique sorumbático! Você lá é tonto?!

Iuzik virou-se e disse em voz alta, com tranquilidade e desdém:

— Camagadas! Chuga Stetsenko não é um camagada e não é um revolucionáguio. Ele é simplesmente um bandido. Guegui é nosso convidado. Vamos nos divegtig!

Na comuna, na velha casa principesca, divertiram-se de maneira desbragada, entusiasmada, jovem. Por trás das janelas, surgiu uma treva escura, a chuva fustigava, o vento rumorejava. Na sala de visitas, acenderam as grisetas — acesas pela última vez provavelmente na época dos príncipes —, tocaram, cantaram, jogaram charadas, dançaram a *metelitsa*. Pavlenko e Natália trouxeram secretamente um pernil, garrafas de conhaque e vodca e uma cesta de maçãs. Guerri e os que vieram com ele não estavam ali, e justamente porque atrás das paredes havia estranhos, porque sobre a terra pairavam nuvens outonais, já frias, o salão estava especialmente aconchegante e alegre. Fizeram grogue, serviram calicezinhos para todos, espalharam-se pelos diferentes cantos e reuniram-se de novo, gracejaram, discutiram, conversaram. Separaram-se depois da meia-noite — Andrei saiu para o terraço, escutou o vento, observou as trevas, pensou no fato de que a terra caminhava em direção ao outono. Em direção ao nosso outono melancólico e cinzento, que se detinha em várzeas enevoadas, em depressões amareladas. Na sala de visitas, todos já haviam se dispersado. Iuzik dizia a Oskerko:

— Temos de colocag guagdas em todos os lugagues. Na casa vocês se pgotegegão. Você, Pavlenko, Sviguid e Nikolai. Com fuzis e bombas. — Iuzik virou-se para Andrei, sorriu. — Camagada Andguei! Você e eu vamos pegnoitag aqui no cômodo de esquina, dos sofás. Eu o acompanho.

No cômodo de esquina, junto ao espelho, ardia uma vela, turva. Dos dois lados, por janelas grandes, arredondadas na parte de cima, soprava o vento; certamente os caixilhos estavam mal fechados — o vento vagava pelo cômodo, assobiava em desalento. Iuzik passou um bom tempo lavando-se e limpando-se; depois, dirigiu-se a Andrei:

— Faça o favog, camagada Andguei, mantenha o sossego. Estaguei ocupado por meia hoga. — Pegou a vela e saiu. Deixou a vela no cômodo vizinho, no escritório, e seus passos foram cessando ao longe. A luz embaçada da vela incidia por trás do reposteiro.

Houve um longo silêncio. Andrei deitou-se no sofá. E de repente no escritório alguém pôs-se a falar — Andrei não ouvira os passos voltarem.

— Iuzik, você tem de contar tudo — disse Kirill.

— Silêncio. — Andrei não reconheceu essa segunda voz.

— Tudo bem, eu vou contar. — Iuzik falou por muito tempo, sussurrando tranquilamente. Andrei ouviu fragmentos. — Guegui e Stetsenko viegam falag comigo, e Guegui disse: "você está pgueso". Mas eu coloquei a mão no bolso e respondi: "camagada Guegui, eu amo a vida tanto quanto você, e todos que egueguem a mão havegão de morreg antes de mim". Eu disse e saí andando, mas eles ficagam lá pagados, pogque são bandidos e covagdes...

"... Guegui está exigindo os milhões que nós pegamos nas expgopguiações do banco de Iekateguinoslav... Ele esqueceu o Canadá...

"Não vou dag nada paga ele. Nasci da revolução e da mogte, do sangue."

O sussurro foi longo e enfadonho, e então Iuzik disse em sua voz alta de sempre:

— Pavlenko, mande Guegui vig até mim. Diga a Kiguill e a Sviguid paga ficaguem escondidos neste quarto, com uma arma.

Os passos de Pavlenko cessaram, veio um silêncio; os dois homens chegaram, tilintando seus fuzis. Svirid ficou atrás do reposteiro, próximo a Andrei. Depois, ao longe, os pesados passos de Guerri ribombaram.

— Camarada Iuzef, você me chamar?

— Sim. Eu queguia lhe dizeg que você não vai recebeg nada de mim. E eu lhe peço que deixe imediatamente a comuna. — Iuzik virou-se e, com um andar preciso, foi em direção ao cômodo de esquina.

— Camarada Iuzef!

Iuzik não atendeu. Por um minuto, ouviu-se o vento solitário. As botas de Guerri, guarnecidas com ferro, martelaram de volta. Andrei fingiu que estava dormindo. Sem fazer ruído, Iuzik despiu-se, deitou-se e imediatamente começou a roncar.

No alvorecer, Andrei foi acordado por tiros. *Bam! bam!* — ecoou no cômodo vizinho. Ao longe responderam com uma rajada, ouviram-se tiros vindos do pátio, no terraço a metralhadora pôs-se a estalar e imediatamente calou-se. Andrei deu um salto — Iuzik deteve-o. Iuzik estava deitado na cama, sua mão pendia, e nessa mão ele apertava uma Browning.

— Camagada Andguei, não se pgueocupe. É um mal-entendido.

De manhã, já não havia mais ninguém na comuna. A casa, o pátio, o parque, estava tudo vazio. Anna disse a Andrei que, na guarita junto aos portões com leões, jaziam mortos Pavlenko, Svirid, Guerri, Stetsenko e Natália.

À tarde, chegou à comuna um destacamento de soldados do Soviete.

* * *

Andrei passou a última noite na igreja de São Nikola dos Poços Brancos. Iegorka saíra à noite para examinar os equipamentos de pesca, trouxe um lúcio. Ficaram sentados com uma tocha; a madrugada chegou negra, cerrada, chuvosa. Andrei foi à fonte buscar água. Na igreja de São Nikola, os sinos do campanário ressoavam tristonhos, por causa do vento; a igreja, em meio às trevas, parecia ainda mais afundada na terra, ainda mais decrépita. Os pinheiros rumorejavam. E dos pinheiros, das trevas, aproximou-se um cavaleiro vestindo gorro de pele, capa de feltro e fuzil.

— Quem vem lá?

— Vamos lá!

— Camarada Iuzik?

— É você, camagada Andguei? — Iuzik parou o cavalo. — Vim vê-lo. — Fez silêncio. — Você tem que saig daqui. De manhã vão pegag você, e é possível que queigam fuzilá-lo. Amanhã vamos emboga daqui. Vamos paga a Ucgânia. Venha conosco.

Andrei recusou-se a ir. Eles se despediram.

— Logo chegagá o outono. Não há estguelas. A pguisão mundial... Está lembgado? Que Deus lhe dê toda a alegria! Viver!

Iuzik fez um breve silêncio, depois deu uma virada brusca com o cavalo e saiu trotando.

Na alvorada, Andrei já estava na estação, no Desvio Mamoa. Abriu caminho à força até os ambulantes[61] no vagão aquecido. Na cerração cinzenta do alvorecer, uma criança chorava solitária, e uma voz extenuada e alegre gritava de modo penoso e monótono:

— Gavrila, gire-e! Gire-e, Gavriu-uchka-a!

O trem ficou parado muito tempo; depois, pôs-se lentamente em movimento, penoso e sujo como um porco.

[61] No original *mechótchniki*, literalmente “sacoleiros”. Eram pequenos comerciantes que vendiam víveres no período da Guerra Civil. (N. do T.)

* * *

Assim morreu a comuna dos anarquistas da Várzea.

E eis o relato de como morreu a Várzea senhorial: foi nos primeiros dias da revolução, nas primeiras fogueiras da revolução; desde então, muitas fogueiras já se consumiram, e os dias cantaram muitas canções de nevasca, arrebatando as pessoas. Eis o relato:

A primeira morte

Aliás, será que na revolução morreu o que era morto?! Foi nos primeiros dias da revolução. Eis o relato.

* * *

Primeiro fragmento. É *genealógico* — dos Ordynin, sem os Popkov.

Pelas janelas da sala de visitas, durante muito tempo, pelo vazio parque outonal, o sol observou. No vazio silêncio outonal, sobre os campos, as "bodas dos corvos" gritavam. Parecia que passara a vida inteira naquela casa, e agora era preciso ir embora, para sempre: o próprio presidente, Ivan Koloturov-Kónonov, trouxera a última deliberação; aqueles estranhos já estavam instalados na cozinha.

De manhã, levantou-se com a alvorada azul. O dia chegou dourado, claro, com o insondável firmamento azul —

antes, em dias como aquele, os pais iam caçar com seus galgos. Os campos agora estão nus, assomam as setas mortas do centeio, talvez os lobos já estejam ganindo. Ontem à noite, pregaram uma placa vermelha na entrada principal:

"Comitê dos Camponeses Pobres de Tchórnye Riétchki"

— e passaram a noite toda fazendo barulho no salão, instalando alguma coisa. A sala de visitas ainda está como antes; na sala de leitura, atrás dos vidros, ainda brilham as lombadas dos livros banhadas a ouro — ah, os livros! Já perecerão o vosso veneno e as vossas doçuras?

De manhã, levantou-se com o alvorecer azul — o príncipe Andrei Ordynin, o irmão mais novo do velho — e saiu para o campo. Vagou o dia todo, bebeu o último vinho outonal, ouviu as bodas dos corvos — na infância, quando via esse carnaval de outono dos pássaros, batia palmas e gritava freneticamente: "Fora, é o meu casamento! Fora, é o meu casamento!". Não houve casamento algum, os dias já estão contados, viveu para o amor, houve muitos amores, houve dor, e há dor — e vazio, devastação. Houve o veneno da Povarskaia de Moscou, dos livros e das mulheres. Houve a tristeza da Várzea outonal — sempre passara o outono ali. Esses são seus pensamentos. Ele ia por campos vazios sem estradas; nos vales, os choupos queimavam, purpúreos; atrás, no sopé do Uvek, ficava uma casa branca, nas moitas de lilases do parque rarefeito. Imensuravelmente distantes eram as vastidões, azuis, cristalinas. As têmporas rareavam, estão se tornando cinzentas — não se pode detê-las, não se pode devolvê-las.

No campo, encontrou um mujique, ancestral, costumeiro, com uma carroça de sacos, vestido com pele de ovelha —

uma muralha silente —, que tirou o chapéu e parou seu rocim enquanto passava... o fidalgo.

— Salve, senhor príncipe! — estalou os lábios, puxou as rédeas, avançou, depois parou de novo e gritou: — Meu amo! Escute, meu senhor, tenho uma coisa a dizer!

Voltou-se. O rosto do mujique estava recoberto de pelos, de rugas — era um velho.

— Que vai fazer agora, meu senhor?

— Difícil dizer!

— Vai embora quando? Vão levar os grãos, os comitês de camponeses pobres. Sem fósforos, sem tecidos... eu acendo uma tocha!... Mandam não vender os grãos... Escute, meu senhor: estou levando para a estação escondido! Veio de Moscou! Ii!... Trinta e cinco, trinta e cinco!... Vai comprar o que com isso? Mas também é divertido mesmo assim, é muito divertido!... Fume um pouco, senhor.

Nunca tinha fumado *makhorka*. Enrolou um cigarro. Ao redor, havia a estepe: decerto ninguém veria que o mujique tinha pena dele, e queria aquela compaixão. Apertou sua mão em despedida, deu uma volta brusca, foi para casa. No parque, no lago, a água parecia um espelho, azul — a água no lago sempre fora fria, transparente como vidro: mas ainda não era hora de congelar definitivamente. O sol já se deslocara para o oeste.

Entrou no escritório, sentou-se à mesa, abriu as gavetas com as cartas — toda uma vida, não dava para levar consigo. Virou as gavetas em cima da mesa, foi até a sala de visitas, até a lareira. Na mesa de álbuns, havia uma bilha de leite e pão. Acendeu a lareira, queimou os papéis e ficou ali ao lado, bebendo o leite, comendo o pão — passara o dia todo com fome. As sombras azuladas da noite já entravam pelo cômodo, por detrás das janelas erguia-se uma neblina lilás. A lareira ardia em tons de palha, o leite estava passado, o pão, endurecido.

No silêncio do corredor, botas martelaram. Ivan Koloturov, o presidente, entrou de capote, um revólver na cintura. Ivan Koloturov-Kónonov: tinham brincado juntos quando menininhos, depois foi um mujique sensato, parcimonioso, trabalhador. Em silêncio, entregou-lhe um papel e ficou parado no meio do cômodo.

No papel, estava datilografado:

> "Ao proprietário Ordynin. O Comitê dos Camponeses Pobres de Tchórnye Riétchki ordena que se abandone imediatamente a propriedade soviética da Várzea e os limites do distrito. — Presidente Iv. Koloturov."

— Pois bem, hoje à noite vou embora.

— O senhor não terá cavalos.

— Vou a pé.

— O senhor é quem sabe! Não pode levar nada! — virou-se, ficou de costas por um instante, refletindo, e saiu.

Exatamente nesse momento, o relógio deu três quartos — o relógio era obra de Kuváldin, um mestre do século XVIII; estivera no palácio do *kremlin* de Moscou e depois viajara pelo Cáucaso com os príncipes Vadkovski — quantas vezes não tinha feito seu tique-taque para levar dois séculos embora? O homem sentou-se à janela, observou o parque rarefeito, passou uma hora sentado, imóvel, os cotovelos apoiados sobre o peitoril de mármore, pensando, relembrando. Suas reflexões foram interrompidas por Koloturov, que entrou em silêncio com dois rapazes — entraram no escritório, em silêncio tentaram erguer a escrivaninha, algo arrebentou.

Levantou-se, apressado. Vestiu seu largo casaco inglês, o chapéu de feltro, saiu pelo terraço, passou pelas folhas farfalhantes da herdade, ao largo do pátio da cavalaria, pela destilaria, desceu até o barranco, subiu pela outra borda, na direção de São Nikola, cansou-se e decidiu que não era preciso ir com pressa — para andar trinta verstas, andar a pé ali pela primeira vez. "Como, em essência, tudo é simples", pensava ele, "e... e terrível apenas por sua simplicidade!"

O sol já havia se escondido atrás da terra, o oeste ardia, purpúreo. As últimas bodas de corvos passaram voando, e veio o silêncio outonal da estepe. A escuridão se aproximava depressa, densa, negra. No firmamento, acenderam-se as estrelas. Ele avançava com ânimo, com regularidade, atravessando a deserta estradinha da estepe. Pela primeira vez na vida caminhava tão leve, sem nada, sem saber para onde e para quê. Em algum lugar muito distante, nas granjas dos sectários, cães latiam. Vieram as trevas e a noite, outonal, silente, com um frio firme.

Percorreu doze verstas com ânimo, sem perceber, mas depois parou por um momento — para amarrar o cadarço da bota — e de repente sentiu um cansaço imensurável, suas pernas doeram — em um dia ele já vagara por umas quarenta verstas. À frente, ficava o vilarejo de Makhmytka — na juventude, quando estudante, ele fora até lá para ver uma esposa de soldado às escondidas. Hoje ele não a veria — nunca, por nada, a escrava! A vila estava achatada contra o chão, atulhada de enormes medas de palha, cheirando a pão e esterco. Os cães o receberam com latidos, como esferas escuras rolaram para fora da sebe, em direção às pernas, uma matilha inteira.

Passou o povoado mordoviano e, do lado russo, bateu na janela da primeira isbá. Atrás da janela uma tocha queimava e ardia. Demoraram a atender.

— Quem é?

— Minha boa gente, deixem-me pernoitar.

— Mas quem é?

— Um transeunte.

— Bom, só um minuto.

Saiu um mujique, de calças cor-de-rosa, descalço, com uma tocha, iluminando, observando.

— Príncipe? Meu senhor! Como é que foi parar aqui?... Então pode entrar!

Estenderam palha sobre o chão, um enorme feixe, um grilo cricrilou, veio um odor de fuligem e esterco.

— Pode deitar, príncipe. Durma com Deus!

O mujique trepou no forno, suspirou, a mulher suspirou alguma coisa, o mujique resmungou, depois disse em voz alta:

— Príncipe! Pode dormir, mas de manhã tem que sair antes do amanhecer, para ninguém ver. Você sabe, é um período agitado, e você é um fidalgo. Tem que acabar com os fidalgos!

O grilo cricrilou. Num canto, uns leitões grunhiam. Deitou sem se despir, colocou o chapéu debaixo da cabeça e na mesma hora pegou uma barata no pescoço. Na estepe cerrada, coberta de trigo, de palha, entre medas de palha, em meio a isbás corroídas por piolhos, percevejos, pulgas, carrapatos, baratas, enfumaçadas, fétidas, em que pessoas, bezerros e porcos viviam juntos, jazia em cima da palha o príncipe Ordynin (agora já um cadáver!), sacudindo-se para afastar as pulgas e pensando que agora, naquele calor nauseabundo, prostrado, ele experimentava a verdadeira felicidade. Um leitão se aproximou, farejou-o e saiu. Pela janela, espiava uma estrela baixa, brilhante — o mundo era infinito![62] Cantavam-se canções no vilarejo.

Quando caiu no sono, não percebeu. Ao alvorecer, a mulher camponesa o acordou, levou-o até os fundos. O alvore-

[62] Há uma ambiguidade na frase que não se pode recuperar em tradução. A palavra russa *mir* significa tanto "mundo", como "paz". Portanto, a frase pode ser entendida como "a paz era infinita". (N. do T.)

cer era azul, frio, sobre a grama assentara-se uma geada cinzenta. Pôs-se a caminhar depressa, agitando a bengala, com o colarinho do casaco erguido. O céu estava incrivelmente profundo e azul; na estação Desvio Mamoa, junto aos ambulantes e aos sacos de farinha, o príncipe abriu caminho à força até o vagão aquecido, e lá, apertado contra a parede, todo sujo de farinha branca, ele partiu...

* * *

Segundo fragmento.

Ivan Koloturov, o presidente, durante vinte anos exauriu-se até a alma: levantou-se sempre antes da aurora e agiu — cavou, gradou, debulhou, aplainou, consertou —, agiu com suas mãos imensas, inflexíveis, nodosas. Ao acordar de manhã, empanturrava-se de pão e batata e saía da isbá para fazer algo com madeira, pedra, ferro, terra, gado. Ele era honesto, sensato, esforçado. Ainda em 1905 (ele estava vindo da estação, deu carona a um homem vestindo uma jaqueta de operário), contaram-lhe que perante Deus todos eram iguais, que a terra era deles, dos mujiques, que os proprietários haviam roubado a terra, que chegaria a hora em que seria preciso passar à ação. Ivan Koloturov não entendeu bem o que seria preciso fazer, mas quando veio a revolução, quando ela se precipitou pela estepe, ele foi o primeiro a levantar-se, para... agir. E sentiu tédio. Ele queria fazer tudo de modo honesto, ele só sabia fazer com as mãos — cavar, arar, consertar. Foi eleito para o comitê do distrito rural. Estava acostumado a levantar-se antes da aurora e imediatamente começar a trabalhar — agora, antes da dez, ele não precisava fazer nada; às dez ia ao comitê, onde, com enorme esforço, assinava papéis — mas aquilo não era um afazer: os papéis eram enviados por ele e para ele sem a sua vontade. Não os compreendia, só assinava. Ele queria agir. Na primavera, partiu para casa, para arar. No outono, foi eleito presidente do comitê de pobres, instalou-se na herdade principesca, vestiu o capote militar do irmão e pôs um revólver no cinto.

À noite, ele passou em casa. A mulher o recebeu de modo soturno, dando com os cotovelos, tinha feito sopa de pão. As crianças estavam sentadas em cima do forno, a tocha fumegava.

— Não vai nem comer com a gente depois do rancho de fidalgo! Agora virou fidalgo!

Ele ficou em silêncio. Estava sentado num banco debaixo dos ícones, onde ficavam os hóspedes.

— Veja com quem está se metendo, hein? Só tem inimigos reunidos. É tudo um monte de inimigos.

— Cale a boca, idiota. Se não entende, cale a boca!

— Tem vergonha de mim, fica se escondendo de mim!

— Vamos morar juntos!

— Não vou!

— Idiota!

— Já aprendeu a ficar xingando!... Pode comer a sopa de pão! Ou ficou desacostumado, comendo a carne de porco dos fidalgos?

Era verdade, ele tinha comido, e ela adivinhou. Carne de porco. Começou a resfolegar.

— Mas é uma idiota!

Ele viera para conversar sobre a casa, falar um pouco. Saiu sem nada. A mulher tocou num ponto delicado: todos os mujiques honrados haviam começado a se afastar; no comitê reuniam-se apenas aqueles que não tinham nada a perder. Ele passou pelo povoado, pelo parque... Havia luz no pátio de cavalaria, foi dar uma espiada — uns rapazes estavam reunidos, jogando três-folhinhas,[63] fumando. Parou um pouco e disse, carrancudo:

[63] Popular jogo de cartas. (N. do T.)

— Que é que estão aprontando, rapaziada? Vão acabar botando fogo!

— E essa, agora! Acha que virou defensor do bem dos outros!

— Não dos outros, do nosso!

Virou-se, foi embora. Gritaram-lhe às costas:

— Tio Ivan! A chave da adega está com você?! Parece que tem álcool lá! Se você não nos der a chave, vamos arrombar!

A casa estava escura, silenciosa, o príncipe ainda vivia na sala de visitas. Os grandes cômodos eram-lhe estranhos, assustadores. Entrou no escritório (antiga sala de jantar), acendeu a luminária. Passava o tempo todo preocupado com a limpeza — no chão havia respingos de lama das botas, e ele não conseguia compreender de modo algum: por que as botas senhoriais nunca deixavam rastros? Ficou de joelhos, removeu a lama do chão, jogou-a pela janela, trouxe uma vassoura, varreu. Não havia nada para fazer. Foi até a cozinha, deitou-se num banco sem se despir e ficou muito tempo sem conseguir dormir.

Acordou de manhã, quando todos ainda dormiam, e caminhou pela propriedade. No pátio de cavalaria, os rapazes ainda jogavam três-folhinhas: "eu entro e cubro a sua!".

— Ainda não foi dormir?

— Já acordei!

Acordou as cuidadoras das vacas. O vaqueiro Semion os encontrou lá fora, parou, coçou-se, praguejou muito, insatisfeito por o terem acordado, e disse:

— Não se mete nos assuntos dos outros! Eu é que sei quando tenho que acordar!

O alvorecer era azul, claro, frio. Surgiu uma luz na sala de visitas; ele viu o príncipe saindo pelo terraço, partindo para a estepe.

Às dez, sentou-se no escritório e ocupou-se com um assunto dos mais torturantes — e dos mais inúteis, em sua opinião: fazer o inventário de todo o trigo e de todo o centeio que cada mujique possuía. Era sem sentido porque ele sabia esses números de cor, assim como todos no povoado; e torturante porque ele tinha de escrever muito. Telefonaram da cidade, deram ordem de despejar o príncipe. Passou uma hora escrevendo à máquina a ordem de despejo.

À noite, o príncipe partiu. Começaram a arrastar as coisas, a mudá-las de lugar, arrancaram o compensado da escrivaninha. Queriam levar o relógio para o escritório, mas alguém percebeu que ele só tinha um ponteiro — ninguém sabia que era normal os antigos relógios de Kuváldin terem mesmo só um ponteiro, mostrando cada cinco minutos, possivelmente porque antigamente não se poupavam os minutos —, alguém percebeu que era possível tirá-lo de um estojo, e Ivan Koloturov ordenou:

— Tirem o relógio do estojo! Digam ao marceneiro para fazer prateleiras. Pode ser uma estante para o escritório... E os pés, parem de bater com os pés!

À noite, veio uma mulher. Algo acontecera no povoado: uma moça fora estuprada na noite anterior, não se sabia por quem — se por um local ou por um dos moscovitas que tinham vindo buscar farinha. A mulher pôs a culpa no pessoal do comitê. Ela ficou debaixo das janelas, vociferando a plenos pulmões — Ivan Koloturov enxotou-a, deu-lhe uma na orelha. A mulher partiu com um uivo.

Já estava completamente escuro, na casa o silêncio congelara-se, do lado de fora as cuidadoras de vacas berravam suas canções. Entrou no escritório, sentou-se no sofá, experimentou sua qualidade e maciez, deparou-se com uma lanterna elétrica esquecida, brincou um pouco com ela, iluminou as paredes e viu um relógio no chão da sala de visitas. Matutou: onde enfiar aquilo? Pegou e jogou no vaso sanitário. Na outra ponta da casa, em bando, irromperam os rapazes, alguém começou a martelar no piano, Ivan Koloturov quis ir até lá enxotá-los, para que não causassem desordem — não ousou. De repente, sentiu muita pena de si mesmo e da mulher, quis ir para casa, subir em seu forno.

Tocaram o sino para o jantar. Às escondidas, esgueirou-se para dentro da adega de bebidas, encheu uma caneca, bebeu, conseguiu trancar a adega, mas não conseguiu chegar em casa, desabou no parque, ficou muito tempo deitado, tentando se levantar, queria contar tudo sobre alguma coisa e explicar, mas pegou no sono. Vinha a noite, negra, empedernida, outonal — vinha sobre os campos vazios, frios e mortos.

* * *

E a Várzea senhorial, a Várzea dos anarquistas, a Várzea de Ivan Koloturov... morreram, porque *a Várzea estava morta*. Porque tanto os primeiros como os segundos e o terceiro (por acaso Ivan Koloturov não tinha algum direito?! É claro que tinha, pois tudo aquilo era dele) —, tanto os primeiros como os segundos e o terceiro não tinham a primeiríssima coisa: a vontade de *agir*, de *criar*, pois a criação *sempre* destrói.

E...

... Terceira parte do tríptico, a mais sombria

Um frio crepúsculo reveste a terra — um daqueles crepúsculos outonais em que o céu está nevado e invernal, e antes do alvorecer as nuvens deverão se desfazer em neve. A terra está silenciosa e negra. A estepe. Terra negra. Quanto mais distante na estepe, mais altas as medas, mais baixas as isbás, mais raros os vilarejos. Da estepe — pelo deserto despojado — pela fresta negra entre ela e o céu — sopra um vento invernal. É quase imperceptível, em meio à estepe, o farfalhar da turfa após a sega da grama, do centeio e do trigo. Logo ergue-se uma lua vítrea. Se as nuvens de chuva se arrastarem, haverá neve, e não geada... Os grãos.

Os bois estão parados junto à passagem de nível há muito tempo. Seus pescoços estão abaixados, eles estão docilmente parados, olhando docilmente para a estepe, para os habitantes da estepe. Um trem passa arrastando-se, segue adiante. No povoado, não há igreja, ergue-se uma pobre mesquita. A estepe. Um trem passa, arrastando-se lentamente — os pardos vagões de carga aquecidos estão cobertos de gente, assim como essa gente está coberta de piolhos. O trem é silente: gente pendurada no teto, nos estribos, nos para-choques. Então, na pequena estação do Desvio Mamoa, onde os trens nunca param e nem sequer mudam as chaves, o trem apita — com um apito humano: de teto em teto, em direção à locomotiva, as pessoas bradam algo meio medonho, sobre alguma coisa, no frio crepúsculo. E o "piloto" para o trem. Um jovem funcionário com um quepe de faixa vermelha — por tédio — recebe o trem na plataforma. As pessoas precipitam-se para fora do trem para beber a água das poças. O trem apita, como uma colmeia, apita, se contorce, range, como um coche, e sobre os dormentes fica uma camponesa com olhos delirantes de dor. A camponesa corre atrás do trem e grita, delirante:

— Mítia, queridi-inho! Dê comida para meus filhos!

Depois, balançando sua trouxinha, ela corre para algum lugar atrás dos dormentes, uivando e ganindo como um cão. Adiante, a vastidão vazia da estepe. A camponesa dá a volta e corre em direção à estação, ao funcionário, que ainda está parado na plataforma, por causa do tédio e com tédio. Ela olha para o funcionário, atormentada, seus lábios se contorcem, seus olhos estão repletos de dor.

— O que você tem? — diz o funcionário.

A camponesa fica em silêncio, dá um grito de dor e, uivando, de novo corre para outro lado, sacudindo sua trouxinha. O guarda, um velho tártaro, diz, carrancudo:

— Essa mulher vai parir. A mulher vai parir um neném... Ei, mulher! Venha cá! As mulher russo... É que nem gato — e leva a camponesa até a isbá da estação, para o seu próprio quartinho. Ali, sobre um catre, estão jogados um colchão de palha apodrecido e um sobretudo de pele. A camponesa, verdadeiramente como um gato, joga-se no catre e sussurra, com raiva:

— Fora daqui, patife, fora! Vá chamar uma mulher...

Mas não há nenhuma mulher na estação.

O funcionário caminha pela plataforma de ponta a ponta, olha para a estepe escura e pensa, com raiva: "A Ásia!".

A estepe está vazia e silente. No céu, avança uma lua pequena e vítrea. O vento farfalha, empedernido e frio. Por muito tempo, o funcionário vaga pela plataforma, e depois vai até o escritório. Atrás da parede, a camponesa uiva. O funcionário telefona para a estação vizinha e diz, como dizem todos os funcionários ferroviários russos:

— Akhmytovaaa! Está chegando aí o cinquenta e oooito. Tem algum chegando aquiii?

Mas não havia nenhum chegando. O funcionário senta-se sobre o áspero sofá público, folheia um número da *Despertar*,[64] já folheado milhares de vezes, e deita-se para não ficar sentado.

[64] Famosa revista literária publicada em São Petersburgo de 1906 a 1918. (N. do T.)

O velho traz uma luminária. O funcionário dorme docemente.

Depois de seu turno, o funcionário vai para casa, no povoado. O Desvio Mamoa, no qual os trens nunca param e nem sequer trocam as chaves, logo some em meio às trevas. Ao redor, há vazio e estepe. O funcionário passa ao lado da mamoa:[65] o cômoro estépico ergue-se, morto e silente — quem, quando, quais nômades o amontoaram ali, e o que ele guarda? —, o esparto fenecido farfalha junto ao cômoro. A terra negra nas estradinhas vicinais foi repisada até parecer asfalto — ela zumbe debaixo dos pés.

O vilarejo está silente, apenas os cães ladram. O funcionário passa pelo povoado tártaro, desce até o barranco, onde os mordovianos estão assentados, sobe pelo aclive. Em sua isbá, a esposa de soldado coloca na mesa mingau, toucinho de porco, leite. O funcionário come às pressas, veste uma roupa mais elegante e vai visitar a professora.

Na casa da professora, o funcionário coloca no castiçal uma tocha atrás da outra e fala, tristonho:

— A Ásia. Não é um país, é a Ásia. Os tártaros, os mordovianos. Miséria. Não é um país, é a Ásia.

E o funcionário pensa em sua miséria.

A professora está parada junto ao forno, envolta num xale de lã já envelhecido. Depois, aquece o samovar e prepara café de centeio...

Tarde da noite, o funcionário deita-se para dormir em sua isbá, com a esposa de soldado. A cama range, um violão estruge. Um grilo cricrila, e num canto, atrás do forno, um leitão grunhe. A esposa de soldado tira a mesa, vai para fora. Por trás da fina parede de barro pode-se ouvi-la defecan-

[65] Mamoa: elevação artificial construída sobre um túmulo megalítico. (N. do T.)

do e enxotando o cão, que sofregamente tenta comer os excrementos. O funcionário ouve a mulher e o cão e pensa em coisas descomunais: em riqueza, em mulheres belas e elegantes, em roupas da moda, em vinhos, alegria, luxo, em tudo que virá até ele... A esposa de soldado fica muito tempo rezando, sussurrando suas rezas. A luz vai se extinguindo, e a esposa de soldado, com pés descalços, sobre o chão de terra, coçando-se, vai até a cama do funcionário.

Pela estepe, a noite avança. A turfa farfalha, empedernida, em meio à grama segada. Junto à mamoa, o esparto ressoa. Em meio à estepe, não se enxerga a microscópica estação Desvio Mamoa.

* * *

E o trem misto nº 57 arrasta-se pela estepe negra.

Gente, pernas humanas, braços, cabeças, barrigas, costas, esterco humano — a gente está coberta de piolhos, assim como o vagão está coberto de gente. Gente que se reunira ali e que defendia o direito de avançar com enormes esforços de seus punhos, pois lá, nas províncias famintas, em cada estação, dezenas de pessoas famintas lançavam-se nesses vagões, e por entre cabeças, pescoços, costas, pernas, por cima das pessoas, trepavam para dentro — eram socadas, socavam, arrancando, jogando para fora os que já viajavam, e a refrega continuava até o trem sair, levando embora os que tinham ficado, e os que haviam conseguido se entranhar se preparavam para outra briga, em outra estação. As pessoas viajam por semanas. Toda essa gente perdeu já há muito tempo a noção de noite e dia, de sujeira e limpeza, e aprendeu a dormir sentada, de pé, pendurada. No vagão, em todos os cantos, em diversos compartimentos, catres foram estendidos, e sobre esses catres, debaixo desses catres, no chão, nos bancos, em todas as frestas, sentadas, de pé, deitadas, as pessoas sossegam — para fazer barulho nas estações. O ar do vagão está emporcalhado de estômagos humanos e *makhorka*. À noite, o vagão é escuro, as portas e os alçapões ficam fechados. No vagão faz frio, o vento sopra pelas frestas. Alguém ronca, alguém se coça, o vagão range, como um velho coche. É impossível mover-se no vagão, pois as pernas de um ficam sobre o peito de outro, e um terceiro pegou no sono em cima deles, e as pernas deste estão no pescoço do primeiro. E, mesmo assim, eles se movem... Um homem cujos pulmões devem ter sido corroídos comprime-se instintivamente contra a porta, e ao lado dele, de porta aberta, pessoas, homens e mulheres, fazem suas necessidades penduradas sobre os dormentes que deslizam, ou de cócoras — uma pessoa aprendeu detalhadamente como fazer; cada um à sua maneira.

Um homem, ardendo no último rubor da tísica, tem sensações estranhas e confusas. Pensamentos sobre o estoicismo e a honestidade, seu pequeno quarto, seus livros e panfletos, a fome — tudo isso voou pelos ares. Depois de muitas noites insones, os pensamentos, precisamente como alguém com febre, diferenciaram-se, e o homem sentiu que seu "eu" se dividia em dois, em três, que a mão direita vivia e pensava à sua maneira, independente, e discutia alguma coisa com o "eu" bifurcado. Os dias, as noites, os vagões, os povoados ao redor das estações, as terceiras classes, os estribos, os tetos — tudo se misturava, se confundia, e o homem queria cair e dormir com imensurável doçura — que andassem por cima dele, que cuspissem nele, que os piolhos caíssem sobre ele. O estoicismo, panfletos sobre o socialismo e sobre a tísica e livros sobre Deus. O homem está pensando em uma nova e incomum fraternidade: cair, abatido pelo sono, e estreitar-se num homem — quem é ele? um sifilítico? um tifoso? por quê? —, aquecê-lo e aquecer-se com o calor de seu corpo humano... Buzinas, apitos, campainhas... Seu cérebro parece estar coberto por uma penugem, e, sendo a penugem algo sempre quente e abrasador, seus pensamentos são abrasadores, incomuns, renitentes e apaixonados, no limite de um febril nada... Em seu cérebro, a trava das portas balança, balança, as portas rangem, e mulheres... Mulheres estão penduradas, agachadas sobre os dormentes que deslizam. Sexo!...

Ontem, numa pequena estação, uma camponesa aproximou-se do vagão. Junto às portas, havia um soldado.

— Queridinho, deixe-me entrar, em nome de Jesus! Não vamos conseguir entrar, de jeito nenhum, está vendo, queridinho? — disse a camponesa.

— Não tem como, tia! Você não pode. Não tem lugar! — respondeu o soldado.

— Em nome de Jesus Cristo...

— E você pagaria como?

— De algum jeito...

— E se a gente tiver um casinho?

— Pode ser qualquer coisa... A gente faz acordo...

— A-há! Bom, vá para debaixo do catre. Nosso capote está lá. Ei, Semion, coloque essa mulher para dentro!

O soldado rastejou para debaixo do catre, as pessoas se aglomeraram ao redor, e o coração do homem constringiu-se com uma imensurável dor adocicada, bestial — queria gritar, bater, jogar-se na primeira mulher, ser imensuravelmente forte e cruel e ali, na frente das pessoas, estuprar, estuprar, estuprar! O pensamento, a nobreza, o pudor, o estoicismo, para o inferno! Era um animal!

No cérebro, a trava das portas balança, balança... Mulheres, mulheres, mulheres... O "eu" bifurca-se em dois, dolorosa e nitidamente, e o coração discute algo enfadonho com o peito... O vagão range, balança, arrasta-se.

O homem adormece de pé e cai, abatido pelo sono, aos pés de alguém. Alguém desaba sobre ele. O homem dorme um sono doce, denso como uma pedra. O vagão dorme um sono denso... A estação, apitos, empurrões. O homem acorda por um instante. A cabeça do homem — seu "eu" humano está dividido em dois, em três, em dez —, sua cabeça está apoiada na barriga nua de uma mulher, vem um cheiro acre de trimetilamina, os pensamentos aglomeram-se como camponesas multicoloridas na feira — os pensamentos voam pelos ares!... Um animal! Instinto! —, e o homem beija, beija, beija a nua barriga da mulher, com paixão e dor — quem é ela? de onde é? A mulher lentamente acorda, se coça, diz, sonolenta:

— Deixe disso, patife... Arre, que jeito foi dar!... — e... e começa a respirar de maneira irregular...

A estepe. O vazio. A infinitude. As trevas. O frio.

Na estação em que o trem encontrou-se com o alvorecer, as pessoas correm para buscar água nos poços vazios e nas poças, acendem fogueiras para se aquecer e cozinhar batatas — e no vagão esvaziado percebem que há um cadáver: ontem, um velho sofria com tifo, agora o velho está morto. A cerração cinzenta do alvorecer. Pelas negras frestas dos horizontes das estepes, sopra um vento frio e perverso. As nuvens estão baixas. Vai nevar. Os dormentes, os vagões, as pessoas. As fogueiras ardem com seu fogo vermelho, cheira a fumaça. Junto às fogueiras, onde cozinham batata — enquanto a batata é cozida —, as pessoas tiram suas camisas, blusas, calças, saias, sacodem os piolhos no fogo e espremem as lêndeas. Passam semanas viajando — para a estepe! — atrás de pão — não tem pão, não tem sal. As pessoas comem as batatas com sofreguidão. O trem parou e ficará parado por um dia, dois dias... No alvorecer, centenas de pessoas espalham-se pelos vilarejos das cercanias, e nos vilarejos (quanto mais distante na estepe, mais baixas as isbás, mais altas as medas), divididas em grupos menores, as pessoas pedem esmolas. As camponesas param debaixo das janelas, saúdam e cantam:

— Uma esmoooola, pelo amor de Deus!

O trem ficará parado por um dia, dois dias. Os monitores dos vagões vão falar com o funcionário de plantão, do funcionário vão até a Tchrezvytchaika. Os brancos estiveram ali — a estação é um vagão de carga sem as rodas, vagões colocados em fila, com frestas abertas em vez de portas. No escritório — um vagão escuro — a "salamandra" lança fumaça, cheira a lacre, os fios e as pessoas zunem.

Um homem sussurra ao funcionário.

— N-não posso, senhor! — diz o funcionário, com uma satisfeita voz de baixo. — Capacidade lotada. Cento e cinquenta eixos, setenta e cinco vagões. N-não posso, senhor!...

O homem afaga, com o canhão da manga, o canhão da manga do funcionário, e nela enfia um maço.

— Ccamaradas!... N-não posso! Eu só pego nos casos em que eu posso ajudar, mas neste caso... Setenta e cinco vagões, cento e cinquenta eixos. N-não posso, ssenhor...

Afagar o canhão da manga com o próprio canhão da manga — deve estar se oferecendo para "molhar a mão"...

Mas acontece que o funcionário podia. No fim da tarde, chega um novo trem, novas centenas de pessoas acendem fogueiras e espremem piolhos — e de madrugada esse trem é o primeiro a partir. As pessoas correm para falar com o funcionário de plantão, o novo funcionário não está (foi isso — os guardas as tranquilizam: ele não está, ouviu... Na outra semana bateram nele sete vezes, ouviu...)... As pessoas correm até a Tchrezvytchaika — mas no fim da noite chegou um batalhão do exército de requisição de alimentos, e fizeram uma busca nos vagões.

O soldado do exército de requisição trepa no vagão aquietado.

— Bom, quais? O quê?

Um velho num catre tira o quepe e passa-o de mão em mão.

— Façam uma vaquinha, amigos, dois e cinquenta cada um!...

No novo alvorecer, o trem parte.

Na plataforma, surge o funcionário, e o trem, com milhares de gargantas, despede-se:

— Caaanaaalhaaa! Cooooorruuptooo!...

O trem avança de tal forma que é possível descer dele e avançar a seu lado. A estepe. O vazio. O frio. A fome. De dia, um sol sonolento ergue-se sobre a estepe. No silêncio outonal, sobre os campos despojados, voam bandos de corvos — bandos tristonhos. Fumegam as isbás dos raros lugarejos com uma azulada fumaça de palha — isbás tristonhas.

* * *

De madrugada, a neve cai, a terra recebe a manhã com o inverno, mas junto da neve vem o calor, e de novo o outono. Chove, a terra chora, ventilada por um vento frio, envolta por um céu úmido. A neve jaz em retalhos cinzentos. A geada tornou-se um véu cinzento.

No povoado de Stáry Kurdium, que se estende pelas escarpas de um riacho da estepe como manchas de moscas, ninguém sabe que logo ali, no horizonte, fica a Ásia.

No povoado de Stáry Kurdium, no lado russo, no lado tártaro e mordoviano — em frente às isbás, em pequenos celeiros, e atrás das isbás, em medas, em eiras —, jazem o trigo, o centeio, o painço, a cevada — grãos. Tinham arrumado os grãos; agora era descanso, sossego.

Naquele dia, ao alvorecer, no povoado de Stáry Kurdium, no lado russo, eles estão aquecendo os banhos. As cabines de banho — abrigos de terra — ficam ao longo do riacho. Moças descalças trazem a água, na isbá o dono acende as cinzas, recolhe os trapos, e todos vão tomar banho de vapor — velhos, mujiques, cunhados, filhos, crianças, mães, esposas, noras, moças, todos juntos. Na cabine de banho não há chaminés — no vapor, em reflexos vermelhos, brancos corpos humanos apertam-se e empurram-se, todos se lavam com a mesmíssima lixívia, o proprietário esfrega as costas de todos, e todos correm para se banhar no riacho, na geada cinzenta do alvorecer. Nos vales próximos, a neve jaz.

Já no lado tártaro, para lá do riacho, onde fica a mesquita, nessa hora, depois da sexta-feira, os tártaros, estendendo seus tapetes, rezam para o leste, para o sol invisível; depois, lavando as mãos e os pés, de meias e *tubeteika*,[66] vão a uma isbá redonda, acolchoada com tapetes e almofadas, sentam-se no meio da isbá, no chão, e comem carne de carneiro, ruidosamente, com as mãos, pelas quais escorre a banha. Os olhos do carneiro são comidos por um velho. As mulheres, que, ao que parece, não têm o direito de comer, ficam de lado.

E, nesse instante, ao povoado de Stáry Kurdium chega a corporação daqueles que vieram atrás de pão.

Junto à sebe, junto ao longo guincho do poço, ficam os mordovianos, amontoados; camponesas de chapéus como chifres, de pernas como troncos, e mujiques pequeninos, de barbichas cerdosas, de chapéus como lavatórios de barro e camisas abaixo dos joelhos, amarradas na altura do peito e com cintos até os sovacos — um povo selvagem, ainda mais silencioso que as antigas esfinges. O mujiquezinho, fazendo trejeitos, agachando-se, corre até os recém-chegados, tira o chapéu, dá um sorriso pálido, aperta os olhos, sussurra:

— Baguem gom dinheiro e brata!... Dinheiro... Vamos dar zendeio, vamos dar drigo!... Dinheiro e brata! — e corre de volta para junto dos seus.

Em seu lugar vem uma camponesa de chapéu como chifres e de pernas como troncos.

— Baguem gom dinheiro e brata! Vamos dar zendeio, vamos dar drigo! — diz a camponesa, que então sorri e corre de volta, apertando os olhos, semelhantes a sementes de

[66] Tradicional chapéu dos povos turcos da Ásia Central. (N. do T.)

girassol, opacos, como um botão militar gasto (Kitai-Górod?!).

Na escarpa, da cabine de banho mais próxima, salta uma moça nua, com cabelos desgrenhados, que corre ensandecida em direção ao riacho, de lá até a isbá e de volta para os banhos. Do outro lado, além do riacho, assomam os tártaros, galopando, balançando as pernas, acompanhados de crianças tártaras e de latidos de cães. Os tártaros cercam os recém-chegados, balançam suas pernas para conter os cavalos, estendem as mãos para cumprimentar. Um deles grita, dando um risinho maroto:

— Me compra! Sou do saviete, do camitê, camissário! Me compra! Cem rublos! Você com fome, nós troca produto! — e sorri, com astúcia. — Vem com mim! Nós frita carneiro! Sou do saviete! Eu dar ordem: vender; eu não dar ordem: não vender!... Não ir no vizinho!

A neve jaz em retalhos cinzentos, também a geada tornou-se um véu cinzento, e não se podem ver os ilimitados confins das estepes. No povoado de Stáry Kurdium, ninguém sabe que logo ali, para lá da borda celestial, fica a Ásia. A camponesa, aquela que chegou com os famintos, pensa: "O centeio, se for o caso de fazer por lona, vai sair a dez rublos, mas se for por dinheiro, cem... O mesminho com chita, algodão tingido de preto, para as velhas... Baetilha...".

Duas pessoas vão pela rua com embrulhos debaixo dos braços. Junto ao poço, está uma camponesa. Uma das duas pessoas aproxima-se da camponesa de modo enigmático e diz de modo enigmático:

— Dona, não quer trocar farinha por mercadoria?

— E que mercadoria é essa?

— São uns tecidos. Tem lona, algodão tingido... Várias mercadorias.

— Espere aí... Na casa que eu apontar, você entra!

Ela aponta. Eles vão. Batem com a testa no lintel, entram na isbá. Na isbá, metade é forno; em cima do forno, há uma velha anciã e meia dúzia de crianças de cor de centeio; no canto, um porco; no canto vermelho, o dono da casa, imagens, um general e a família do Tsar.

Persignam-se. Prostram-se. Um de cada vez, apertam a mão do dono da casa e de todos os moradores. E pedem para comer. E comem, em silêncio, com sofreguidão, apressados — toucinho, carne de porco, de carneiro, mingau, sopa, pão, de novo toucinho, de novo carne de carneiro. No canto vermelho, o dono da casa permanece sentado, em silêncio, observando em silêncio — os olhos do dono da casa cresceram em meio à barba.

O dono da casa diz à nora:

— Dúnkia, prepare o banho!

Eles vão se lavar e, quando estão no vapor, Dunka leva água para eles.

Quando os convidados retornam, o dono da casa diz a Dunka:

— Dúnkia, bote aí o *tchemodur*![67]

E aos convidados diz:

— Bom, quais são as suas mercadorias? Mostrem-nas!

Os convidados estendem suas mercadorias. O dono da casa observa com um olhar de autoridade, permanece em silêncio. As camponesas, tanto as da casa como as que se aglomeraram na isbá, grudam-se à mercadoria como se fosse mel. Um dos convidados coloca um trapo vermelho junto ao corpo da dona da casa, cutuca as ancas da dona da casa e diz, em tom jocoso:

— Patrão, olhe! Ficou vinte anos mais nova... Está mais nova que a sua nora!... Patroa! Suba depressa ali no forno, esconda-se do patrão!

[67] Forma dialetal de samovar. (N. do T.)

— Pa-a-are! Buliçoso! — a camponesa ficou derretida.

Mas o convidado, fazendo volteios, enrosca uma espécie de calças de cheviote ao redor da perna, aponta o joelho para todos e se gaba. As camponesas separam o necessário e o desnecessário. O outro convidado fala com o dono da casa — sobre a colheita, a guerra, a fome, sobre como em Moscou cada moscovita tem quanta lona quiser, quanto madapolão, quantas máquinas e quanta chita quiser e sobre como em Moscou as pessoas caem pelas ruas, mortas de fome.

Servem o chá. Todos bebem, a palma da mão estendida, soprando, em silêncio. Quem não engana não vende. Quando cada um já bebeu meia dúzia de copos, o dono da casa, com as mãos nos quadris, carrancudo, pergunta:

— Bom, e qual é o preço?

As mulheres afastam-se em direção à porta, com rostos ingênuos e indiferentes, ocultos e assustados — o *mestre* fechará o negócio.

— A mercadoria é sua, o dinheiro é nosso — responde o convidado, apressado. — Trocamos por farinha.

— É claro que querem farinha! A gente tem 62 *pudes* de farinha chegando agora.

O rosto do convidado deforma-se com a dor e a ofensa, e ele lamenta-se como uma camponesa:

— A-ah!... Vocês valorizam a mercadoria de vocês, mas não a nossa?... A-ah... E quem foi que pôs o preço lá em cima?... Todos nós?... Nós estamos morrendo de fome na rua, e vocês querem arrancar o último pedaço do nosso couro!... A-ah!... Quem foi que pôs o preço lá em cima?... Todos nós!...

— Patroa, bota mais chá — disse o dono da casa, severo.

De novo bebem com a palma da mão estendida, de novo regateiam. Mais uma vez bebem chá, mais uma vez regateiam. As mulheres permanecem em pé, junto às portas, docilmente caladas. Do forno, a velha pergunta pela décima vez: "Quem está aí?"... No alpendre, uns rapazes, depois de percorrerem todo o povoado, já colaram nas moças. Um leitão grunhe. Debaixo do forno, uns galinhos cacarejam.

Finalmente o dono da casa e os convidados fecham negócio: toda a mercadoria — por atacado —, três *archines*, um *pud*. O dono da casa está satisfeito porque embromou os convidados. Os convidados estão satisfeitos porque embromaram o dono da casa. O dono da casa dá de comer aos convidados mais uma vez — sopa de repolho com carne de porco, panquecas de trigo com creme azedo, mingau com banha de carneiro — e leva-os até o botequim para beber aguardente caseira. Tempos de variagues![68]

Perto do botequim, numa vara, um farrapo de feno balança solitário contra o vento cinzento. Cães ladram pelo povoado. No lado tártaro, onde os convidados tinham seus pés lavados e eram alimentados no chão, multidões se arrastavam de isbá em isbá em busca de fregueses. Num pequeno amontoado, sem crianças, ergue-se o mortiço lado mordoviano. Para além das sebes, jaz a estepe — sem fim, sem limites. Da estepe, sopra um vento frio, chove, e a terra chora. No botequim, os mujiques bebem aguardente caseira, berram e, depois de uns tragos, vão até o tártaro comissário pagar-lhe suas taxas e tributos, e assim facilitar o carregamento do centeio acumulado até o apeadeiro: o centeio será levado de madrugada, com uma patrulha armada de paus.

No povoado de Stáry Kurdium, os vermelhos e os brancos estiveram algumas vezes cada um: vielas inteiras foram queimadas e pilhadas. No povoado de Stáry Kurdium, vivem pessoas repletas de grãos, com porcos e bezerros, que também são alimentados com grãos; vivem com tochas de ma-

[68] Os variagues, varanges, varengues ou varegos eram grupos de guerreiros e comerciantes escandinavos, oriundos da atual Suécia, que dominaram as principais tribos eslavas orientais entre os séculos IX e X e iniciaram a dinastia que governou a Rússia até o século XVI. (N. do T.)

deira, tochas acesas com pederneiras; vivem seminus... Pela estepe, em amplas ondas, avançam o banditismo e a contrarrevolução, ardendo como distantes clarões noturnos, soando o alarme... No povoado de Stáry Kurdium, não há homens jovens; uns se juntaram à revolução, outros se juntaram aos brancos.

Crepúsculo. No crepúsculo acinzentado, a esposa de soldado, aos trinta anos (como é doce beijar essa esposa de soldado nas madrugadas), detém um homem que arde no último rubor da tísica, chama-o e sussurra:

— Venha até minha casa, rapaz. Ninguém vai voltar. Dou pão para você. O banho está esquentando.

E no banho, em reflexos vermelhos, o homem vê: na barriga e na virilha da mulher brotou uma erupção, uniforme, como que de mármore, fria — de sífilis.

No crepúsculo, alguém grita algo loucamente: na mesquita, o muezim, o mesmo mujique. No crepúsculo, os tártaros rezam, estendendo seus tapetes, o olhar fixo no Oriente, na Ásia invisível.

O último colar negro das bodas dos corvos passa voando — bodas melancólicas.

* * *

E de volta pela estepe vazia, arrasta-se o trem misto nº 57, carregado de gente e de pão.

* * *

Mas o Desvio Mamoa, onde antes nem sequer trocavam as chaves, constrói uma carreira feérica: os sonhos do jovem funcionário de plantão estão se realizando. Lá parou um destacamento de barragem, tarifação interna. Agora os trens ficam parados ali por dias inteiros. Dia e noite ardem fogueiras, e ao redor da estação há uma multidão de gente. No poço e nas poças, não há mais uma só gota d'água. Para buscar água, corre-se por duas verstas, até o riacho. É impossível dar dois passos sem pisar em excremento humano. Os vagões de atendimento médico estão repletos de doentes. Do trem que leva alimentos, onde metralhadoras assomam, severas, ouvem-se alegres canções, ressoa uma dezena de sanfonas. Ao redor, há gemidos, berros, choros, orações, imprecações. O funcionário fala ao chefe do destacamento com brevidade, duas palavras. O funcionário sabe bem o que é afagar o canhão da manga com o canhão da manga. O funcionário pode liberar o trem em dez minutos ou pode segurá-lo por dias. O funcionário pode receber e liberar o trem de madrugada, quando os soldados do destacamento "não trabalham por ausência de luz". E o funcionário tem mulheres, vinho, dinheiro, roupas novas, tabaco excelente, bombons da Einem e Cia. O funcionário fala como um chefe militar, duas palavras, e já não tem tempo de ficar penando e vagando pela plataforma.

Pela negra estepe despojada, arrasta-se o trem misto nº 57 repleto de gente, farinha e sujeira... A neve molhada cai, cai no deserto da madrugada, o vento rodopia, os vagões tilintam. A noite. As trevas. O frio. E desde há muito no Desvio Mamoa ardem as chamas vermelhas das fogueiras — assustadoras, como um mormaço febril. Nos vagões, onde as pessoas estão sentadas e de pé em cima de outras pessoas, ninguém dorme; os vagões mantêm um silêncio cerrado. O trem vai parando surdo, devagar, as rodas rangem. Ardem as fogueiras; junto a elas, na neve, as pessoas apertam-se umas às outras, os sacos ficam jogados. A isbá da estação está silenciosa. Nas trevas, em montinhos de vinte, reúnem-se os monitores dos vagões do trem misto nº 57. Neve. Vento. Dois homens saem, chegam. Por um minuto, junto à isbá da estação, aparece o funcionário de plantão, falando como um chefe militar.

Silêncio.

Sussurros.

E os monitores correm pelos vagões, apressados.

Há trevas no vagão. O monitor encosta a porta atrás de si. No vagão, há silêncio.

— Cuma? — pergunta alguém, com voz rouca.

O monitor respira de modo apressado e, pelo visto, alegre.

— Mulheronas, moçonas... Para você! — diz o monitor num sussurro apressado. — Mandei moças e mulheres, as melhores, para eles, para os militares, eu mesmo não posso fazer nada... — diz.

E no vagão há silêncio, somente o monitor respira.

— Moçonas, mulheronas, hein?

Silêncio.

— As mulheres têm que ir! Você não pode fazer nada — diz alguém, de modo sombrio. — Grãos, estamos levando grãos!

E de novo silêncio.

— Tudo bem, então, Maniuch... Vamos... — a voz ressoa como uma corda partida.

Dos vagões, em meio às trevas, para a neve, as mulheres descem cautelosamente, e atrás delas a porta é encostada apressadamente. Em silêncio, sem dizer palavra, as mulheres se reúnem num grupo. Esperam. Ali perto, em algum lugar, os fios zunem. Alguém se aproxima, olha fixamente, diz num sussurro:

— Estão todas reunidas?... Vamos... Não há nada a fazer... São grãos. Ajudem, mulheronas e moçonas... As que forem intocadas... não precisam ir, porque... assim já está bom...

Então as mulheres passam muito tempo paradas junto ao vagão traseiro do trem de alimentos, até que chega um rapazinho correndo, vestindo uma camisa militar para fora das calças:

— Ah, mulheres! Aguentaram esperar?! Precisamos de mulheres. Para já! — diz ele, alegremente. — E esse aqui é todo o grupo? Ora! Não precisa de tantas... Pegaram gosto, é? Moças, escolham aí... umas quinze, das mais bonitas. E olhem lá! As saudáveis!...

Noite. A neve cai, cai. Os fios zunem. O vento zune. A chama das fogueiras trepida, é noite.

No escritório, os monitores aglomeram-se ao redor do funcionário e, alterando as vozes para um tom absurdamente meloso e ignobilmente fino, falam ao mesmo tempo, recostando-se, servem o funcionário — um pouquinho de melão, um pouquinho de álcool, um conhaquinho, um cigarrinho, um tabaquinho, chita, panos de lã, chazinho... O funcionário, para passar o tempo, conta anedotas indecentes, como um marechal de campo, e os responsáveis riem de modo ignóbil e meloso, abaixando pudicamente os olhos.

No alvorecer, o trem misto nº 57 apita, se contorce — como vértebras desprendendo-se da coluna vertebral — e parte do Desvio Mamoa.

Grãos!...

* * *

Para lá do desvio, na estepe, há um cômoro, que aliás dá nome ao desvio. Outrora, ao redor da mamoa, um homem foi morto, e, na pedra tumular, alguém traçou, com letras desajeitadas:

Eu fui quem és,
Mas tu também serás o que sou.

A estepe infindável, o cômoro, tudo está coberto de neve, e da inscrição na pedra tumular restaram duas palavras:

Eu fui...

No outono, à noite, ao sopé da colina, na cidade de Ordynin, fogueiras são acesas: serão os famintos cozinhando sopa, aqueles que se arrastam aos milhares pela estepe atrás de pão, e do sopé da colina ressoam canções. Aquela noite, Andrei Volkóvitch: pedras desprenderam-se do aterro, voaram junto com ele despenhadeiro abaixo (sussurrou o vento da queda: *gviiuu*), e com a queda tudo se desmanchou em faíscas de olhos — e sobrou apenas o coração. O vigia gritou algo lá em cima, e então as fogueiras dos famintos, os dormentes, um trecho de uma canção dos famintos.

— Então, veja bem. Uma pergunta... À maneira de Dostoiévski, uma *perguntinha*: aquele funcionário do Desvio Mamoa não era Andrei Volkóvitch ou Gleb Ordynin?... Ou então: Gleb Ordynin e Andrei Volkóvitch não eram aquele homem que ardia no último rubor da tísica?... Os nossos Ivánuchkas-bobinhos e Ivans-tsarévitches russos?

É sombrio esse terceiro fragmento do tríptico!

... No livro de Semion Matvêev Zilotov, no livro *Uma existência racional, ou uma concepção moral do valor da vida*, há a frase:

> "Há algo mais horrível do que ver a incredulidade que se fortalece justamente no momento em que as forças da natureza estão extenuadas, de modo a contemplar com desprezo os terrores que circundam o leito dos moribundos e com altivez legar ao universo um exemplo de intrepidez e impiedade?..."

CAPÍTULO VI
O PENÚLTIMO. OS BOLCHEVIQUES
(TRÍPTICO SEGUNDO)

Pois os últimos serão os primeiros

Jaquetas de couro

Na casa dos Ordynin, no Comitê Executivo (aqui não havia gerânios nas janelas), reuniram-se lá em cima pessoas de jaquetas de couro, os bolcheviques. Ei-los, de jaquetas de couro, todos do mesmo jeito, belos homens de couro, todos fortes, os cachos formando um anel debaixo do quepe virado para trás, todos com zigomas macilentos, rugas ao redor dos lábios; os movimentos de todos eles eram de ferro. A seleta da nação russa, áspera e grosseira. Jaquetas de couro não dá para molhar. É o que sabemos, é o que queremos, é o que decidimos — e basta. Piotr Oriéchin, o poeta, disse a verdade: "Ou liberdade aos miseráveis, ou ao campo num poste!"... Durante o dia, Arkhip Arkhípov ficava sentado no Comitê Executivo escrevendo papéis, depois vagueava pela cidade e pela fábrica — em conferências, assembleias, comícios. Ele escrevia papéis, as sobrancelhas se uniam (e a barba ficava um pouquinho eriçada), e segurava a pena como um machado. Nas assembleias, falava palavras estrangeiras e difíceis. Pronunciava assim: constantação, enégrico, litefonograma, fuxionamento, oçarmento — a palavra *trouxe* ele pronunciava *truxe*. De jaqueta de couro, de barba, como Pugatchov... É engraçado?... Fica ainda mais engraçado: Arkhip

Arkhípov acordava com a aurora e se afastava de fininho: ia estudar os livros, a Álgebra de Kisseliov, a geografia econômica de Kistiakóvski, a história da Rússia do século XIX (na edição de Granat), *O Capital* de Marx, *A ciência das finanças* de Ózerov, a *Contabilidade* de Veitsman, um manual autodidático de alemão... E estudava ainda um pequeno dicionário de palavras estrangeiras incorporadas à língua russa elaborado por Gavkin.

Jaquetas de couro.

Bolcheviques. Bolcheviques?... Sim. Pois é... É isso que são os bolcheviques!

Os brancos partiram em março. E já nos primeiros dias de março chegou de Moscou uma expedição para identificar o que restara das fábricas depois dos brancos e das rajadas. Na expedição havia representantes tanto do OTK como do KhMU, do Departamento de Metais, do GOMZA, do TsPT, do TsPKP, do Escritório das Indústrias, do RKI, do VTsK etc. etc.,[69] todos especialistas. Na reunião realizada em uma cidade da região, ficou determinado, como dois e dois são quatro, que a situação das fábricas era mais que catastrófica, que não havia nem matérias-primas, nem equipamentos, nem braços operários, nem combustível — e que pôr as fábricas em funcionamento era *impossível. Impossível.* Eu, o autor, participei dessa expedição, chefiada por Ts.-Kh. K., de patronímico Lukitch. Quando, no trem, foi dada a ordem de nos prepararmos para a chegada (e nós estávamos no trem como um batalhão armado com fuzis), eu, o autor, pensei que voltaríamos a Moscou, uma vez que era *impossível fazer qualquer coisa.* Mas nós fomos. Para as fábricas. Pois *não há nada que seja impossível fazer* — pois era impossível não fazer.

[69] Siglas e acrônimos de diversas instituições soviéticas, então recém-criadas, ligadas à indústria. (N. do T.)

Fomos, porque o bolchevique K., Lukitch, que não era especialista, de modo muito simples raciocinou que, se fosse feito, não seria preciso fazer, e as mãos podem fazer tudo.

Bolcheviques.

Jaquetas de couro.

"Fuxionar enegricamente." É isso que são os bolcheviques. E... O diabo que carregue todos vocês — estão ouvindo, limonada agridoce?!

Mina nº 3, na fábrica de Taiojevo. Na profundidade 320, isto é, três quartos de versta debaixo da terra, acendiam-se buracos de explosão: os perfuradores perfuravam, com água até a cintura — água que parecia fervente —, no poço de um estrato. Perfuravam buracos de explosão. Os detonadores carregavam os buracos com dinamite e os acendiam, na profundidade 320, na água, que parecia fervente e ia até o peito. Os detonadores precisavam tatear na água para achar as mechas, os buracos, mergulhar para inserir os cartuchos, colocar, debaixo do cartucho, uma cápsula com fulminato de mercúrio e, com um pavio de guta-percha, acender esses cartuchos, quinze, vinte.

Um sinal para cima:

— Pronto?

Um sinal para baixo:

— Pronto.

Um sinal para cima:

— Vou acender.

Um sinal para baixo:

— Pode acender na fé!

Um após o outro, os pavios se inflamam, uma após a outra, chamas azuis sibilam e silvam sobre a água e mergulham num tubo de guta-percha, debaixo d'água. A última chama azul silvou e mergulhou.

Um salto para a cuba, um sinal para cima:

— Pode rodar!

— Sim, senhor!

E na chuva, nas trevas, silvando, sete sajenes por segundo (o limite, para não morrer), a cuba sobe com ímpeto, para longe da morte, em direção à luz. E lá embaixo ruge a dinamite: a primeira, a segunda, a terceira.

Na mina nº 3, profundidade 320, dois homens acenderam os buracos de explosão.

— Pronto?

— Pronto!

— Vou acender!

— Pode acender na fé!

Um terminou antes de acender, entrou na cuba. O segundo ateou fogo ao último pavio (as chamas azuis sibilaram, mergulharam) e agarrou o cabo.

— Pode rodar tranquilo!

Ou o segundo vacilou, ou o maquinista foi rápido demais... Na chuva, nas trevas, silvando, a cuba subiu — o segundo ficou embaixo, e a última chama mergulhou na água.

E o primeiro disparou o sinal para cima:

— Pare! Rode para baixo!

A cuba agitou-se nas trevas, ficou suspensa na chuva.

— Rode para baixo!

E então o segundo disparou o sinal:

— Rode para cima! Para que uma segunda morte?

— Rode para baixo! — era o primeiro.

— Rode para cima! — era o segundo.

E a cuba agitou-se nas trevas. Cada um sacrificava a própria vida — por um irmão, ali, na profundidade 320, onde a morte e o funeral são simultâneos.

O maquinista deve ter entendido o que se passava na mina. Com a velocidade da morte, jogou a cuba para baixo, e com a velocidade da morte trouxe a cuba para fora, e o estrondo da dinamite embaixo, na morte. E em cima todos os três, o mecânico e os detonadores, o primeiro e o segundo.

Quiseram beber! Pois sim, porque então não havia revolução alguma — onde é que se teria de "fuxionar enegricamente"?

Jaquetas de couro. Bolcheviques.

Na casa dos Ordynin, à noite, no alojamento, depois de tirar as botas e de massagear docemente com as mãos os dedos dos pés, depois de se meter com esforço, de quatro, na cama, com uma luminária ao lado, Iegor Sobátchkin passou muito tempo lendo um panfleto; então, voltou-se para seu vizinho, que estava mergulhado no *Izviéstia*:

— O que você acha, camarada Makárov: a vida do homem é definida pela existência ou pelas ideias? Ou dá para pensar que nas ideias também há existência?

Kitai-Górod

De madrugada, em Moscou, em Kitai-Górod, atrás da muralha chinesa, nas vielas de pedra, nos passadouros, nos postes de iluminação a gás: um deserto de pedra. Durante o dia, Kitai-Górod, atrás da muralha chinesa, revirava-se com milhões de pessoas de chapéu-coco e milhões das mais diversas coisas, capitais, sagacidades, sofrimentos, vidas — só de chapéu-coco, totalmente Europa, de valise. Mas à noite, nas vielas de pedra e nas construções, desapareciam os chapéus-coco, chegavam a solitude e o silêncio, os cães fuçavam, os postes ardiam opacos em meio às pedras, e de Zariádie e rumo a Zariádie caminhavam algumas pessoas, raras, como cães. E então, nesse deserto, saía rastejando das construções e dos passadouros ela: a China, sem chapéu-coco, o Império Celestial que fica em algum lugar do Oriente, além da Grande Muralha de Pedra, e que olha para o mundo com olhos vesgos, semelhantes aos botões dos capotes militares russos. Esse é um Kitai-Górod.

E o segundo.

Em Níjni-Nóvgorod, em Kanávino, além do Makárie, onde, ao longo do Makárie, com seu enorme traseiro, aquela mesma diurna e moscovita Ilinka se repimpava, em novembro, depois do setembro com seus milhões de *pudes*, barris, peças, *archines* e quartos de mercadoria trocadas por rublos, francos, marcos, esterlinas e outros — depois da orgia de outubro, debaixo da cortina, entornada pelo Volga, de vinhos, caviares, "venezianos", "europeus", "tártaros", "chineses" e litros de espermatozoides —, em novembro, em Kanávino, na neve, das vendas seladas, da solitude, olhava — com seus botões militares no lugar dos olhos — aquela: a noturna, moscovita e oculta atrás da muralha de pedra: a China. O silêncio. O indecifrável. Sem chapéu-coco. Botões militares em vez de olhos.

Aquela, moscovita, nas madrugadas, da noite até a manhã. Esta, nos invernos, de novembro a março. Em março, as águas do Volga lavam Kanávino e levam a China embora, para o Cáspio.

E o terceiro Kitai-Górod.

Aí está. Um vale, pinheiros, neve, lá ao longe — montanhas rochosas, um céu de chumbo, um vento de chumbo. A neve está fofa, e faz três dias que o vento sopra: o agouro sabe que o vento come a neve. É março. As chaminés não soltam fumaça. Os altos-fornos estão quietos. As oficinas estão quietas — nas oficinas há neve e ferrugem. Um silêncio de aço. E das oficinas impregnadas de fumaça, das máquinas mortas, cobertas de ferrugem, ela observa: a China, e sorriem (e como podem sorrir!) os botões militares. As fresas e máquinas *ajax* estão quietas. A prensa hidráulica não geme com seu *natch-evak, natch-evak!...* Nas lâminas de metal enferrujado, jaz uma neve ruiva — há vidro quebrado por cima. A sala de turbinas não queima de madrugada, na caldeiraria o vento e as trevas assobiam. Da fundição — da qual um projétil mordera um pedaço —, do forno Martin, das frias fornalhas, os botões militares emergem, com gravidade, orelhudos, sem chapéu-coco.

Lá, a mil verstas, em Moscou, a imensa mó da guerra e da revolução moeu a Ilinka, e a China saiu se arrastando da Ilinka, começou a se arrastar...

— Para onde?

— Arrastou-se até Taiojevo?!

— Mentira! Menti-ira! Mentii-iira!

Os brancos partiram em março — e para a fábrica era março.

Os brancos partiram com o fogo de artilharia, dispersaram-se pelas florestas com medo da peste branca; apenas o Exército Vermelho, usando capotes rotos, em pequenos grupos — e aos milhares —, avançava mais e mais. Muito tempo depois dos brancos, na sala de montagem mecânica, um homem balançava ao vento, numa grua, preso pelas costelas, e nas minas a água ia até a garganta, e os corpos boiavam, azulados... O vento de março rugia em nevascas e comia neve; na neve de março, pelos vales ao redor da fábrica e nas florestas ao redor — na neve comida pelo vento —, assomavam braços humanos, pernas, costas — comidas já não pelo vento, mas por cães e lobos. No vento de março — solitário em essência — estrepitavam metralhadoras, e, como um velho batendo em moscas na parede com um moscadeiro, os canhões urravam.

— Arrastou-se até Taiojevo?!
— Mentira! Menti-ira! Mentii-iira!

Sem brincadeira.

A fábrica foi reavivada de maneira incrivelmente simples, em função da *necessidade econômica*. Partiram os brancos, e das florestas, após o medo, os operários começaram a se reunir, e os operários não tinham *nada* para comer. E é isso. O poder mudou de mãos oito vezes — aos operários restou uma só mãe: a máquina. Na fábrica não havia poder algum — os operários trabalhavam em uma cooperativa. Na fábrica não havia combustível, as minas estavam inundadas. Atrás da fábrica, ficava a coudelaria dos Ordynin; debaixo do hipódromo, camadas de carvão estendiam-se — começaram a escavar o carvão ali sem qualquer ordem oficial; não havia tempo para coqueificar, e iniciaram a fundição do ferro com *antracito*. As máquinas haviam sido liquidadas — a primeira coisa foi acionar a sala de ferramentas. Não havia fundos para pagar os operários, e assim decidiram liberar por mês, para cada operário e contramestre, um *pud* de lâmina de metal, para fazer arados, machados, gadanhas — para *escambo*. A fábrica autorregenerou-se, autorreavivou-se. (Não é esse um poema cem vezes mais grandioso que a ressurreição de Lázaro?!) Arkhip Arkhípov e um engenheirozinho despenteado, com jaqueta de couro de ovelha e chapéu de três orelhas, com uma espécie de motejo — *ta-ra-ram* (a revolução, *ta-ra-ram*; um escândalo, *ta-ra-ram*; os brancos chegaram, *ta-ra-ram*; dor nos dentes, *ta-ra-ram*; o poder mudou de mãos oito vezes, oito *ta-ra-rans*: o primeiro *ta-ra-ram*, o segundo, o terceiro...) —, Arkhip Arkhípov e esse engenheirozinho percorreram, ensandecidos, a fábrica, as oficinas, as minas, e à noite, no escritório, escreveram um projeto *grandiosíssimo* — elaboraram os calibres e as autorizações para a normalização. A fumaça negra do forno Martin soprou com o vento, e na madrugada o alto-forno ardeu nos entulhos. Das oficinas, veio o rangido do ferro, morreu o silêncio do aço. Eles "pode fuxionar enegricamente"!

Na lista das fábricas em funcionamento incluídas na expedição de reconhecimento de nossa indústria pesada, não figurava Taiojevo. A expedição parou em Taiojevo por acaso — ia passando por ali à noite, não pretendia parar, mas viu um alto-forno aceso e parou, e encontrou Taiojevo — uma das únicas...

— Lá, a mil verstas, em Moscou, a imensa mó da revolução moeu a Ilinka, e a China saiu se arrastando da Ilinka, começou a se arrastar...

— Para onde?!

— Arrastou-se até Taiojevo?!

— Mentira! Menti-ira! Mentii-iira!

Durante o dia, em Moscou, em Kitai-Górod, um chapéu-coco fez malabarismos de fraque e com uma valise — e à noite foi substituído: pela China, o Império Celestial, que fica além da Grande Muralha de Pedra, sem chapéu-coco, com olhos de botões. — Mas então será que agora a China não vai substituir a si mesma por um chapéu-coco de fraque e com uma valise?!... Não começará o turno do terceiro, aquele que...

... Pode fuxionar enegricamente!

Nevasca. Março. — Ah, que nevasca, quando o vento come a neve! *Chooiaa, cho-oiaa, choo-oiaa!... Gviiiu, gvaau, gaaau... gviiiuu, gviiiiuuu... Gu-vu-zz! Gu-vu-zz!... Gla-vbum!... Gla-vbumm!... Chooiaa, gviiuu, gaauu! Gla-vbumm!! Gu-vuz!!* Ah, que nevasca! Quão nevoso!... Que de-lí-cia!...

Parte terceira do tríptico (a mais luminosa)

Sobre o despenhadeiro, sobre o Vologa, fica o *kremlin*, com suas arruinadas e espaçosas muralhas vermelhas, cobertas de sabugueiros, bardanas e urtigas. As últimas casas, erguidas no *kremlin* na época de Nicolau I, são de pedra, grandes, com muitas janelas, brancas e amarelas — sisudas e imponentes em sua ancianidade. As ruas do *kremlin* são pavimentadas com enormes paralelepípedos. São tortuosas, com becos e vielas, e nas esquinas há igrejas. Muitas canículas incineraram o *kremlin*, e muitos anos — anos nus — percorreram os paralelepípedos daquele pavimento.

Rússia. Revolução. As corujas gritam — de um modo humanamente horrível, de um modo animalescamente alegre. O crepúsculo. O outono. No *kremlin*, nas torres, há muitas corujas. O crepúsculo do outono cobre a terra dourada como a tampa da chaminé de um forno. O vento assobia no *kremlin*, nas vielas: *gu-vuuui-nveer-noo!...* E o ferro dos telhados das velhas casas ressoa: *gla-vbumm!* Pelas calçadas vazias, no vento cinza, caminha um homem de jaqueta de couro. O vento varre as folhas amarelas. O homem passa por Zariádie, onde as vendas do comércio estão destruídas, atravessa o aterro do *kremlin*, onde a muralha foi destruída pela artilharia dos brancos, e lá — em outro montículo — fica o hospital, entre pinheiros verdes e esbeltos, como os santos de Nésterov.[70] Esse homem é Arkhip Ivánovitch Arkhípov. O vento é outonal — tudo perscruta, tudo dissipa com seu so-

[70] Mikhail Vassílievitch Nésterov (1862-1942), famoso pintor russo, autor de diversos quadros que retratam a antiga Rússia. (N. do T.)

pro, e dá tosse esse vento outonal. Mas no hospital, na sala da doutora Natália Ievgráfovna, as paredes são de tronco, as paredes cheiram a resina, o chão é de linóleo, as janelas são largas, de acordo com o novo costume, grandes, e sobre o linóleo recai a turva luz do dia, dos enormes filodendros, da mesa cheia de papéis, dos azulejos brancos do forno. É turvo o dia, é turvo o crepúsculo, mas a sala está iluminada; como a sala, a lareira de ladrilhos holandeses agora está acesa pela primeira vez.

— Sente-se, Arkhípov, aqui, no sofá.

— Tudo bem, obrigado. Vou ficar aqui, perto do forno.

A barba de Arkhípov, como a de Pugatchov, é negra, farta, desgrenhada — e negros são seus olhos.

— Escute, Arkhípov, o senhor nunca fala do seu pai. Gostaria de falar com o senhor sobre isso... Afinal, o senhor é o filho dele.

— Sim. Eu também. É difícil arrancar uma raiz velha. E essas raízes dão muita dor. Mas deve passar. A razão fala isso, que ele tinha de morrer assim cedo... Então, para que sofrer? É preciso viver, trabalhar.

— Mas o senhor está sozinho... Sozinho para sempre!

— Sim. E daí? Eu sempre fui sozinho... Estou com todo mundo, com os camaradas. Certamente estou só começando a me libertar. Da estupidez.

Natália Ievgráfovna levantou-se por detrás da mesa e parou ao lado de Arkhípov, junto ao forno.

— Diga a verdade: o senhor não tem medo?

— Como não tenho medo? Tenho medo, tenho náusea. Só acho que não devo sofrer. O velho morreu como devia ser. Eu só fiquei pensando em um ponto, e então não sofri. É assim que tem que ser. — Com ambas as mãos, Arkhípov pegou a mão de Natália Ievgráfovna. — É melhor a senhora falar de si mesma, Natália Ievgráfovna. É isso.

— Não tenho nada a dizer. E então?...

— Bom, então eu conto. Eu fico o tempo todo ocupado com a fábrica, no Comitê Executivo, na revolução. Mas quando meu pai morreu, pensei em mim. É preciso trabalhar: pois eu trabalhei. E tem mais. Eu vim falar com a senhora para fazer um pedido: a sua mão. Quando eu era um rapazote, eu me apaixonava, bom, pecava com as mulheres. Mas depois passou. Acho que vamos ter filhos. Vamos trabalhar juntos, de comum acordo. E vamos criar essas crianças como deve ser feito. Quero uns filhos ajuizados, e a senhora é mais instruída do que eu. Bom, e eu vou me instruir um pouco também. E nós dois somos jovens, saudáveis. — Arkhípov inclinou a cabeça, e Natália Ievgráfovna não afastou sua mão das mãos dele.

— Sim, tudo bem — ela respondeu depois de algum tempo. — Mas eu não sou nenhuma menina... Filhos... Sim, só tem uma coisa. Eu não amo o senhor desse jeito... Bom, o senhor sabe...

Arkhípov ergueu a cabeça e olhou nos olhos de Natália Ievgráfovna — eles eram transparentes e calmos. Arkhípov, desajeitado, levou a mão de Natália Ievgráfovna aos seus lábios e a beijou, em silêncio.

— Pois bem. E isso de não ser uma menina... Você precisa ter alguém.

— Isso tudo vai ser frio, incômodo, Arkhípov.

— Como? Incômodo?... Não entendo essa palavra.

A tampa celeste recobriu a terra, as janelas fundiram-se com as paredes, no forno o carvão cobriu-se de cinzas — era preciso fechar o forno. Na sala de jantar, onde as paredes também são de tronco, sobre a mesa, numa toalha branca, reluz friamente, como níquel, uma cafeteira, uma bandeja, porta-copos. Arkhípov bebe do pires, com os dedos todos esticados; debaixo da jaqueta de couro, veste um colete, e debaixo do colete, uma *kossovorotka*.[71] Natália Ievgráfovna usa uma blusinha vermelha de tricô e uma saia preta, e seus cabelos estão trançados em coroa. O linóleo emite um brilho frio — atrás das janelas, há uma lua turva entre as nuvens, é noite —, e, no linóleo, estão refletidas com um frio turvo a lua, as paredes, a mesa de cabeça para baixo, as trevas de uma porta aberta e um quarto escuro. E sobre a mesa da sala de jantar há uma lâmpada "ministerial".

— O homem é necessário, pureza, razão!

Luz da lua no escritório — e os feixes de lua deitaram-se sobre o linóleo. Arkhípov tocou por acaso no ombro de Natália Ievgráfovna, a luz da lua recaiu sobre Natália Ievgráfovna, seus olhos desapareceram nas trevas. De maneira terna, feminina e suave, Natália Ievgráfovna aconchegou-se a Arkhípov e deu um sussurro quase inaudível:

— Meu querido, meu único, meu...

Arkhípov não encontrou resposta — de tanta alegria.

— Você entende... Viver, minha querida!

As corujas gritam: de um modo humanamente horrível, de um modo animalescamente alegre. "Pois o homem não é um animal para amar como um animal." A tampa celeste recobriu a terra. Noite. O *kremlin*. As corujas gritam. O vento grita nas vielas: *gu-vuin-ver-noo!*... As casas de pedra brancas e amarelas, grandes, com muitas janelas, são sisudas na noite e imponentes em sua ancianidade. As ruas são tortuosas, com becos e vielas, e pavimentadas. Nas esquinas há igrejas. Anos nus. Trevas. Noite. Outono. A lua arrasta-se vagarosa, esverdeada.

— Meu querido, meu único, meu...

[71] Tradicional camisa russa com a gola abotoada na lateral. (N. do T.)

Natália está de pé junto à janela do escritório, o linóleo emite um brilho frio, os filodendros cresceram nas trevas. A luz da lua recai sobre a janela. Hoje, pela primeira vez, acenderam o forno, as janelas estão suadas. A luz fantasmagórica da lua fragmenta-se e reflete-se — nas lágrimas do vidro e nas lágrimas dos olhos.

— Não amar... e amar. Ah, e haverá conforto, haverá filhos e trabalho... Trabalho!... Meu querido, meu único, meu! *Não haverá* mentira e dor.

Na casa dos Ordynin, no alojamento, depois de tirar as botas e de massagear docemente com as mãos os dedos dos pés, depois de se meter com esforço, de quatro, na cama, com uma luminária ao lado, Iegor Sobátchkin passou muito tempo lendo um panfleto e, ao terminar, disse, ponderadamente:

— Mas de todo modo a verdade e a alegria vão triunfar! Não tem como ser de outro jeito.

Arkhípov entrou, adentrou seu quarto em silêncio — no pequeno dicionário de palavras estrangeiras incorporadas à língua russa elaborado por Gavkin, não constava a palavra *conforto*.

— Meu querido, meu único, meu!

CAPÍTULO VII
(O ÚLTIMO, SEM TÍTULO)

Rússia.
Revolução.
Nevasca.

CONCLUSÃO

O ÚLTIMO TRÍPTICO. MATÉRIA, EM ESSÊNCIA

ENCANTAMENTOS

Perto de outubro, o rebento do lobo não é menor que um bom cachorro. Silêncio. Um galho quebrou. Do barranco até o desmatamento, onde, durante o dia, os rapazes de Tchórnye Riétchki cumpriam sua obrigação de serrar, veio um odor de podridão, de cogumelos, de álcool outonal. E esse álcool outonal certamente disse que as chuvas estavam no fim: por uma semana, o outono verteria ouro, e depois, entre geadas, cairia neve. No veranico, quando a terra endurecida cheira a álcool, Dobrynia Nikítitch de Cinto Dourado[72] cavalga pelos campos — durante o dia, sua armadura reluz com o cinábrio dos álamos, com o dourado das bétulas, com o azul do céu (um azul forte como o álcool), e durante a noite, apagada, sua armadura é como aço azulado, enferrujada pelas florestas, umedecida pela névoa e ao mesmo tempo endurecida, nítida, retumbante como os primeiros blocos de gelo, brilhante como as estrelas das soldaduras. Geada, e mesmo assim, do barranco até o desmatamento, cheira à última umidade e ao último calor. Perto de outubro, o rebento do lobo afasta-se dos mais fortes e caminha sozinho. Um lobo saiu para a clareira, contornou de longe a fumaça da foguei-

[72] Um dos mais recorrentes heróis das *bylinas*, antigas canções folclóricas russas. (N. do T.)

ra ardente, deteve-se entre as bétulas derrubadas e deslizou pelo declive em direção aos campos, onde as lebres repisavam as sementeiras outonais. Na noite negra e no silêncio negro, não se via nada além das depressões de Tchórnye Riétchki. Em Tchórnye Riétchki, nos secadouros, as moças começavam a berrar sua composição e logo se calavam, depois de a ter enviado aos campos outonais e à floresta de modo esganiçado e triste. Da floresta, pelo barranco, em direção a São Nikola, a Iegorka, caminhava Arina. O lobo encontrou-se com ela junto à orla e fugiu para os arbustos. Arina provavelmente o viu — um par de chamas esverdeadas irrompeu nos arbustos —, Arina não desviou, não se apressou... Na isbá de Iegorka, negra, recendeu a outono, a ervas medicinais. Arina avivou a chama sob a panela de ferro e acendeu uma vela feita com a cera do colmeal de Iegorka — a isbá iluminou-se, grande, jeitosa, com bancos por todas as paredes, com um forno coberto de desenhos; em cima do forno, assomavam os calcanhares de Iegorka, o Zarolho, o curandeiro. O galo gritou, anunciando a meia-noite. Os gatos saltaram para o chão. Iegorka virou-se, deixou sua cabeça branca e hirsuta pender do forno; meio dormindo, gritou, com voz rouca:

— Você veio? Aah, chegou, sua bruxa. Não esquiva, não foge, você vai ser minha, vou enfeitiçar você, sua bruxa.

— Pois é, eu vim. E nunca mais vou me afastar de você, seu diabo vesgo. E eu vou torturar você, e vou beber seu sangue de feiticeiro. Vou levar você à morte, seu diabo vesgo.

No saguão, as abelhas zumbiram, alarmadas, ainda não recolhidas. As sombras da luz da vela correram e se congelaram nos cantos. O galo gritou de novo. Arina sentou-se no banco, os gatos caminharam pelo chão, com as colunas encurvadas, e saltaram para o colo de Arina. Iegorka desceu do forno com um salto — seus pés descalços reluziram, seus dedos eram como cascas de zimbro.

— Você veio?! A-ah, você veio, sua bruxa! Vou beber seu sangue...

— Pois é, eu vim, seu diabo vesgo. Você me confundiu, me embebedou.

— Pode tirar já as botas e subir aí no forno! E tirar a roupa!...

Iegorka inclinou-se aos pés de Arina, puxou suas botas e levantou sua saia; e Arina em descaramento não ajeitou a saia.

— Me embebedou, seu diabo de olho torto! E se embebedou também. Eu trouxe as ervas, as coloquei no saguão.

— Me embebedei, me embebedei!... Você não vai para lugar nenhum, vai ser minha, não vai para lugar nenhum, não vai, mocinha...

Debaixo do alpendre, cães começaram a latir: um lobo devia ter passado por ali. E mais uma vez o galo gritou: três horas. A noite avançava na meia-noite.

Antes das geadas, em Tchórnye Riétchki, já haviam dado cabo dos campos, já se haviam recolhido nas isbás — a vida dos mujiques morre junto com a terra. As mulheres camponesas cuidavam das eiras, e as moças, depois da colheita de verão, antes dos casamentos, gravidavam, não saíam das eiras à noite, pernoitavam nos secadouros, acendiam em ranchos os fumarentos fornos de secagem, feitos de barro, berravam suas canções vigorosas até o cantar do galo — e pelo visto até os rapazes, que durante o dia iam serrar lenha, à noite se apertavam junto aos secadouros. Dobrynia andava pelos campos, lançando pelo firmamento, gelado e outonal, punhados de estrelas brancas (algumas delas caíam na terra negra); a terra jazia extenuada, silente, e, como o aço azulado da armadura de Dobrynia, o aço nas florestas enferrujou, tilintando como fivelas em blocos de gelo, embranquece com o bolor das últimas brumas. À noite, as moças no secadouro berraram suas composições, os meninos vieram com uma gaita, as moças trancaram o secadouro, os meninos entraram à força, as moças guinchavam, corriam para os cantos, enfiavam-se na palha, os meninos alcançavam-nas, seguravam-nas, apertavam-nas, beijavam-nas, abraçavam-nas. Um brilho pardo vinha das cinzas do fosso do forno de secagem, a fumaça cegava, a palha farfalhava de modo invernal.

Tchi-vi-li, vi-li, vi-li,
Quem quiser escolha aí!

Num canto, uma moça começou a tocar uma marcha, entregando-se. Passaram por um corredor, com gravidade formaram um círculo. Rangeu o acordeão. As moças bufaram com severidade.

És um grou de pernas compridinhas,
Não conheces a estrada por onde caminhas!

As moças começaram a tocar.

Além de fumaça, veio um cheiro de palha revolvida, de suor, de pele de ovelha. Os primeiros galos gritaram no vilarejo. Sobre a terra, caiu uma estrela.

Aleksei Semiónov Kniazkov-Kónonov alcançou Ulianka Kónonova num canto negro, na palha, onde cheirava a palha, centeio e ratos. Ulianka caiu, escondendo os lábios. Aleksei apoiou o joelho na barriga dela, afastou os braços dela, caiu, suas mãos enfiaram-se nos peitos de Ulianka, a cabeça de Ulianka pendeu para trás — os lábios dela estavam molhados, salgados, a respiração era quente, veio um cheiro de suor, amargo e doce, e ébrio.

Tchi-vi-li, vi-li, vi-li!...

Dobrynia de Cinto Dourado atirou estrelas brancas pelo gelo celeste, no silêncio jazia a terra extenuada, o vilarejo dormia — sobre o rio, com a floresta do lado direito, com os campos à esquerda e a oeste — achatado, com isbás que olhavam para baixo com suas janelinhas cegas, com belidas, e com seus tetos de palha penteados à moda antiga. Os rapazes pernoitaram no secadouro vizinho, ao lado do das moças. Já depois do segundo canto do galo, Aleksei saiu do secadouro. Como uma vela embaciada, a lua brilhou sobre o teto, a terra foi salgada pela geada branca, o gelo estalou sob os pés, as árvores erguiam-se, como que feitas de ossos, e uma névoa branca deslizava por entre elas, quase imperceptível. O secadouro das moças ficava ao lado, calado, a palha reluzia na eira. E imediatamente atrás de Aleksei o portão do secadouro das moças rangeu, e à luz da lua saiu Ulianka. Aleksei estava parado, nas trevas. Ulianka olhou tranquila ao redor, afastou as pernas, começou a urinar — no cáustico silêncio outonal, ouvia-se com nitidez o crepitar da torrente que caía. Ela puxou a saia com a mão por sobre as partes pudendas, deu uma passada larga e foi para o secadouro. Nos quintais, os galos começaram a cantar — um, dois, muitos. Naquela noite, pela primeira vez Aliochka sentiu uma mulher, sem brincadeiras.

E dois dias antes da Intercessão,[73] de madrugada, caiu a primeira neve — por algumas horas. A terra recebeu a manhã com o inverno, com uma aurora purpúrea. Mas junto da neve veio o calor, e o dia tornou-se cinzento como uma velha, ventoso, desabrigado; voltou o outono. Nesse dia, antes da Intercessão, em Tchórnye Riétchki, aqueceram-se os ba-

[73] Tradicional festa ortodoxa celebrada em meados do mês de outubro. (N. do T.)

nhos junto ao riacho. No alvorecer as moças, descalças na neve, com as barras arregaçadas, trouxeram água, e os fornos sem chaminé arderam o dia todo. Nas isbás, os mais velhos revolveram as cinzas, recolheram as camisas, e ao crepúsculo as famílias foram tomar seu banho de vapor — os velhos, os mujiques, os cunhados, os filhos, os meninos, as mães, as esposas, as noras, as moças, as crianças. Nas cabines de banho, não havia chaminés; na fumaça, no vapor, nos reflexos vermelhos do forno, brancos corpos humanos, masculinos e femininos, apertavam-se uns contra os outros, lavavam-se com a mesmíssima lixívia, o chefe da família esfregava as costas de todos, e todos corriam para se banhar no rio, na úmida geada branca da noite, no vento frio.

E nesse dia, ao alvorecer, Aliochka Kniazkov foi a São Nikola ver Iegorka, o Zarolho, o curandeiro. No alvorecer, a floresta estava silenciosa, enevoada, terrível, e o feiticeiro Iegorka dava sussurros assustadores: "Nos banhos, nos banhos, estou dizendo, nos banhos!...". A noite chegou, úmida e fria, o vento assobiou de todos os modos e acordes. À noite, Aliochka ficou vigiando os banhos dos Kónonov-Gnedói. Uma jovem ensandecida deu um salto nua em pelo, com as tranças desmanchadas, lançou-se ao rio e de lá saiu correndo em direção à isbá na colina, seu corpo branco dissolvendo-se nas trevas. Um velho saiu duas vezes, banhou-se gemendo no riacho e novamente voltou para o vapor. Uma mãe carregava seus filhos pequenos para o rio segurando-os pelos sovacos. Ulianka, sozinha, demorou-se no banho; ela estava arrumando a cabine. Aleksei esgueirou-se pela palha e sussurrou, com grande medo, o que Iegor lhe sussurrara:

— Estou aqui, Leksei, de costas para o oeste, o rosto para o leste, eu vejo, eu olho: do claro céu voa uma flecha de fogo. Eu rezo para essa flecha, eu me submeto a essa flecha, eu questiono: "Para onde foste enviada, flecha de fogo?". "Para as florestas escuras, para os pântanos movediços, para as raízes úmidas." Salve, ó flecha de fogo! Voa aonde eu te mandar: voa até Ulianka, até Kónonova, atinge-lhe o coração zeloso, o fígado negro, o sangue cálido, a veia maior, os lábios adocicados, para que ela suspire, para que chore por mim, ao sol, ao crepúsculo matutino, à lua jovem, ao vento frio, nos dias idos e nos dias por vir, para que ela me beije, Leksei Semiónov, me abrace, e fornique comigo! Minhas palavras são plenas e encantadas, como são grandes o mar e o oceano; são fortes e viscosas, mais que cola de peixe; duras e resistentes, mais que aço de Damasco e pedra. Para todo o sempre. Amém.

Ulianka enxugava o chão com agilidade, os músculos em seu forte sacro brincavam serenamente. De repente, uma embriaguez acometeu-lhe a cabeça — teria o encantamento a enevoado? Abriu a porta, recostou-se no umbral, lânguida e dócil, respirou o ar frio, deu um sorriso fraco, esticou-se — havia um doce ruído em seus ouvidos, um vento frio e repousante ventilava. Do monte, a mãe gritou:

— Ulianki-ia! Depressa! Ordenhar as vacas!

— Já va-a-a-ai! — ela se apressou, bateu umas três vezes com o trapo no chão, verteu água nas brasas, tirou a camisa e, subindo a montanha, começou a cantar, matreira:

Não vou me casar em Ozerki,
Não vou me envergonhar!
Não vou farrear —
Não vou me cobrir de pó!...

No escuro estábulo debaixo do alpendre, havia um cheiro quente de esterco e de suor de vaca. Havia uma vaca ali, dócil. Ulianka ficou de cócoras, o leite fustigou o balde, as mamas da vaca eram macias, a vaca deu um suspiro profundo...

E na missa da Intercessão, na escura igreja, entre os santos de pernas finas e rostos escuros, Ulianka ecoou sua simples oração de donzela:

— Santa Mãe de Deus, cobre a terra com neve e a mim com um marido!

E a neve naquele ano caiu cedo; o inverno chegou ainda antes de Nossa Senhora de Kazan.[74]

Conversas

Os ventos varreram em nevascas brancas, os campos ficaram recobertos de neve fresca e branca, montes de neve, as isbás lançaram sua fumaça de um cinza azulado. Muito tempo já se passara desde aquela primavera em que, com um hino de louvor, com suas famílias em telegas, os mujiques viajavam por três dias para saquear as propriedades senhoriais — naquela primavera, os ninhos senhoriais arderam em galos vermelhos por completo, para sempre. Depois, o querosene, os fósforos, o chá, o açúcar, o sal, as mercadorias, os sapatos e roupas da cidade sumiram; os trens reviraram-se em convulsões de morte; o dinheiro, sofrendo as agonias da morte, pôs-se a dançar multicolorido — na direção da estação, as estradinhas ficaram recobertas pela tanchagem.

A neve caiu por dois dias, o frio golpeou, a floresta encaneceu, os campos embranqueceram, as pegas começaram a matraquear — com o frio, os ventos, a neve, Dobrynia de

[74] A festividade da Nossa Senhora de Kazan, em nosso calendário gregoriano, cai no dia 4 de novembro. (N. do T.)

Cinto Dourado encalveceu. A primeira trilha na neve jazia leve, airosa. Naquele inverno, a epidemia acenou com afinco seu xale preto pelas isbás — grassou o tifo, a varíola, os calafrios —, e, com a primeira trilha na neve, chegaram os fazedores de ataúde — trouxeram caixões. O dia ia em direção ao crepúsculo cinzento, os caixões eram de pinheiro, de todos os tamanhos, jaziam em largos trenós, aos montes, um em cima do outro. Em Tchórnye Riétchki, os fazedores de ataúde eram vistos antes mesmo da sebe, onde as camponesas iam encontrá-los. Os caixões esgotavam em uma hora. Os homens mediam as camponesas com uma vara de uma sajene, davam um quarto a mais. O primeiro a vir fazer negócio foi o velho Kónonov-Kniazkov.

— Quanto que é mais ou menos o preço de cada um? — ele disse. — É que tem que comprar uns caixões... Tem que comprar... Na cidade agora está em falta. Estou precisando, para a velha, e também, por exemplo... para quem mais precisar.

Então o velho Kónonov foi interrompido pela mulher de Níkon, que começou a agitar os cotovelos, a falar com os cotovelos:

— Mas o preço, qual que é o preço?

— O preço é aquele, nós viemos atrás de batata — respondeu o homem.

— Nós sabe, não é por dinheiro. Vou levar três caixão. Aí se morrer não tem preocupação. Já fica mais tranquilo.

— Uma coisa é falar de ficar tranquilo, por exemplo — interrompeu Kónonov. — Pois você espere, moça, eu sou mais velho... Bom, meu querido, tire a minha medida... Veja aí o meu tamanho, tire a medida. Morrer... Vai todo mundo para o coração de Deus, se é para morrer, por exemplo.

As camponesas foram correndo buscar as batatas, o homem tirou as medidas, os rapazinhos levaram os caixões em cima da cabeça — as pessoas levaram com orgulho os caixões para as isbás; nas isbás, ficaram muito tempo verificando a qualidade dos caixões, conferindo o próprio tamanho com relação a eles, e depois colocaram os caixões nos saguões, num lugar visível — alguns tinham dois, alguns três. Ficaram azuis, num tom invernal, morto, no frio, nas neves; as isbás foram iluminadas com tochas; nos fundos, os portões rangeram, e ouviram-se passos de mulher — passos em direção ao galpão, para buscar feno, para o gado passar a noite. A mulher de Níkon chamou os fazedores de ataúde para sua casa. Com seriedade, sem gracejos, eles venderam os caixões — na isbá, depois de recolherem os cavalos, tomando chá, sem as botas, sem os cintos, revelaram-se alegres convivas, eram gracejadores, paus para toda a obra. Níkon Boríssytch, o dono da casa, presidente do conselho rural, com a barba quase até os olhos, estava sentado junto ao castiçal, estilhando tochas de madeira, colocando-as, uma atrás da outra, numa fenda da manjedoura, servindo seus amáveis convidados e discorrendo:

— Agora, mesmo assim, por conta própria, sozinhos... Você morre, e o caixão... Está aí... Ir caçar, não alimentar os cães... A rebelião, mesmo assim, é um período conturbado. O poder soviético... Quer dizer, para as cidades é o fim... O nosso pessoal está se preparando para buscar sal em Solvytchegodsk...

A mulher de Níkon, com um colete plissado e uma saia camponesa de bolinhas lilás, chifres à moda antiga, peitos salientes como tetas e um rosto bovino e rotundo, estava sentada atrás do tear, estalando e cosendo. Fumegante, a tocha brilhava, iluminando os rostos barbados dos mujiques, dispostos em círculo na penumbra e na fumaça (seus olhos reluziam com os reflexos vermelhos da luz vermelha da tocha). Sobre o forno, dezenas de camponesas estavam deitadas, umas sobre as outras. Num canto, atrás do forno, num abrigo, um bezerro mugia, preguiçoso. Novas pessoas chegavam para ver os fazedores de ataúde, e as antigas iam embora — da porta, elevava-se o vapor, trazendo o frio.

— A fer-ro-vi-ia! — falava com desprezo o grande Níkon Boríssytch. — A fer-ro-vi-ia, tudo igual! Queria que ela sumisse!

— É um suplício — respondeu Klimanov.

— Nós não precisamos dela, por exemplo — corroborou o avô Kónonov. — Os senhores, por exemplo, precisam dela para ver a chefia, ou para visitar alguém. Mas na verdade nós aqui damos conta sem os burgueses, por exemplo.

— A fer-ro-vi-ia! — disse Níkon Boríssytch. — A fer-ro--vi-ia, tudo igual!... A gente vivia sem ela... sobrevivia. E como!... Uma vez por ano eu ia para a cidade, tudo igual, ficava um dia vigiando a estação, umas cinco vezes eu precisava desatar a minha sacola: "Mostre aí qual é a sua produção, do contrário é coronhada!...". A gente tinha trepado no teto e ia... Parado aí! "Qual que é o seu mandado, mostre aí!" Eu sou lá uma mulherzinha ou coisa assim?! Mostrei o papel. Fiquei brabo. A sua mãe isso e aquilo, falei, vou levar meus meninos para o Exército Vermelho, bater nos burgueses, tudo igual. Falei, somos a favor dos bolcheviques, dos sovietes, mas vocês devem ser camunestas... Foi se coçar... Mesmo assim, é para ficar ofendido...

É noite. A tocha arde, vagarosa e embaçada, ardem as janelas da isbá de Níkon, o vilarejo dorme seu sono noturno, a nevasca branca varre com sua neve branca, o céu está turvo. Na isbá, na penumbra, ao redor da tocha, na fumaça de *makhorka*, os mujiques estão sentados, com barbas quase até os olhos (os olhos reluzem com reflexos vermelhos). A *makhorka* fumega, chamas vermelhas ardem vagarosas nos cantos, as vigas do teto deslizam pela fumaça. Está abafado e vaporoso para as pulgas do forno, nos corpos das camponesas, sobre o forno. E Níkon Boríssytch diz, com grandiosa severidade:

— Camune-estas! — e com um gesto enérgico (com os olhos cintilantes à luz da tocha): — Somos a favor dos bolcheviques! Dos sovietes! Que seja do nosso jeito, do jeito russo! Ficamos embaixo dos senhores. E chega! Do jeito russo, do nosso jeito! Nós mesmos!

— Com umas coisas, por exemplo, tudo bem para nós — era o avô Kónonov. — Que seja. Com os da fábrica, tudo bem, também, por exemplo, tudo bem eles treparem com as moças, por exemplo, e casarem, os que têm um serviço. Mas com os senhores, com esses tem que acabar, por exemplo...

O casamento

Inverno. Dezembro. Festas natalinas.

Uma clareira. As árvores, envoltas em geada e neve, cintilam como diamantes azuis. No crepúsculo, o último dom-fafe grita, e a pega matraqueia com sua matraca de ossos. E o silêncio. Há enormes pinheiros derrubados, e os galhos jazem como tapetes extravagantes. Entre as árvores, na cerração azul, como papel de açúcar, a noite desliza. Em uma corrida miúda, sem pressa, uma lebre passa saltitando. Lá em cima está o céu — em retalhos azuis com estrelas brancas por entre os cimos. Ao redor, escondidos do céu, há zimbros e pinheiros taciturnos, que se engatam e se emaranham com suas finas vergas. Regular e terrível, surge o ruído da floresta. As pilhas de lenha amarela estão em silêncio. A lua, como carvão, ergue-se sobre a extremidade mais distante da clareira. E é noite. O céu está baixo, a lua está vermelha. A floresta ergue-se como pesados postes forjados com ferro. O vento assobia, e o ruído parece vir de ferrolhos enferrujados. Na bruma da lua, jazem os ramos cortados dos pinheiros derrubados, extravagantes como ouriços gigantes, com seus ramos sombriamente eriçados. É noite.

E então, na extremidade mais distante da clareira, nos ouriços dos pinheiros, na luz da lua, um lobo começa a uivar, e os lobos conduzem suas animalescas festividades natalinas, seu casamento lupino. Uma fêmea dá um uivo preguiçoso e lânguido, os cães lambem a neve com suas línguas quentes. Os rebentos olham de soslaio, severos. Os lobos brincam, pulam, rolam na neve, na luz da lua, no frio. E o chefe da matilha só uiva, uiva, uiva.

É noite. E no vilarejo, nas festividades natalinas, nas adivinhações, nas vendas, no frio, nas povoações, antes dos casamentos ouve-se uma ousada marcha:

> — *Tchi-vi-li, vi-li, vi-li,*
> *Quem quiser escolha aí!*

E numa melodia triste de despedida de solteira, em nome da castidade, em meio a lágrimas, ouve-se das moças:

> *Não imaginava a mãezinha como dos filhos*
> *[se livrar,*
> *Até que uma bela hora de mim se livrou,*
> *Para uma casa desconhecida me mandou,*
> *E deu ordem a mãezinha: por sete anos não voltar.*
> *Faz justo três anos que pra minha mãe eu*
> *[não volto,*
> *Mas no quarto ano, como um pássaro,*
> *[voando vou chegar,*
> *No verde jardim do meu pai me aconchegar,*
> *Com as lágrimas, o jardim do meu pai lavar,*
> *E minha mãezinha com saudades vou deixar.*
> *Minha mãe caminha por novos saguões,*

Clama por seus filhinhos, seus rouxinóis:
"Hora de levantar, meu filhinhos, rouxinóis,
Um dos nossos no jardim canta com tristeza,
Será a minha amarga, de terra estrangeira?".
O primeiro irmão disse: "Vou lá olhar".
O segundo irmão disse: "Vou a espingarda
[carregar".
O terceiro irmão disse: "Eu vou atirar".
O irmão mais novo disse: "Eu vou atira-ar!".

* * *

No telhado, uma cumeeira; na crista, um pombo; um lençol nupcial, fronhas e toalhas, bordados com flores, gramas, passarinhos; e o casamento segue, como o cânone, bordado com canções, tons, séculos e tradição.

Uma pintura. Junto ao castiçal há um velho homem, uma tocha queima, no canto vermelho está Uliana Makárovna — uma noiva de vestido branco; sobre a mesa, o samovar, comidas. À mesa, os convidados, Aleksei Semiónytch, os pais dos noivos.

— Comam, queridos convidados, que viajaram até aqui — isso diz o velho, severo.

— Comam, queridos convidados, que viajaram até aqui — isso diz a mãe, com medo e ar de importância.

— Comam, queridos convidados, Leksei Semiónytch — isso diz Uliana Makárovna, com a voz embargada.

— Não terá você passeado, Uliana Makárovna, com outros rapazes, não terá pecado, não estará seu pires quebrado?

— Não, Leksei Semiónytch... Sou imaculada...

— E do que os amados pais dotam a filha?

— Nós a dotamos da bênção dos pais... A imagem de Nossa Senhora de Kazan...

E o casamento, no cânone dos séculos, é feito em Tchórnye Riétchki como uma liturgia — em isbás de palha, debaixo de alpendres, na rua, sobre os campos, em meio às florestas, na nevasca, nos dias, nas noites: ressoa com canções e guizos, a *braga*[75] fermenta, ele é pintado, adornado, como a cumeeira no teto — em noites azuis, como papel de açúcar. — Capítulo tal do *Livro dos costumes*, verso primeiro e seguintes.

Verso 1

Quando a caução é tomada, a casa examinada, o pacto selado e a despedida feita, então trazem ao noivo os bens com os quais a noiva será resgatada, e as mães dos noivos arrumam a cama com os lençóis e os travesseiros do dote, com flores e grama, e combinam o dia do matrimônio.

Verso 2

Verso 3

Ai, mãe, minha mãe!
Por que é que me casas?
Não vou me deitar e dormir com minha esposa,
Onde é que vou colocá-la?!
Foram dançar, até esfolar os calcanhares,
As moças e mulheres gargalharam, quase até
[parir!
Uuuh! Uh! Aaah! Ah! A isbá dança como uma
[sirigaita,
Sacudindo para frente e para trás, berrando para
[o céu.

[75] Tradicional cerveja caseira russa. (N. do T.)

— A jovem sabe abrir uma chaminé?
— A jovem sabe amarrar um feixe?
— O rouxinol sabe fazer um ninho?
— Eles são fidalgos, precisam de dinheiro. Aceita o queijo, aceita o pão redondo, deixa o dinheiro.
— Corte aí do seu cetim: vinte *archines* para mim!

Uuuh. Aaah. Oooh. Iiih. Na isbá, não há nem como respirar. Na isbá, há alegria. Na isbá, há gritos, iguarias e bebida — a-iikh! —, e da isbá correm até debaixo do alpendre para respirar, eliminar o suor, organizar os pensamentos, as forças.

É noite. As estrelas piscam, preguiçosas, no frio. Debaixo do alpendre, nas trevas, cheira a esterco, a calor de gado. Tudo está quieto. Apenas de vez em quando o gado suspira. E a cada quarto de hora, com um lampião, vem a velha de Aliochka, a mãe do jovem Aleksei Semiónytch... olhar a vaca. A vaca está deitada, submissa, o focinho enfiado na palha: a bolsa rompeu ainda ontem. Logo, logo ela vai parir. A velha observa com cuidado, meneia a cabeça com reprovação, benze a vaca: está na hora, está na hora, marronzinha! E a vaca faz força. A velha — de acordo com a antiga crendice — abre os portões dos fundos para ventilar. Atrás dos portões, há um cerejal vazio; ao longe, um galpão e uma trilha até o galpão — no feno coberto de geada. E das sombras diz o avô:

— Echtou cheguindo, echtou cheguindo, obchervando. Tem que buchcar o Iegor Polikárpytch, o curandeiro Iegor Jarolho. A vaca echtá penando, penando, minguando, a vaca...

— Corra, vovô, corra, meu querido...

— E o que eu echtou fajendo? Echtou indo. Vochê fique de guarda. Echtá gelado.

Debaixo do alpendre está escuro, quente. A vaca dá um

suspiro profundo, muge. A velha ilumina: dois cascos estão para fora... A velha se benze e sussurra... E o avô vai trotando pelo campo em direção à floresta, à casa de Iegorka. O avô é velho, o avô sabe que, se ele não sair da estradinha, não será tocado pelo lobo, agora já destemido e feroz. Debaixo do alpendre, na palha, um bezerro úmido muge e escoiceia. O lampião lança uma luz pálida, ilumina as estacas, os tabiques, as galinhas debaixo do teto, as ovelhas no abrigo. Lá fora, há silêncio, sossego, mas a isbá vocifera, canta, dança de todos os modos e acordes.

E do *Livro dos costumes*:

Verso 13

E quando partem nas primeiras horas, e os convidados se dispersam, e na isbá permanecem só a mãe do noivo e a mãe da noiva, as mães despem a noiva e colocam-na sobre o leito nupcial, e elas mesmas instalam-se sobre o forno. E o marido vem até a recém-casada e deita-se ao lado dela na cama bordada com flores e grama. E o marido coloca sua semente na esposa, rompendo-lhe a prega. E as mães observam e se benzem.

Verso 14

E na manhã do dia seguinte, a mãe e a sogra levam a jovem esposa para fora e lavam-na com água morna, e dão a água do banho para o gado beber: para as vacas, os cavalos e as ovelhas. E os recém-casados vão aos loteamentos, e ali cantam-lhes canções obscenas.

... A clareira. As árvores estão envoltas em geada e neve, imóveis. Entre as árvores, na bruma cinzenta, crepitando os galhos, corre a trote o avozinho branco, e na bruma azulada, ao longe, um lobo late. O dia está branco e imóvel. Antes do fim do dia, haverá nevasca. E amanhã haverá nevasca. E os lobos uivam na nevasca.

Fora do tríptico, no fim

O dia está branco e imóvel. E antes do fim do dia haverá nevasca — feroz, de janeiro. Uivam os lobos.

... O vovô branco está em cima do forno, o vovô branco conta aos netinhos o conto da maçã sumarenta: "Toca, toca, gaitinha! Diverte o paizinho, minha mãezinha querida. Eu, pobre que sou, fui arruinado; na floresta escura fui morto por um pires de prata, por uma maçã sumarenta". A nevasca lança fios de vento, um pó de neve cai suave, na bruma, no frio. Faz calor no forno, no conto, nas pulgas, nos corpos vaporosos: "Acorda-me, paizinho, do meu sono pesado, traz-me água viva". "E ele foi à floresta, revolveu a terra num montinho florido e borrifou um caniço com água viva; e sua filha, de beleza indizível, despertou de um longo sono." "Ivan Tsarévitch, por que você queimou minha pele de rã, por quê?!"

... A floresta ergue-se severa, como postes, e a nevasca joga-se contra ela, como fúrias. É noite. Não será a respeito da floresta e a respeito da nevasca a *bylina* de como morreram os *bogatyrs*?...[76] Novas e mais novas fúrias de nevasca jogam-se contra os postes da floresta, uivam, guincham, gritam, berram como uma mulher, raivosas, caem mortas, e en-

[76] Heróis dos contos populares russos. (N. do T.)

tão precipitam-se outras fúrias, não diminuem, só aumentam, como as cabeças da serpente — duas cabeças para cada uma que é decepada —, e a floresta permanece em pé, como Iliá Múromets.[77]

Kolomna
Nikola-na-Possadiakh
25 de dezembro de 1920, antigo calendário

[77] Assim como Dobrynia Nikítich, famoso *bogatyr* dos contos populares. (N. do T.)

POSFÁCIO

Georges Nivat[1]

Boris Pilniák (pseudônimo de Boris Vogau) teve uma estreia brilhante na literatura soviética em 1922, com seu famoso livro *O ano nu*. À época, sua glória foi maior do que a de Bábel, de quem *A cavalaria vermelha* seria lançado quatro anos mais tarde, ou que a de Bulgákov, de quem *A guarda branca* aparece dois anos após *O ano nu*, mas cuja publicação é interrompida pela metade. Pilniák foi adulado e imitado; depois, a partir de 1929, foi caluniado e, após o escândalo da publicação de *Mogno*,[2] foi coagido a fazer uma das primeiras autocríticas depreciativas. É possível dizer que ele realmente criou um gênero novo: o *romance a granel*, em que os materiais provenientes da vida são dados sem conexão, aparentemente apenas justapostos. O universo de Pilniák é caótico, apsicológico: a vida reduzida a uma enumeração de atos como gritos, assassinatos, trabalho, coitos... Toda a arte de Pilniák, assim como o cinema de sua época (Vertov, Dovjenko, Eisenstein), consiste em uma montagem de materiais

[1] Este texto de Georges Nivat, professor honorário da Universidade de Genebra, foi escrito especialmente para esta edição. A tradução é de Marcela Vieira. (N. da E.)

[2] A novela *Krásnoe dièrevo*, publicada em Berlim em 1929, foi considerada contrarrevolucionária e custou ao autor a renúncia do posto de presidente da União Pan-Russa de Escritores (uma organização sem vínculo com o governo). (N. da T.)

esparsos. Além disso, os mesmos materiais costumam reaparecer em diferentes obras, em diferentes romances, o que não facilita a tarefa crítica.

Esse caos do *dado imediato* organiza-se em função das grandes metáforas que regem todo o livro: a metáfora dominante, como dizem os formalistas, é aquela do retorno à idade cita, ou seja, bárbara, da Rússia. A Revolução bolchevique é para Pilniák um retorno à barbárie sadia, à violência da horda nômade. Uma torrente de sangue, de suor e de brutalidade agita as profundezas do país, enquanto a crosta do país, as cidades, racha de modo sinistro por todos os lados. Assim, há o Pilniák que fragmenta a realidade a ponto de torná-la irreconhecível, colecionando tiras de jornais, cartazes, citações de crônicas antigas e, estilisticamente falando, arcaísmos, dialetismos e onomatopeias... Porém, na etapa final da *colagem* dos materiais, que corresponde à da *montagem* dos fotogramas no cinema, há o Pilniák poeta, criador de mitos. Um deles é o do bolchevique "vestido com uma jaqueta de couro", reencarnação do mujique violento anterior a Pedro, o Grande. Pilniák era, no fundo, um bolchevique não marxista, um porta-voz do povo não proletário. A luta de classes não o interessava, mas ele saúda nos bolcheviques os novos organizadores, os ágeis e violentos domadores do caos, e que, mesmo em meio ao caos, continuam "alegres e risonhos". A seu respeito, Trótski escreve em *Literatura e revolução*: "Ele aceita a Revolução porque ela é nacional; é nacional porque derruba Pedro, o Grande, e ressuscita o século XVII".[3] Mas, para Trótski, Pilniák só "apreende a Revolução pela periferia, pelos fundos, nos vilarejos e sobretudo nas cidades de província. Sua Revolução é a de um pequeno burgo...".

[3] Leon Trótski, *Literatura e revolução*, tradução de Luiz Alberto Moniz Bandeira (Rio de Janeiro, Zahar, 2007, p. 81). (N. da T.)

O pai de Boris Vogau foi um alemão do Volga, veterinário de profissão. Pilniák passou a dedicar-se à literatura em 1915. Ele viajou muito, e, ao longo dos anos 1920, foi de certo modo o embaixador das letras soviéticas. Viajou à Alemanha, à Inglaterra (como Ievguêni Zamiátin), e depois ao Japão, aos Estados Unidos... Levava uma boa vida em Moscou. *O ano nu* (1922) o tornara célebre, mas a partir de 1926 ele passa a ser atacado por ter escrito o "Conto da lua não extinta", onde sugere que o comandante Frunze fora liquidado pelo Partido durante uma intervenção cirúrgica que lhe foi imposta.[4] Nessa época, por questões de direitos autorais, os escritores soviéticos costumavam publicar seus livros simultaneamente em Moscou e em Berlim. *Mogno* foi lançado em 1929 em Berlim, ao passo que a censura o proibira em Moscou. Essa foi a origem do ataque em 1929 contra Pilniák (e contra Zamiátin). Zamiátin emigrou, Pilniák confessou seus erros e se reabilitou escrevendo um romance em homenagem à glória da industrialização socialista: *O Volga desemboca no mar Cáspio* (1930). Em 1933 aparece *OK!*, uma sátira antiamericana. Em 1937 Pilniák foi preso, e logo depois faleceu num campo de deportados. Ivanov-Razumnik relata que ele teria sido acusado de ser um espião dos japoneses...

O universo de Pilniák é, antes de tudo, um universo biológico. O que dá a unidade de sua obra é, talvez, o enaltecimento da energia animal. A Revolução é uma liberação dessa energia, ao mesmo tempo sexual e fisiológica. Mas as máquinas, as barragens, os aviões também serão celebrados por esse grande sensualista. Quanto a *OK!*, é evidente que, ape-

[4] Mikhail Vassílievitch Frunze (1885-1925), comandante do Exército Vermelho, cuja morte, enquanto hospitalizado em razão de uma úlcera no estômago, deu origem a boatos sobre rivalidades no partido; o conto em questão ["Povest nepogachennoi luni"] foi publicado na revista *Novo Mundo* [*Novi Mir*], em maio de 1926. Todos os exemplares do periódico foram recolhidos. (N. da T.)

sar da sátira na superfície, a América encantou Pilniák. Ao voltar da América, ele proclamava, como conta Victor Serge: "Vocês já eram! O romantismo revolucionário acabou! Agora entramos numa era de americanismo soviético: técnica e solidez prática!".

Para o autor de *O ano nu*, a Revolução é o retorno da fera alegre e vigorosa, que surge da estepe e das profundezas nômades; ela persegue o odor das trilhas, a começar pelo absinto das estepes (este que é um dos *leitmotivs* do livro). Podemos reconhecer na narrativa cinco temas diferentes justapostos num mosaico de diálogos, refrãos e uivos. Os bolcheviques instalaram seu comitê executivo no velho monastério, calcando, simbolicamente, o antigo mundo sob os pés. No coral da igreja terão lugar os amores profanos do bolchevique Laitis e da tchekista[5] Olga, enquanto diante deles o sonhador Zilotov se entrega à magia e à contemplação do pentagrama. A antiga família principesca dos Ordynin vive a última etapa de seu longo declínio. Os três filhos rompem entre si enquanto o velho bispo Silvestr escreve tranquilamente a crônica de sua ruína. Seu refúgio será uma efêmera comuna de anarquistas surgida na região, no local onde antes fora um antigo *kurgán* (sepulcro). Assim, a nova Rússia anarquista se instala simbolicamente sobre a antiga Rus legendária. Bruxarias, estupros, cenas orgíacas, ritos campesinos de origem pagã constituem a trama poética e dêitica dessa crônica propositalmente desordenada. Por fim, o imundo monastério se incendeia no meio da noite, a comuna desaparece, restando apenas a impenetrável, a indestrutível Rússia pagã e camponesa. Assim, o livro se encerra com uma espécie

[5] Membro da Tcheká (*Tchrezvitcháinaia Komissia*, Comissão Extraordinária), primeira das organizações das polícias secretas soviéticas. Foi criada em 1917 por Felix Dzerjínski, em substituição à polícia secreta tsarista (Okhrana). (N. da T.)

de longo documento etnológico sobre os ritos do casamento camponês: o rito da fecundidade, os encantamentos do bruxo Iegôrov, a irredutível energia da Rússia selvagem...

Estilisticamente, Pilniák descende de Gógol e de Leskov, mestres do *skaz* (narrativa escrita que imita a narrativa oral). Sua obra se formou sob a influência direta de dois *xamãs* da prosa russa do século XX, Aleksei Riémizov e Andrei Biéli. Sua imitação de Biéli chega, por vezes, ao plágio, por exemplo, de *Narrativa de Petersburgo* (1922), em que se sobrepõem a Rússia do século XVII, a China do século XX e a Rússia revolucionária, a unidade da narrativa sendo assegurada por refrãos. As épocas se sobrepõem e se misturam como cartas embaralhadas. "Os séculos desmoronam lentamente como jogos de cartas." Pilniák cria, como no romance *Petersburgo* de Biéli, a impressão de uma lenta e inexorável invasão da Rússia pelo Oriente, pela China. Todas as cidades russas antigas tinham perto do *kremlin* uma "cidade chinesa" (*kitái-gorod*), nomenclatura que ainda existe na antiga Moscou e que designa o bairro de comerciantes originários do Oriente. Para Pilniák, essa "cidade chinesa" é uma verdadeira obsessão. Ela simboliza a invasão, essencialmente noturna, da Rússia pelo Oriente. Nas colagens de Pilniák intervêm todos os estilos possíveis; ele coleciona palavras raras, regionais, obsoletas, reservadas aos ofícios. Ele próprio disse amar as palavras como um numismata ama as moedas (o que o aproxima do maior estilista russo anterior à Revolução, Vassíli Rozanov). Os neologismos pululam em sua obra; são com frequência muito pitorescos e ressuscitam raízes semânticas antigas, esquecidas. Em suma, o ateliê de palavras de Pilniák é uma fábrica espantosa. O aprendiz de Riémizov e aluno de Biéli emancipou-se rapidamente de seus mestres.

Há no estilo de Pilniák algo de especificamente exuberante e, por assim dizer, rabelaisiano. Dessa exuberância, a crítica contemporânea só reteve na maioria das vezes a acusação de pornografia. Ela não se justifica. Mas é certo que Pilniák introduziu na literatura russa uma inusitada liberdade linguística nesse campo. O sexo faz parte desse universo "zoológico" (como dizia o crítico Viatcheslάv Polonski), que é característico de Pilniák. Para a edição de suas obras completas em 1929, Pilniák teve de reescrever algumas de suas narrativas, suprimindo, por exemplo a célebre frase pronunciada pela tchekista em "Ivan-da-Maria":[6] "Eu sinto que a revolução — toda a revolução — tem cheiro de órgãos sexuais". "Ivan Moskva", que data de 1927, é notável pela ousadia tanto do tema como da experimentação linguística. Esta talvez seja a narrativa mais característica de Pilniák, no ponto de junção entre o romantismo do caos e a celebração da industrialização. Ivan Moskva é um engenheiro convencido de que o futuro da humanidade reside na força do átomo. Ele trabalha em uma mina de urânio. Mas uma antiga maldição pesa sobre ele: a sífilis. Maldição e promessa de futuro estão reunidas no estranho tema da múmia egípcia radioativa comprada por Moskva, e da qual ele não mais se separa até sua morte em um avião.

Pequeno-burguês da Revolução ou verdadeiro poeta da renovação? Boris Pilniák foi interpretado de diferentes maneiras por seus contemporâneos, antes de cair no esquecimento reservado às vítimas dos expurgos. Hoje reabilitado, e, claro, reeditado, Pilniák ainda é capaz de surpreender e chocar. Traduzir Pilniák é um grande desafio: neologismos, provérbios, citações de crônicas antigas, dialetismos de toda espé-

[6] Conto publicado no volume *O letal atrai* [*Smiertiélnoe manit*], no ano de 1922, e motivo pelo qual o livro foi recolhido pela GPU, o órgão de polícia política que sucedeu a Tcheká. Nas obras completas do autor, foi impresso com alterações e sob o título "Cardo" ["Tchertopolókh"]. (N. da T.)

cie e inúmeras deformações populares são alguns dos muitos obstáculos.

No entanto, Pilniák continua sendo, ao lado de Bábel, uma das mais extraordinárias expressões da Revolução Russa. Suas narrativas, que não têm começo nem fim, constituem uma espécie de imensa crônica da Revolução. Graças a seu temperamento exuberante e certamente cínico, ele conseguiu captar aquilo que sem dúvida dava o tom maior da Revolução, enquanto Babel exprimiu sobretudo seu ritmo fundamental. Ambos revelaram a crueldade da Revolução. Como disse Andrei Biéli, a obra de Pilniák é um quadro que não sabemos de que distância deve ser observado. Essa ausência de toda perspectiva o prejudicou, pois sua obra era difícil de classificar e dava muitas vezes a impressão de ser o material para uma obra futura, e não a obra em si. Porém, mais que o título de "companheiro de viagem"[7] que lhe foi atribuído por Trótski (como também a Biéli e alguns outros), Pilniák continua sendo, a nosso ver, um dos mais audaciosos experimentadores da época revolucionária.

(2017)

[7] *Poputtchik*, termo russo utilizado, de maneira geral, para designar um simpatizante da Revolução não afiliado ao Partido Comunista. Em seu livro *Literatura e revolução*, no entanto, Trótski o utiliza para se referir aos membros da intelectualidade cujas convicções eram, a seu ver, vacilantes. (N. da T.)

SOBRE O AUTOR

Boris Pilniák (pseudônimo de Boris Andriêievitch Vogau) nasceu em 1894 em Mojáisk, nos arredores de Moscou. Seu pai era veterinário, descendente de colonos alemães. A mãe, de uma família de comerciantes de Sarátov, lecionava no *zemstvo* local. Ambos eram ativos no movimento populista russo.

Sua carreira literária tem início em 1915 quando, sob influência de modernistas como Andrei Biéli e da prosa ornamental de Aleksei Riémizov, começa a publicar contos e artigos em periódicos, e adota o pseudônimo Boris Pilniák. Com a Revolução de Fevereiro, passa a trabalhar para o Governo Provisório, viajando para os *fronts* e encorajando as tropas, motivo pelo qual é preso pelos bolcheviques em Outubro, por um período breve. Durante a Guerra Civil surgem duas coletâneas de contos — *Com o último vapor* (1918) e *Antanho* (1920) — que chamam a atenção de Lunatchárski e Górki, e possibilitam que o autor passe a viver apenas de sua produção literária. Em 1922 é publicada sua primeira grande obra, *O ano nu*, igualmente bem recebida pela crítica soviética, ganhando elogios de Trótski. Entre 1922 e 23, Pilniák viajou para a Alemanha e a Inglaterra, sendo o primeiro escritor a ser escolhido para representar a literatura soviética no exterior. Mais tarde, viajaria também para Grécia, Turquia, Estados Unidos, China e Japão, e publicaria vários relatos de suas viagens.

O volume prolífico de sua ficção e a constância de sua qualidade não o fizeram escapar, no entanto, de críticas relacionadas a aspectos polêmicos de sua obra, sobretudo o erotismo. Mas não apenas: *Máquinas e lobos* (1925) e *A úmida mãe terra* (1926), por exemplo, são obras que se opõem ao espírito utilitarista dos anos 1920 com base em motivos folclóricos e pagãos da Ucrânia. Ainda em 1926, Pilniák causou um verdadeiro escândalo com seu "Conto da lua não extinta", baseado na recente morte de Mikhail Frunze, um comandante do Exército Vermelho. Pilniák foi atacado por críticos eminentes como Aleksandr Voronski, e o número da revista *Novi Mir*, no qual o conto fora publicado foi retirado de circulação. Em 1929 sua novela *Mogno* é publicada ilegalmente em Berlim, e passa a circular na comunidade russa emigrada. Na União Soviética, os ataques contra o escritor são desta vez mais graves, e Pilniák é retirado da presidência da União Pan-Russa de Escritores (VSP). Em uma tentativa de se reabilitar, escreve *O Volga desemboca no mar Cáspio* (1930), um romance sobre o primeiro Plano Quinquenal, e *OK!* (1931), uma sátira aos Estados Unidos, a partir de suas notas de viagem. Em 1930 são publicadas suas *Obras reunidas*, que alcançam oito tomos.

Ao longo dos anos 1930, com o recrudescimento e a criação da União dos Escritores Soviéticos, a imagem de Pilniák vai sendo cada vez mais abalada pela crítica militante — o próprio Górki, em 1935, chegou a acusá-lo de "hooliganismo literário" —, ainda que ele fosse um dos escritores mais lidos e publicados sua época. Em 1937 Pilniák é acusado de espionagem a serviço do Japão e "desaparece" na prisão. Fontes recentes datam sua execução do ano seguinte, 1938. Seu nome foi reabilitado em 1956, mas só a partir de 1975 suas obras voltaram a ser publicadas em solo soviético.

SOBRE O TRADUTOR

Lucas Simone nasceu em São Paulo, em 1983. É historiador formado pela FFLCH-USP e doutorando no Programa de Literatura e Cultura Russa da mesma instituição. É professor de língua russa e tradutor, tendo publicado a peça *Pequeno-burgueses* e *A velha Izerguil e outros contos*, ambos de Maksim Górki (Hedra, 2010). Traduziu ainda os contos "A sílfide", de Odóievski; "O inquérito", de Kuprin; "Ariadne", de Tchekhov; "Vendetta", de Górki; e "Como o Robinson foi criado", de Ilf e Petrov, para a *Nova antologia do conto russo (1792-1998)*, organizada por Bruno Barretto Gomide (Editora 34, 2011). Mais recentemente, publicou traduções de duas obras de Fiódor Dostoiévski, *A aldeia de Stepántchikovo e seus habitantes* (Editora 34, 2012) e *Memórias do subsolo* (Hedra, 2013), além da coletânea de contos *O artista da pá*, de Varlam Chalámov, terceiro volume da série *Contos de Kolimá* (Editora 34, 2016), do livro *O fim do homem soviético*, da Prêmio Nobel de Literatura Svetlana Aleksiévitch (Companhia das Letras, 2016), e do *Diário de Kóstia Riábtsev*, de Nikolai Ogniόv (Editora 34, 2017).

NARRATIVAS DA REVOLUÇÃO

Direção de Bruno Barretto Gomide

Iuri Oliécha, *Inveja*, tradução, posfácio e notas de Boris Schnaiderman.

Nikolai Ogniów, *Diário de Kóstia Riábtsev*, tradução e notas de Lucas Simone, posfácio de Muireann Maguire.

Ievguêni Zamiátin, *Nós*, tradução e notas de Francisco de Araújo, posfácio de Cássio de Oliveira.

Boris Pilniák, *O ano nu*, tradução e notas de Lucas Simone, posfácio de Georges Nivat.

Viktor Chklóvski, *Viagem sentimental*, tradução e notas de Cecília Rosas, posfácio de Galin Tihanov.

COLEÇÃO LESTE

István Örkény
A exposição das rosas

Karel Capek
Histórias apócrifas

Dezsö Kosztolányi
O tradutor cleptomaníaco

Sigismund Krzyzanowski
O marcador de página

Aleksandr Púchkin
A dama de espadas

A. P. Tchekhov
A dama do cachorrinho

Óssip Mandelstam
O rumor do tempo

Fiódor Dostoiévski
Memórias do subsolo

Fiódor Dostoiévski
O crocodilo e
Notas de inverno
sobre impressões de verão

Fiódor Dostoiévski
Crime e castigo

Fiódor Dostoiévski
Niétotchka Niezvânova

Fiódor Dostoiévski
O idiota

Fiódor Dostoiévski
Duas narrativas fantásticas:
A dócil e
O sonho de um homem ridículo

Fiódor Dostoiévski
O eterno marido

Fiódor Dostoiévski
Os demônios

Fiódor Dostoiévski
Um jogador

Fiódor Dostoiévski
Noites brancas

Anton Makarenko
Poema pedagógico

A. P. Tchekhov
O beijo e outras histórias

Fiódor Dostoiévski
A senhoria

Lev Tolstói
A morte de Ivan Ilitch

Nikolai Gógol
Tarás Bulba

Lev Tolstói
A Sonata a Kreutzer

Fiódor Dostoiévski
Os irmãos Karamázov

Vladímir Maiakóvski
O percevejo

Lev Tolstói
Felicidade conjugal

Nikolai Leskov
Lady Macbeth do distrito de Mtzensk

Nikolai Gógol
Teatro completo

Fiódor Dostoiévski
Gente pobre

Nikolai Gógol
O capote e outras histórias

Fiódor Dostoiévski
O duplo

A. P. Tchekhov
Minha vida

Bruno Barretto Gomide (org.)
Nova antologia do conto russo

Nikolai Leskov
A fraude e outras histórias

Nikolai Leskov
Homens interessantes e outras histórias

Ivan Turguêniev
Rúdin

Fiódor Dostoiévski
A aldeia de Stepántchikovo e seus habitantes

Fiódor Dostoiévski
Dois sonhos: O sonho do titio e *Sonhos de Petersburgo em verso e prosa*

Fiódor Dostoiévski
Bobók

Vladímir Maiakóvski
Mistério-bufo

A. P. Tchekhov
Três anos

Ivan Turguêniev
Memórias de um caçador

Bruno Barretto Gomide (org.)
Antologia do pensamento crítico russo

Vladímir Sorókin
Dostoiévski-trip

Maksim Górki
Meu companheiro de estrada e outros contos

A. P. Tchekhov
O duelo

Isaac Bábel
No campo da honra e outros contos

Varlam Chalámov
Contos de Kolimá

Fiódor Dostoiévski
Um pequeno herói

Fiódor Dostoiévski
O adolescente

Ivan Búnin
O amor de Mítia

Varlam Chalámov
A margem esquerda (Contos de Kolimá 2)

Varlam Chalámov
O artista da pá (Contos de Kolimá 3)

Fiódor Dostoiévski
Uma história desagradável

Ivan Búnin
O processo do tenente Ieláguin

Mircea Eliade
Uma outra juventude

Varlam Chalámov
Ensaios sobre o mundo do crime
(Contos de Kolimá 4)

Varlam Chalámov
A ressurreição do lariço
(Contos de Kolimá 5)

Fiódor Dostoiévski
Contos reunidos

Lev Tolstói
Khadji-Murát

Mikhail Bulgákov
O mestre e Margarida

Iuri Oliécha
Inveja

Nikolai Ogniów
Diário de Kóstia Riábtsev

Ievguêni Zamiátin
Nós

Boris Pilniák
O ano nu

Este livro foi composto em Sabon,
pela Bracher & Malta, com CTP da
New Print e impressão da Graphium
em papel Pólen Soft 80 g/m² da Cia.
Suzano de Papel e Celulose para a
Editora 34, em dezembro de 2017.